父亲

秦玉河 著

北方文艺出版社

哈尔滨

图书在版编目（CIP）数据

父亲 / 秦玉河著 . —— 哈尔滨：北方文艺出版社，
2024.3

ISBN 978-7-5317-6163-1

Ⅰ . ①父… Ⅱ . ①秦… Ⅲ . ①小说集 – 中国 – 当代
Ⅳ . ① I247

中国国家版本馆 CIP 数据核字 (2024) 第 058265 号

父 亲
FU QIN

作　者 / 秦玉河
责任编辑 / 滕　蕾　　　　　　　　　　封面设计 / 罗佳丽

出版发行 / 北方文艺出版社　　　　　　邮　编 / 150008
发行电话 /（0451）86825533　　　　　经　销 / 新华书店
地　址 / 哈尔滨市南岗区宣庆小区 1 号楼　网　址 / www.bfwy.com
印　刷 / 廊坊市伍福印刷有限公司　　　　开　本 / 710mm×1000mm　1/16
字　数 / 219 千　　　　　　　　　　　印　张 / 21
版　次 / 2024 年 3 月第 1 版　　　　　印　次 / 2024 年 3 月第 1 次印刷
书　号 / ISBN 978-7-5317-6163-1　　　定　价 / 86.00 元

时光叠加的重逢

——秦玉河文学之路概览

李晓玲

秦玉河先生 2015 年退休以来，创作的小说达 500 多篇、60 多万字。他的作品激情澎湃，积箧盈藏，其中，性情摇荡，以农村题材为主，闲适情调满满，借助心灵的邂逅，发现"不一样的沧桑之路不一样的家国情怀"，不卑不亢，激越，丰盈。过往的经历体验，同样被作家回味着，我们清晰地感受到他慨叹的取向，还有感情寄托的纹路。面对秦玉河先生不羁的小说之旅，不能不表示感奋和敬佩。

秦玉河这部小说的创作特色，体现出了他对小说的驾驭能力，幽默中透出微笑，冷峻中又让人紧皱眉头。讴歌新时代真正的公仆形象，这种接地的、储满和洋溢中的正能量智慧题材，符合新时期小说审美规律的构思方法，构成了秦玉河独特的文本特征和艺术风格。

秦玉河中篇小说《父亲》，每个章节都富有强烈的画面感，栩栩如生地展现在读者眼前。父亲春种秋收，一人一牛，早出晚归，在夕阳西下来回穿梭的背影，在田野里形成起伏的身影。"什么叫争秋夺麦？什么叫虎口夺粮？"围绕乡邻乡亲的淳朴展开叙述，别开生面，有条不紊，娓娓道来，意蕴丰厚，尤显文辞活泛。

《父亲》记录了1949年中华人民共和国成立以来农村翻天覆地的变化，也代表了当时百分之八十农村家庭，同时，讴歌社会进步，伴随着改革开放而成长发展，记录新时代、书写新时代。秦玉河不断观察、记录、思考生活中的所见所闻，"以心为志，以言为诗"，将自己亲身经历及感悟用小说的文学形式表现出来。

在《父亲》第二十五章的"交公粮"及第二十七章的"二把刀"，更凸显父亲的情操气节及乡里乡亲互帮互助的优良传统。面对商品社会中后时代的"父亲"，他一生中崇高品德的光彩爆发，令人深省，在老一辈人中，像"父亲"这样公私分明、实事求是，已成为当今社会越来越缺少的情操和气节了。

秦玉河的小小说，有着较为明确的文体特征——始于独特的审美追求，在《父亲》这部小说集中小小说占70%的比重。其中，有一批优秀作品充沛地显现着这种文体艺术模态和文体特征——它们常常是从正常的情节形态开始启动，然后用三个左右的细节来渲染和铺垫，由正常的形态转为反常形态的过程，由此，设下悬念来吸引读者的阅读注意力。高潮细节，则通过转折突变，快速给出一个解答正常与反常之间令人信服的艺术因果。或通过回潮故事情节来叙述暗示，或通过主人公之口和第三人称之口来全点破、半点破或全留白，这就小小说的机智创意、审美信息，突显小小说震撼读者心灵的效果。

如"傻老大"虽然不太机灵，家里很穷，靠吃低保捡破烂接济生活，他却不计报酬，不考虑后果救助被撞伤的老人，因救助及时伤者得救，反之肇事司机先是打亲情牌，被"傻老大"拒绝，又想用钱摆平"傻老大"，想逃脱法律制裁，都被"傻老大"一一拒绝。现实社会中许多人在遇到摔倒的老人，而存在扶不扶，救不救的纠结，然而"傻老大"却为我们深深地上了一课。对这种熟悉的素材，写得新颖别致是很难突破的，因为熟视无睹、麻木不仁。这些作品往往不动声色，又一针见血创意批评，从而让读者深思，逐渐从内涵里走出来，进入哲理思考，并开始探讨人性深层底蕴。

又如"遗产"这篇小小说，老王头是离休教师，每月工资八九千，可老王头却没给子女们攒下钱。他好捐，无论哪里有事，他都捐款。汶川地震，他捐了一万，村里校改，他捐了八千，老绝户头张治法有病住院，他替张治法在医院结的账。老王头乐善好施品德高尚，别人有事他慷慨解囊，毫不吝啬，而他自己花钱却抠得很，一天三顿饭馍馍咸菜，非常细。闺女想买辆车，还差几千块钱，闺女对老王头说，爹，几千块钱俺当借你的，有了再还你。……张治法一手仍端着小本子，一手擦着眼泪说，"这上面的事，都几十年了，那年，你爹出去闯关东，领回个媳妇来，就是你妈，可你家穷得连一根柴火刺儿也没有，是众乡亲，这家一碗面子，那家一条褥子，帮你爹安了家。"老王头的儿女们听了，齐忽拉地给父亲，也是给那小本子，跪下了。

"遗产"题目就很吸引读者眼球。父亲对子女处处抠门，却衷于大爱，站在小我的角度，确实不可思议。父亲在大爱面前"他"那高尚的情怀确实让我们敬仰。结尾的反转，子女终于理解了"父亲"的行为。让我们感知到美好的事物，都是两好各一好，滴水之恩，要永记心间，替别人负重的深层人性美，给予读者警醒。

又比如"捐款"村里大喇叭号召说，霍三爷爷病了，住进医院里，急需手术费，希望大伙为他捐款……乔七叔听到广播，赶紧咽下一口饭，对乔七婶儿说："这款咱得捐啊！"……乔七叔说："有，这些，都捐上。"说着，把手里的纸袋放到了桌子上。支书从纸袋里掏出钱，一看，惊异地道："这么多啊，莫不是你把你的家底都倾出来了？"

赠人玫瑰，手留余香。在"捐款"这篇小说正常的细节加反常情节转折结局。作者通过主人公之口，最后采用了全点破写作方法，"启动场景"正常形态渲染，让读者联想到自己熟悉的生活，从而将读者带入故事场景创造条件。"发展情节"快速地从"正常"走向"反常"，反常形态情景更容易让读者惊奇、深省，从而抓住读者好奇心专注故事的发展与思考，带着疑问追寻故事何去何从，到了转折与结尾，快速地通过补叙原来未讲的情节，通过主人之口点破奇因，让读者快速领悟到奇事的因果，主人公满满的感恩之情，又将爱心款接力传替，这样深层的人性美德，足以震撼我们的心灵。

总之，秦玉河用他近几年来的刻苦写作和不断的艺术追求，体现了他的创作实力，在写作时他努力耕耘，更在短小说上下足了时间与精力，他在短小篇幅内写进更多东西，使方寸之间蕴含万物，在尺幅之间涵盖天地，简洁之中蕴藏万物，宁静之中风起云涌，瞬息之间千变万化，立意高，品位高。其作品逐步为广大读者所熟悉，并渐有影响，已成为山东小小说作家队伍中的佼佼者。在秦玉河的小说集《父亲》即将出版之际，我又一次通读了他的作品，写下了时光叠加的心灵重逢。是为序！

目　录

父　亲

一　男儿膝下有黄金

父亲是个苦命人。

我的爷爷生了五男二女，一大家人却只有两间小土房。爷爷给父亲说不起媳妇，父亲改名换姓找了我的母亲——倒插门。外婆家是富农。父亲和母亲的日子并不好过。母亲生性懦弱，成天以泪洗面，父亲强撑着家艰难度日。然而上苍并没有因为父母命苦可怜我家，反而把更大的不幸降临在我的家中。

那是 1962 年 6 月，那年的雨水特别多、特别大。说来就来，说下就下。刚还晴得好好的天气，一块云彩盖过来，便如瓢泼一般下起雨来。轰轰隆的雷声，先是由远处响起，沉闷高亢，继而由远而近，一声炸响，震得人耳朵嗡嗡的，震得破房梁上的泥土直往下落。闪电带着火花，刺得人睁不开眼睛。

被雨水冲得洇透的土房顶，说外头下多大屋里下多大有点悬，但外头下屋里也下，外头不下了屋里还下，这却是真的。

父亲把洗脸的盆子、和面的盆子、吃饭的饭碗、喝水的缸子，分别接在炕上、锅台上、桌子上、地上——接在屋子里漏雨的地方。

屋内滴水的声音，不绝于耳。正是：

　　雷鸣电闪风呼啸，

　　房塌墙倒家难保。

　　地里庄稼不结籽，

　　哈腰水中把鱼捞。

就在这样的年代，我的弟弟出生了。

家里穷得叮当响。母亲刚坐了月子，没啥营养，身体很是虚弱。母亲说，也说不上哪里不对劲儿，老是没精神，撩不起来眼皮，走道迈不动腿。

父亲请来医生，医生看看母亲的脸色，诊诊母亲的脉搏，说母亲贫血，再加上气恼伤心过度——挺严重。医生给母亲开了几服药，但母亲吃了作用不大。

这是弟弟出生第40天的晚上。母亲说："我觉着不行。"父亲扶母亲躺在了炕上——躺在了弟弟的身旁。妹妹也趴在了母亲的身旁。我和父亲守在炕前。

弟弟瞪着一双明亮的小眼睛，可能是看到母亲饿了，哇哇地哭了。

母亲费力地给弟弟喂奶。忽然，母亲侧过身，面朝妹妹，不错眼珠地看着妹妹，问妹妹："你在哪庄？"

我自做聪明地推了母亲一把："娘，她是妹妹啊。"

父亲瞪了我一眼，问母亲："你觉得怎样？"

母亲说她想解手。

父亲便扶起母亲，几乎是抱着母亲。刚下了炕，母亲便一头栽倒在父亲的怀里，任凭父亲再怎么叫怎么喊，就是不吱声了。着急的父亲赶紧喊外屋的姥爷，姥爷闻声跑过来，一看，说："可能是痰厥。"于是姥爷也掐母亲的人中，也拽母亲的头发，可一点儿作用也不起。

我和妹妹都吓哭了，我哭着大声喊："娘，娘啊！"哭声惊动了四邻，大家都跑了过来。有的按压母亲的心口，有的去请医生。不知是哪位乡亲很快就请来了医生。医生迅速地给母亲打了强心针，然后扒了扒母亲的眼睛，按了按母亲的脉搏，摇摇头，走了。

姥爷哭了。

我和妹妹都哭了。

我趴在娘身上，哭着喊着："娘，你怎么了？娘啊——"

院中，妗子来了，妗子说："别哭孩子，你娘是睡觉了，你也睡觉去吧。"

我不信，哭声更大，心里更痛。

我的小姑也来了，她也嫁到这个庄儿。小姑先是陪我姊妹俩哭了一场，最后抹着泪对我姊妹俩说："走，我看着你姊妹俩睡觉去。"小姑拽着我和妹妹进了里屋。

我躺在炕上，却怎么也睡不着，老想再去看看娘，看看娘是不是像妗子说的那样，是睡觉了，是不是醒过来了。可小姑不让我动，我一动，小姑就哭着拿话哄我。

迷迷糊糊中，带着满脸泪花，我睡着了。

早晨，当我醒来的时候，母亲的身体已停躺在冲门的一扇旧门板上。屋里屋外围满了人。

父亲叫我："儿啊，给兄弟爷儿们磕头。"

按风俗，老了人当孝子的得给前来帮忙料理后事的乡亲磕头，表示感谢。可我年纪小，不懂得这个，没下跪磕头。父亲却扑通一声给众人跪下了。父亲跪下说："孩子小，连个头也不会磕。"说着，大滴的泪水直往下淌。

众人扶起父亲，安慰道："别这样，别这样。"

给母亲上庙，妗子让表哥在前面领着我和妹妹。表哥哭得很痛。

我妹妹还小，什么都不知道。有人问妹妹："你娘呢？"妹妹竟笑了，说："娘睡觉呢。"

按风俗，母亲的丧是不能过晌午的，因为有姥爷在。天近中午，众人便开始给母亲出丧。

父亲一手抱着我幼小的弟弟，一手抓着我的手，跪在母亲的柩前。当一声"起灵了"的喊声响过，父亲凄惨地哭喊了声"小儿哎"——便泣不成声了。

父亲抓着我的手给娘摔老盆，老盆摔在一块半头砖上，溅起的碎瓦片刺破了我的脸，血水和着泪水顺着我的脸往下淌。

我不知我是怎么送母亲去坟上的，只是觉得有时被人架着，有时被人抱着回来的。

二　父亲的泪

自从埋葬了母亲，一天了，我们一家还没有动过烟火。父亲和姥爷一宿都没睡，快天明时，我还看见父亲和姥爷呆坐着，相对无语。

外边传来别人家早饭后刷锅洗碗的声音。

我不由自主地看了看父亲，父亲看看我。父亲情非所愿地走到锅台前，舀了几瓢水倒在锅里，坐在灶下开始点火。但父亲一连划了好几根火柴，也没把火点着。父亲所幸不点了，掏出仅有的一袋旱烟末，卷起烟来。以前父亲卷烟很熟练，三拧两拧，一根烟就卷好了，可这回，也是一样的纸，父亲卷着卷着纸破了，露出烟末来了，卷了好几次都没卷成。父亲连烟带纸摔在灶火里，抱头闷坐在那里。

姥爷在屋里走来走去。他一会儿从东间屋走到西间屋，又从西间屋走到东间屋。看看这里，看看那里。忽然，姥爷拿起一把木梳，不错眼珠地看起来，看着看着，姥爷哭了。睹物思人，那木梳是我母亲每天梳头用的啊！

姥爷的哭声把弟弟惊醒了。大概是饿急了吧，弟弟哇哇地哭了。自从昨天晚上妗子找来庄西头的陈家大娘给弟弟喂了一次奶，弟弟一宿多了再没喂过。弟弟大概也知道家中的不幸了吧，以前夜里，有时哭好几回，要母亲给他喂奶，可昨天一宿，没醒没哭。

父亲听到弟弟的哭声，往起抬了抬身子，但随即又狠抓了一把自己的头，不动了。

姥爷抱起弟弟，哄弟弟说："不哭，不哭，文文。"弟弟还是哇哇地哭。

姥爷看着弟弟哭，很心疼，竟提起母亲，埋怨起我母亲来："想妈呀文文，咱不想她，她狠心舍下文文，不管文文了，咱不想她，这个狠心的妈呀，不管孩子了，我骂她啊，我骂她……"

姥爷嘴里说着"我骂她"，眼里分明流着泪水。

妗子来了，庄西头陈家大娘也来了。

昨天晚上，我听见妗子和父亲商量，妗子说："你陈大嫂子脾气挺好，一直拽不起孩子，这不刚添了孩子没出满月，孩子就死了。叫咱文文逃活路去吧，跟着她吧。"

父亲带着哭腔说："我舍不得啊。"

妗子说："但凡有一线之路，谁舍得啊！"

陈家大娘和我母亲差不多年龄，都说她是个善良的女人。陈大娘见弟弟哭，抱过去给弟弟喂起奶来。弟弟不哭了。待了一会儿，陈大娘张了张嘴想说什么，但还没说出口，父亲忽然站起来，上前抱过弟弟，在弟弟脸上亲着，对妗子说："嫂子，我不给人家了。"

妗子说："尽说傻话，你能养活孩子？不是说好的吗？"

父亲说："死活我一家人在一起。"

妗子说："又不是天南海北，就一个庄里住着，还提前说好的，咱是实在没法才送人的，无论什么时候，得允许咱看。"

陈家大娘也说："你放心吧，你想孩子就去看，以后我对孩子也不瞒着，咱当个亲戚走着。"

父亲还是紧抱着弟弟不放，眼泪止不住地淌。

妗子也掉泪了，她掉着泪硬从父亲怀里夺过弟弟，在弟弟的脸上亲了又亲，蓦地把弟弟抱给陈大娘说："快走，你走啊！"然后妗子失声哭起来。

父亲拿巴掌抽着自己的脸，父亲一头泣在炕上，扯过母亲枕过的枕头，声震苍穹地埋怨着我娘："你好狠心啊，你好狠心啊，你看看你舍下的这一窝啊……"

娘，爹的哭声，你听到了吗？

三　不是我的错

没有了母亲的日子，父亲更难。因为姥爷家的原因，到了该上学的我，在学校里不怎么受待见，经常有人叫我"小地主"，我一还嘴就打仗。我受了委屈，就跑到娘的坟上哭，再也不想上学了。有一天下午放了学，我刚一出校门，同学胜利忽然叫住我说："来呀，咱们学演戏啊。"被胜利叫住的，还有几个小伙伴儿。胜利说要演的小戏，叫《出狗殡》，演的是从前有个地主叫王二爷，王二爷家有一条狗，咬着了一个穷人，穷人把王二爷的狗打死了。王二爷不饶那穷人，逼着穷人为他的狗披麻戴孝，出丧。

胜利分派角色说，他演王二爷，小军当穷人，让我当狗。我不愿意当狗。胜利说，你不愿意演就散，不续你了，你连看也不能看。我不想离开群伙，只好同意了。

胜利让我趴在地上朝小军学狗叫，我"汪汪"了几声，小军便拿棍子朝我身上抽，真把我抽疼了。我刚要反抗，胜利说，好了好了，别动了，让我趴在地上装死。接着胜利上场了，他歪戴着帽子，趿拉着鞋，挂着一根扒了皮的柳棍，走路一摇三晃。胜利拿柳棍儿，逼着小军趴在我身上，哭狗爹爹狗娘娘。

小军真照着做了。

胜利说，该斗地主了，换换角色。他又让我当王二爷，他当穷人。

我说："我不当。"

胜利说："你家是地主，就该你当。"

我说："我就是不当。"

胜利说："小地主，还不老实。"上来掐住了我的脖子，使劲往地上摁。直摁得我快趴到地上了，疼得我直叫。但他仍不撒手，我实在受不了了，便照他腿上咬了一口。他一下子撒开了我，哭了。

听到哭声，胜利他娘跑过来了："谁和俺孩子打仗？"

胜利哭着挽起裤子叫他娘看，又指着我说："他咬我。"

胜利他娘冲着我大声嚷道："你还敢咬人啊，小私孩子！"

我不服："你个小私孩子！"

胜利他娘赶过来，照我脸上就是一把："你再骂骂，小私孩子。"

我被扭得疼痛难忍，大声哭了。但我誓不屈服，我还嘴。

胜利他娘一把拧住我的耳朵："走，走走，找你爹去。"我被拧着耳朵见到了我爹。胜利他娘搡了我个趔趄，对我父亲说："你还管你孩子吧，你要是不管，我替你管管。"说着又要朝我伸手。

父亲用身子挡住胜利他娘的手，照我腚上狠劲儿就是两巴掌。我一连打了两个趔趄，趴倒在地上。

冤屈、恼恨，万般感受一起涌上心头。我恨，我恨胜利，我恨胜利他娘，他们欺人太甚；我恨我父亲，恨父亲不但不护着我，竟像别人一样打我；我恨我姥爷，为啥是地主成分。我想起了我的母亲、我的亲娘。

我爬起来朝村外跑去，朝母亲的坟上跑去。

我趴在娘的坟上号啕大哭。

父亲把我从娘的坟上抱回来。爹安慰我说："我要不揍你，人家会揍你，爹心疼啊。"爹也哭了。

四 一步三回头

晚上，我躺在炕上，久久没有睡着。我觉得我的家就要散了，究其原因，与我有关。

夜，很深了，父亲和姥爷还在说着话。

姥爷说："容秦啊，带着孩子回你老家吧，孩子得成人啊。"

父亲说："爹，你也和我一块儿去吧。"

姥爷说："我不去，我一块臭肉，满锅里腥，到哪儿也连累你们。"

父亲说："爹啊，你不去我能走吗，我不能丧良心啊。"

姥爷说："就这么定了，明天你爷儿仨就回你老家。"

父亲说："爹啊，我能走吗，我走对得起你吗，对得起死的吗？"

姥爷说："可我得对得起孩子啊，孩子跟着我受连累啊。"

妹妹忽然醒了，妹妹爬起来说："我不走，我要守着姥爷。"

说着，妹妹哭了。

一夜无话。

过了一天，我和父亲没走，姥爷不吃饭了。

又过了一天，我和父亲还没走，姥爷躺在炕上不起来了。

几天后，姥爷开始寻死。姥爷先是吞了一大把安眠药，多亏父亲发现得及时，从姥爷的嘴里把安眠药抠了出来。没过几天，姥爷又偷着往房梁上拴绳上吊。

姥爷以此逼父亲回老家。

可怜我的父亲，堂堂一米八高的男儿，进退两难，泪不断流。

为了我不再被人骂"小地主"，为了我不再受人欺负，为了我念书能受到老师的待见，为了我能成人，父亲痛苦地做出抉择，留下妹妹和姥爷做伴儿，带我回老家。

早晨，我一家四口，我、我的父亲、我的姥爷、我的妹妹，围在一起吃了最后一顿团圆饭。饭后，姥爷便领着妹妹出门下地干活儿去了。

父亲目送着姥爷和妹妹，泪水溢满了眼眶。

许久，父亲在屋里来回走动了几圈儿，最后父亲凝神地望望屋里的锅台，望望屋里的炕，望望屋子上的门窗，泪如泉涌。

父亲从炕上拿起一件小褂——这是妹妹的衣裳，他把妹妹的小褂洗了洗，晾在当天井里，又拿起妹妹的一双小鞋刷了刷，晒上。然后，父亲把一床被子叠起来抱着，声音哽咽地对我说："走，回老家。"

父亲关上屋门，出了院门朝外看看，又关上院门，领着我走在大街上。

一个背着粪筐拾粪的老人和父亲迎了个对面，问父亲说："你爷儿俩这是干吗去啊？"

父亲有些应答不及地说："回老家拆拆被子去。"

老人还想和父亲说话，但父亲加快了脚步，不再接他的话。

父亲一边急速地走着，一边前后左右地看着。旁侧夹道里一个抱孩子的妇女走了过来，父亲赶紧把脸拧向一边，向前走得更快。

父亲怕看见人，怕和人说话。

父亲领着我急急忙忙地出了庄。出了庄，父亲的脚步不知怎么，又一下子慢下来了，慢得几乎迈不动脚。

父亲慢慢地往前走着，不时地回头看着。

父亲看什么呢？是看他生活了十多年的、曾给人下跪、曾泪下如雨的地方吗？那里有他还未成年的、才10岁的亲生女儿啊；有他的亡妻的父亲——我的姥爷啊；那庄里，有他出生才40天就没有了亲娘、跟着人家的他的小儿子啊；那庄的庄头上，有年轻早逝的、我的母亲的坟头啊，父亲能舍得下吗？

父亲不由自主地转身往回走去，朝庄里走去。但没走多远，父亲又停住了，停滞在那里了。

父亲一步三回头，泪哗哗的。

五　住牛棚

老家一贫如洗。

还是那两间小土房，只是我的两个姑姑都已出嫁，大爷另起门户单过，四叔参军保国，只剩下爷爷和大我两岁的小叔。爷爷看到我和父亲回来，悲喜交加。爷爷记挂着他的孙女、我的妹妹，可怜我的姥爷。爷爷说："唉，可怜妮子他爷儿俩。"见父亲的脸色不好，爷爷不说了："回来就好，回来就好，咱爷儿四个挤着过吧。"父亲不同意，父亲说："我已成家了，不能再拖累你了。"可是我爷儿俩上哪住去呢？庆幸的是，爷爷给生产队里喂牲口，牲口不多，三间房——几头牲口只占了两间，还有一间给牛盛草。草旁有一个炕，爷爷晚上就在牛棚和牛做伴儿。从炕到后墙还有一块空间，父亲用脚步量了量，刚好能盘开锅头。第二天，父亲用土坯和砖头盘了个小锅头，从我大姑家借了一口锅、一个风箱、一把勺子、一个瓷盆子，从爷爷和小叔吃饭的餐具中匀出两个碗——全了。我和我父亲便在牛棚里安了家。

这家没什么可欣赏，我能有兴趣看的，便是看爷爷喂牛，看牛吃草。牛是队里的主要生力军，是整个生产队的大半个家业。队长之所以派爷爷喂牛，是因为爷爷是可靠的人。

队里每天派一名壮劳力帮爷爷给牛铡草——管摁刀。爷爷在铡刀一边，坐着两块砖，腿上绑一块破麻袋片子，半蜷着腿，两手拢起一大掐草，再使劲把草掐挺了，然后一点点儿地往铡刀里续。摁刀的人经常和爷爷抬杠："你多续点儿、续得长点儿行不？一掐草铡半天，跟你铡草真累得慌。"爷爷说："你不愿意铡就算了，再叫队长派人来。牲口肥不肥，上膘不上膘，全在这草上，寸草铡三刀，不肥也上膘。"

爷爷给牛添草很有讲究，给牛筛草的筛子用了多长时间了无从考证，已经坏了，边沿的一圈全部用麻袋片裹了起来，只剩下筛子底部还露着筛子眼儿。爷爷给牛筛草，每次筛的草都不多，将筛子放在地上，往起提着筛子的一边，一手摁着筛子里的草来回划拉。爷爷说："牛虽是牲畜，但牛马比君子，牛最爱干净，一定得把土筛净，还得注意钉子铁丝什么的，吃到牛肚子里，牛就不爱吃草了，就不上膘了。"

牛吃草也真有意思，伸出又宽又长的舌头，一舔，一大把草便被它舔到嘴里；不嚼，便咽到肚里去了。两头牛在一个槽上吃，生怕吃不着似的，都争着抢着吃，一会儿就把添进槽里的草吃光了。然后抬头瞪着眼睛朝我爷爷看起来。

爷爷说："吃没了啊，我再给你添，少添、勤添，吃着新鲜，也不瞎草。"

爷爷一共伺候着四头牛，一头体格健壮的大犍牛，就是公牛；一头还不会干活的小犍牛；一头老黑牛肚子里怀着小牛，快生了；还有一头性格温顺的半大黄牛，人们都叫它小黄牛。

哪头牛往哪个槽上拴，哪头牛和哪头牛在一个槽上，安排错了也不行。特别是那头大犍牛，它和小黄牛在一个槽上没事，很温顺；如果和小犍牛在一个槽上，它对小犍牛用角抵，也用蹄踢。有一回我拴的牛，忘了爷爷的嘱咐，我把大犍牛和小犍牛拴到一个槽上了。结果大犍牛摇头一使劲，便用角抵在小犍牛的鼻子上，还抵出了血。我很生大犍尖牛的气，拿起棍子想教训它，但刚一举手，爷爷来了。爷爷忙制止我说："别打，别打，打牛行吗？"

爷爷说着我，将小犍牛和黄牛换了位置，把大犍牛和黄牛拴在了一个槽上。大犍牛立刻温顺了许多。

我和父亲住在这样的家中、这样的环境，还有一大好处，冬天不受罪。牛吃剩的草渣子，除了做饭，还用来烧炕，不缺柴火。我爷儿俩的炕做饭烧火上热，另外晚上还在炕洞子里点火烧，炕从晚上热到第二天早上，冬夜里我睡觉经常把被子踢了。

六　犁田

住牛棚的日子不好受，特别是每逢吃饭的时候，那头拴在边儿上的大黑牛经常过来拉粪。我又拿起棍子，想揍它，父亲不让打。父亲说："你没见大黑牛快生小牛了吗？"大黑牛快要生小牛了，队里能干活儿的牲口更少了；那头大犍牛，个大力大，可别人使不了它，一牵它就瞪眼，经常抵人，没人敢使唤它。只有爷爷牵它使它没事。队长对爷爷和父亲说："别人使不了大犍牛，你爷儿俩挨点儿累，套上大犍牛耕地去吧。"

父亲和爷爷接受了这个活儿。

牛真通人性，别人使不了大犍牛，一牵它，它就瞪眼；可爷爷牵它，它却温顺得很。爷爷牵着牛，父亲扛着犁，下地了。在一片刚刚秋收过的田地上，四周很空旷，地面上还不算干硬，空气中还散发着玉米甜甜的香味，还夹杂着刚割完豆子的豆腥味。

爷爷给大犍牛套上套，把牛样搭在它的脖子上，一手牵着缰绳，一手摁着牛样，然后回头看了看父亲。

父亲早已做好了准备，右手扶犁，左手拿鞭子，看着爷爷。

爷爷俯在大犍牛的耳边，就像和一个不懂事的孩子说话："来呀，听话，咱干一会儿啊。"

大犍牛的鼻孔里呼出一口粗气。

随着父亲一声"得儿，驾"，大犍牛便四蹄用力，挺紧牛样，大步朝前迈去。身后，一条长长的、深深的、刚刚被翻起的、松软而湿润的泥土带着犁花，在太阳的照射下，反射出耀眼的光芒。空旷无际的田野呈现出鲜活的生机。

七　井中救牛

爷爷和父亲犁地收工刚回到家，就见大黑牛尿了个大泡，露出小牛蹄来了。

父亲说："大黑牛要生了。"

爷爷叫我抱来柴火，父亲抱了些松软的干草铺在地上。爷爷把大黑牛的缰绳盘在它的角上，使大黑牛能自由转动身子；然后挽起袖子，抓住小牛露出来的蹄子，用力往外拽。小牛滑出半个身子，是头小黑牛。爷爷也顾不得自己的衣服是否被弄脏，抱住小黑牛轻轻地放到铺着干草的地上，用手掏去小黑牛鼻孔里嘴里的黏液。大黑牛也舔着小黑牛。父亲点着了火，扶着小黑牛在火旁烤。不一会儿，小黑牛的身子就干了。它不时地仰头挺胸，往起爬，爬起摔下，摔倒了再爬。反复了一阵子，它摇摇晃晃地站起来了，开始毫无目标地乱闯乱撞。

出生的小黑牛很活泼，队长喜欢得不得了，队长说："过两年小黑牛就能生小牛，比生个公牛强。"队长嘱咐爷爷，要好好伺候它。

然而，小黑牛的命里有一劫。

就在它出生第五天的早晨，有人来打水——牛棚院内有一口井，是用来饮牲口的，也有人经常来打水洗衣洗菜。为防止刚出生的小黑牛掉到井里，爷爷饮完了牲口就用一扇门盖上井口。可来打水的人忘了盖，小黑牛在院里蹦着蹦着，就掉到井里了。

父亲跑过来一看，只见小黑牛在井里已经没了大半个身子，只露着脑袋，使劲儿在水里扑腾着，哞哞地叫着，急呼人们救它。

父亲情急之下，脱了褂子跳下去，半截身子没在水里，两脚蹬着井边，用两手抱起小黑牛，挺在井中。

井上爷爷大声呼叫来人，人们很快都赶过来了。有人搬来梯子，有人找来绳子，把梯子下到井里，让父亲踩着。父亲用绳子拴在小黑牛的腰上。井上人们用力往外拉，井下父亲用力往上托，终于把小黑牛救了上来。

父亲也上来了，身上滴着水，虽然是夏天，但父亲仍不停地打哆嗦。父亲的胸膛上，不知是被小黑牛蹬的，还是在井边上划的，有几到长长的血印子。父亲进屋盖上被子，过了好一会儿才暖和过来。

父亲救牛的事传到了公社里，传到了公社书记的耳朵里。书记找到支书，支书找着队长，来看父亲。

书记说："贫下中农是社会主义的坚强柱石，为了维护集体财产，不顾个人安危，这是一个鲜活的典型，应大力表彰。"

书记问父亲说："有什么困难没？"

不等父亲回话，队长抢话说："他的困难大了。"

支书说："他爷儿俩刚回老家，连个窝还没有呢。"

书记很是同情，掏出纸笔，写了一张纸条，对父亲说："从公社砖窑上救济你三千块砖，另有什么困难可再找我。"

书记和支书队长走了。

父亲望着书记的背影，一脸的感激，却没有话语。

八　从禹城到临邑

父亲说："有了砖，盖房就有一半了。要是再有檩条的话，就能盖房了。"

前头李大个子倒了三间屋，二年了，房框子还塌在那里，檩条子也没往外扒。父亲问他，算俩钱要他的。李大个子同意了。父亲答应秋后给他 100 斤粮食。

父亲说："庄户人家盖房三大堆，砖一堆、木头一堆、土一堆。砖檩有了，有了两大堆，剩下的一堆就好说了，土有的是。等明年开了春，就动手。"

过完秋，父亲打算再去修河，为了节省点儿家里的粮食，可这一季差一个名额没摊着。队里把 18—55 周岁的男壮劳力，通过抓阄儿排号，轮流上河。修河的任务特别多，父亲有时一年能摊上两回河号，可这次没摊着。别人都不愿意上河，父亲却争着去，不怕下力。父亲说："下点儿力可省下家里的粮食，我爷儿俩能多吃两顿。"

这回父亲没能如愿。

说来也巧，上河的刚走，就来招拉小车的了。拉小车，就是搞运输——用两个脚的小拉车运货。有用马和毛驴的，但是很少，大多是用人拉。

父亲报了名。

这天正是星期天，我也想跟着父亲去。父亲也不愿意舍下我一个人在家里，说："去吧。"

父亲和十多辆小拉车的人组成的运输队，接受的第一个活儿是从禹城往临邑运地瓜干。从储运站的仓库里往小拉车上装麻袋，百多斤重，用人扛。父亲把自己的车装满了，又帮着一块儿来的三大爷装车，三大爷的体格瘦弱，家里也经常揭不开锅。他来拉小车，叫他比我还小的女儿帮着。

父亲帮着三大爷扛最后一麻袋地瓜干时，突然脚下一滑，摔倒在地上。父亲的膝盖上，生生磕进一粒石子，嵌进肉里，疼得顿时大汗淋淋。

父亲用一根草棍将石子从膝盖中剜出，忍着疼痛驾起了小车。我在车旁拴了根绳，帮父亲拉车。

几十里地的路程，十几辆装满地瓜干的车辆，十多个人都把褂子脱了，拉紧着车绳，前倾着身子，迈着沉重的步子，吃力地向前走着。

本来人们拉小车都是准备有帆的——这帆就是用两根竹竿撑起一幅与车差不多宽一人多高的布，将竹竿的一头插进小车两边的车扇子上。这样一走，车借帆推，帆借风力，前行就省力多了，速度也快多了。

可这天赶上了顶风，还是大北风——车往北去，帆不能用。

父亲的体格棒，打头阵。但父亲的汗也频频往下流。

我在一旁拽着绳，开始还能使上劲儿，肩上的绳子能拽直了，可没走多远，脚步就跟不上了，肩上的绳子也耷拉了，使不上劲儿了。

父亲说："累了？你上车上去吧。"

我爬到父亲用人力拉的小车上，坐在装着地瓜干的麻袋上。我举目环顾，前面路途远长，后面车队一字排开，步履维艰。身旁，不时有马车或是驴车，铃铛叮当响着，蹄声嘚嘚地越过。偶尔，鸣着笛声的四个轮子的汽车，从父亲的身旁飞驰而过，撒下一片尘埃，使得父亲睁不开双眼，看不清道路。

有人说："休息休息吧，实在走不动了。"车辆停下来了，有的人坐在车旁吸烟，有的人干脆把褂子往地上一铺，躺了下来。虽歇不多大一会儿，但松软一下筋骨，能接着赶路。

歇了一会儿的身子，人们再也不愿意动弹，但不愿意动也得动。一咬牙，人们又驾起车，迈开了脚步，便来了精神，又有了力气。因为有盼头了，临邑县城已遥遥在望，再坚持一会儿就到了。

终于到了临邑粮库，交上了货，出了粮库的大门，人们的心情不由得愉悦起来，有人大声喊了一口："走啊，喂脑袋去啊，下饭店了！"

人们各自找座位坐下。有人要盘菜，要一杯散酒喝点儿的；有人把自己带的干粮叫饭店里给烩烩的；有人吃包子。

父亲问我吃什么。我见有人吃焖饼，说想吃焖饼。爹就给我买了份儿焖饼。父亲自己花一毛六分钱买了两个窝窝头、五分钱买了碗豆腐脑儿。

吃饱喝足，人们开始往回返。这时人们的心情就轻松多了。不仅因为是空车，无载车轻，更痛快的是，往回走是顺风。大家都撑起帆，两个人搁伙，前边的人拉着车，后边的人用手拽着车坐在前边的车上。这样，两个人交替着拉车坐车——得歇。

父亲也把帆撑开，双手驾着车辕，双脚着地，一只脚猛地用力往后一蹬，身子跳起老高，在风推帆力的作用下，竟腾空飞了起来，且飞出老远。当速度稍慢下来的时候，父亲单脚着地，又使劲往后一蹬，再次悬起身子，接着往前飞奔。如此往复，车子前行的速度真快。

我坐在车上，朝车队一望，大家全是这样的动作，全是这样弹跳着、飞奔着。那姿态，虽然笨拙，但很愉悦。

九　三锨土一把灰

地里刚一化冻，父亲便着手打坯盖房。

父亲借了打坯的模子、础头，又背着筐，在前邻后舍的锅底下，掏了半筐头子灰，然后把一盘石磨滚到庄外的一片碱场地里。

这片地多年不长什么了，逢到冬季，地面上便冒出一层盐碱，社员们说这是兔子不拉屎的地方。也有的人叫这片地为卫生地，就是没上过粪、干净的意思。

父亲将石磨平放在地上，在石磨的周围围上土，用础头础实，接着在一旁开始挖土。父亲挖下一大锨头深，把挖的土撂到一边。

父亲说，这上面的一层土有碱，不能用，打出来的坯会泛碱。一锨头以下的土却是好土，是黑土红土，这土不但发庄稼，而且打坯垒墙结实耐雨冲，不容易泛碱。

父亲把打坯的模子放在平整光滑的石磨上，模子一头是死的，另一头是活的。父亲把活的一头扣上卡子，从筐头子里抓起一把灰，均匀地撒到模子里，便开始大锨大锨地往里装土。只几锨，便满了，满满地冒出模子老高。父亲说："三锨土一把灰，二十四础一个坯。"父亲高高提起础头，用力打了一础，接着有节奏地一连础了起来，直到模子里的土被础平了、础结实了，才停下来。父亲放下础，随手拿起一块平滑的木板，顺着模子的边沿一刮，多余的土便被刮下去了。父亲去掉扣在模子上的卡子，在去掉卡子的模子头上往前一踢、往后又一踢，模子便开了。拿掉模子，一块平整光滑的土坯便露出来了。父亲弯腰小心翼翼地将坯立起，两手搬着放在一边平整好的地面上。

如此这般，半天过去，一摞坯便有数人高了。父亲没别的本事，能下力干活儿，且不惜力气。

半月后，父亲说，盖房的坯够了。打地基，一般得叫人打夯，但叫人打夯得管饭，父亲管不起饭，便自己用碌碡轧。挖出地槽后，往里填一层土，拽着碌碡轧一阵，轧实了，再填土、再轧。

公社书记给的那三千块砖，父亲用来垒了碱脚，垒碱脚也没叫人，是爷爷帮父亲垒的。垒完了碱脚，里面空着的部分需要半头砖填瘦（空隙），父亲便拉着小车到处捡砖头。在庄里捡完了，父亲又到庄外去捡。父亲来到邻庄的一个土冈子上，见那里有些碎砖瓦块，便往车上拾。还没拾满车，邻庄的队长来了，说："这是俺庄的地，你不能捡。"父亲只好把刚捡到车上的砖头卸下来，拉着空车回家了。

父亲在为填瘦砖发愁。

有人说："没半头砖，使坯块，穷凑付吧。"

父亲就用坯填了瘦。

运坯、垒墙，我们爷儿几个一起动手。父亲和泥扔泥递坯，我摊泥，爷爷垒墙——放下饭碗就干，起早贪黑两头抓紧，几天房就盖起来了。

这是我家的第一座新房。

有房住了，父亲喜在心里，我喜在话语里。我问父亲："爹，什么时候往新房里搬啊？逢到吃饭牛就拉屎，这牛棚真住够了。"

我做梦已经住进了新房。

十 天门儿

我和父亲住进新房几天，爷爷忽然对父亲说："你大哥又犯病了，他住的棚子也塌了。"

父亲赶紧朝外跑去。

大爷也有清醒的时候，不犯病时跟好人一样。大爷清醒时，就不愿意和爷爷住在一起了。大爷说自己没本事孝顺爹，但绝对不能给爹添累赘。大爷想搬出去住。

村里学校的房山头上，搭了一间刚能站起人来的棚子，是给学校老师当厨房用的，后来老师不在学校里吃饭了，棚子也就闲下来了。大爷便搬了进去。

父亲来到学校一看，那棚子的后墙已经倒了，幸好是往外倒的，没砸着大爷，再抬头一看房顶，棚顶上好几处都露天了。有一根檩条也折了，说不定什么时候就会掉下来。

大爷就在这棚子里的一个小炕上躺着、唱着……

父亲眼里含着泪把大爷接回了我家。

我才住进去的三间新房，父亲本打算我爷儿俩住一间，中间一间当饭屋，还有一间用来盛粮食放杂物。大爷这一住进来，一切安排全改变了，粮食和杂物没处放了。幸亏也没多少粮食没多少东西可放。

大爷住进来的头一夜，我正睡着觉，忽然有人俯在我的头上说："起床了起床了，冲锋号响了，嘀嗒嘀嗒嘀嘀……"

我睁眼一看，是大爷又犯病了。我吓坏了，心里怦怦直跳。

父亲把大爷拽回他住的一间屋。父亲想把大爷住的屋隔开，让他自己另走一个门。但这三间房盖时只留了中间一个门，两头两间都是窗户，父亲有些为难。

大爷又喊又唱闹腾了一宿，第二天没事了，和正常人一样了。大爷说："给我界开一间吧，别吓着孩子。"

父亲说："怎么界啊，也没门啊。"

大爷说："走窗户吧。"

父亲有些犹豫。但还能有什么好办法呢？

从此，大爷便从窗户里爬进爬出。

人们说，我大爷这是走的天门儿。

十一 四个包子

我学习进步很快，老师待我很好，我先是被提为学习委员，后又当上了班长。我顺顺当当地念完了小学，顺顺当当地被保送上了初中。

初中离家远，我需要吃住在校。我不怕离家远，也不怕在学校里吃住。可我却怕星期天。因为逢到星期天我要回家拿伙食，但父亲是没有充裕的粮食给我拿的。上个星期，家里只有几碗棒子，我全带到学校里去了。父亲在家，只能天天吃地瓜干，他还要上地干活儿。

这个星期我带什么呢？没有粮食我怎么返校呢？

我回到家，没有急着向父亲要，我实在不忍心看着父亲作难。直到下午临返校时，我也没张开嘴。我下意识地看了看父亲，父亲一连抽了好几袋烟，然后起身出去了。

过了好一会儿，父亲背着十多斤玉米回来了。父亲对我说："背着上学去吧。"

又是借的。我接过那十多斤粮食，心里酸楚楚的。我想：我不能全带着，得给父亲留下一半，好让父亲在清水煮地瓜干时掺上把糁子。

我拿碗想往外舀，父亲制止我说："往哪里舀啊，都背着。"

我说："可你呢？"

父亲说："别管我了，我在家好说。"见我手里的碗还没放下，父亲急了，"怎么这么些臭事儿啊，快走！"

我只得背起袋子往外走。可我的腿似有沉重的石头坠着，沉重地迈不动步子。

我走在满是庄稼棵子的田间小道上，庄稼棵子的叶子被风刮得沙拉沙拉地响，我的心也在沙拉沙拉地响。我想我穷苦的命运，我想我苦命的父亲，我想我父亲艰难地操劳，我想我短命的母亲，我想我懂事的被我和父亲舍在他乡孤苦伶仃无依无靠的我可怜妹妹……我的思绪杂乱无章，就像一团乱麻，剪不断理还乱。

我把心中的郁闷忧愁喷出胸膛，喷出口腔，抛向天空，天空回响。

我的心稍微轻松了些。

回到学校，求学的愿望不容我再胡思乱想。我把全部心思都投到了求知和在校的积极表现上。别的学生敢上课和老师对着干，我拿老师如同父母一样。学校里的一切活动，我都积极参加。每天下午的课外活动，学校组织的有医疗队（学医）、体育队、文艺宣传队。我参加了医疗队，学得很认真，进步很快。哪个同学磕着碰着，我能给他抹药水，能给他包扎；谁头疼腿疼，我能给他针灸拔火罐。

晚自习时，教室里掌汽灯，我是点灯的。在晚自习的预备铃声响以前，我就开始给汽灯灌油、打气。当同学们踏进教室上自习的时候，我已把汽灯点亮，挂在教室的房梁下了。

有一回，汽灯忽然气不足了，呼呼地冒火，火苗直烧到房梁上。同学们都惊慌失措，有的人害怕急忙往外跑，有的人看着我这点灯的想法。我毫不犹豫毫不胆怯地踩着课桌，伸手抓住被火烧着的汽灯提把儿，忍着疼痛把汽灯摘下来，然后两手端着放到了教室外。

同学们都很为我担心，围过来关心地看我的双手。

老师在班上表扬了我。校长知道了，在全校师生大会上表扬了我。我在学校光荣地第一批加入了中国共产主义青年团。我把喜讯告诉了我爹。爹笑了，舒展眉头地笑了，在这以前，爹还从来没这么笑过。

阳历（公历）年到了。学校为庆祝新年吃结余。中午，不拿票我分到了四个包子——是白菜粉条猪肉馅的。我没舍得吃，我想到了在家只吃地瓜干的父亲。我拿了两个窝头，一边吃着，一边拿着包子往家走。

父亲正坐在灶前端着碗吃清水煮的地瓜干。我把包子放在父亲的面前，说："爹，我给你拿了几个包子回来，快吃了吧。"

父亲看着我说："哪来的包子？"

我说："用细票买的。"

父亲说："哪来的细票？"

我说："自己的。"

父亲说："你没带过细粮，哪来的细票？"

我没接上话茬儿。

"你？"父亲朝我虎起脸说，"可别不学好啊。"

我只好向父亲说了包子的来历。

父亲愧疚地说："那快吃吧，快半年了吧，没见细粮粮食面子干粮了。"

我说："我吃过了。"

爹说："吃了？"

我说："我真吃了。"说着，我转身想回学校。

父亲大声追我："你吃了包子再走。"

见我不回头，父亲急了："不吃啊，不吃我给你扔出去。"

我只得转身拿起一个包子吃了。父亲说："再吃一个。"我犹豫，见父亲朝我瞪眼，只得又拿起一个。但我实在吃不下去，说："爹，你也吃，你不吃我也不吃了，你愿意扔出去就扔出去吧。"

父亲这才拿起一个包子，我等着看着父亲咬了一口。父亲咬了一口，接着说："有什么好吃的，这包子碱味儿太大，我吃不服，你把那一个再吃了吧。"

我吃不下，含着泪，回学校了。路上，我又放声地唱了一道。

十二　扫地夫

我初中二年修业期满，升高中，因为社会关系，被定了个副取，回家等消息。

在回家等消息的时间，正赶上公社里冬季水利建设。公社里根据各村人口，按比例要河工。除了上大河的，剩余的男壮劳力，连十五六岁像我一样的男孩儿，以及年轻的妇女，都得参加。这叫全力以赴，也叫扫地夫。

我和我小叔都在范围之内。

这一季父亲没摊着上大河，是修小河的主力军。

虽说是修小河，但也得带铺盖卷儿，吃住在工地，离家也不近。从公社的最东边我庄到公社的最西边去修河，有二十多里地。

副队长带队，他已提前一天认领了河段。队长带领着七大八小的几十号人来到工地，放下铺盖卷儿，便开始挥锹驾车，根治海河。

这是公社命名的一段干渠，全长三公里，本公社工程。任务重，土方量大，三个人一辆小推车，棒的带弱的，壮年带少年。

父亲让我和小叔跟他在一起，好照顾我小爷儿俩。父亲先是拿锹试了试，他脚蹬锹头一使劲，那钢板的锹头打着战，却挖不下去。父亲放下锹，又拿起一把洋镐——一个较长一头带尖儿一头有刃的家什。父亲抢起洋镐，梆梆地凿起来。先是凿了一碗口大的洞，凿透了冻块，接着拿锹往深里挖了挖，然后拿起一根粗木头，将木头的一头插进洞里，又将木头的下半截垫上了几块砖，最后朝下摁着木头的另一头，招呼我和小叔说："来，往下压，撬冻块。"

我和小叔都搭上手，爷儿仨一齐用力，一大块冻块便被撬了起来。父亲把冻块掀到一边，推过小推车，我爷儿仨一起在掀起冻块的地方开始挖土装车，装满了车，父亲又把那块大冻块搬到车上。父亲驾起车，双腿叉开，双脚蹬地，对在前面帮着拉车的我和小叔说："走！"我爷儿仨满载着第一车土，吃力地朝倒土的地方运去。

撬冻块推小车修河，我和小叔倒没觉得累。可不一会儿，父亲就把棉袄脱了，父亲的两手再攥拳却攥不住了。

晌午收工，我累得不愿意走道了，一瘸一拐地跟着人流回到住户吃饭。

伙房就在村里住户的家里。做饭的是我同姓的四大爷。四大爷这人忒邋遢，他做饭经常不洗手。他蒸窝窝，和好了面子，抓起一把，两手捧着团了团，一手握着面团，一手伸长食指和中指，将中指和食指插进面团里，随着两手往起一掐，鼻子也跟着往嘴里一吸，面团又一掐，鼻子又一吸。

四大爷做的饭不喜吃。

但不喜吃也得吃。没别的菜，只吃咸菜——是四大爷切的水萝卜现腌的，吃起来有一股辣滋滋的气味。

我和小叔吃不服这味儿，见门旁的墙上挂着有一辫子蒜，便揪下一头扒了皮，搁碗里用擀面轴子砸了砸，摸过盛黑棉油的油瓶子，往里倒油——倒猛了，少半瓶子油一下子倒出了一半。四大爷看见了，急了："你这两个小兔羔子，一共就这点油，往后大伙还调咸菜啊。"

我和小叔喜得哈哈的，拿窝窝头蘸着蒜，吃得喷香。

正吃着饭，大队长赶着牛车来送面子送柴火，进了门便冲父亲说："你岳父病了，叫你去。"

父亲放下碗走了。

我的心里咯噔一下，姥爷怎么了？

十三　亲情

整整一个下午，我都没心思干活儿。姥爷的影子总是在我的面前浮现。自从回老家后，我就再很少回姥爷家去了。虽然也想，也牵挂着妹妹和姥爷，但条件不允许，平日里我除了上学念书，星期天还得推磨磨面子糁子，还得拾柴火；再说，我也不愿意再进姥爷的庄。姥爷的庄虽然是生我的故乡，但是给我的印象、给我的感受是人分三六九等、雁过拔翎的村庄，是我倍受欺辱、身为人下人的地方。我只是过年时会去姥爷家一趟。每次去了，姥爷和妹妹都会围着我问这问那，问我吃得怎样、念书如何，就像我离开他们以后，饱受了什么委屈似的。他们给我留了一年的好吃的，都一股脑儿地拿出来。有的都放坏了、放烂了——瞎了，可妹妹却舍不得吃，留着给我这个哥哥，留着等着和我一块儿吃。姥爷家有一棵枣树，每年都把枣打下来、晒干，等着留着我来了才吃。我每次临走，姥爷和妹妹都是一千个一万个舍不得我走，送出我门口，送到我村头。我知道，在姥爷和妹妹的心里，亲人离别，如同刀割！

大队长捎信说姥爷病了，父亲去了，我的心也回到了姥爷家。晚上，我做梦梦见了姥爷。姥爷病倒在炕上，孤苦伶仃，形单影只，只有妹妹在一旁守着他。可姥爷却在思念着我，抚摸着我的头嘱咐我："好好念书啊。"

一种不祥的预感浮上我的心头。

果然，吃完早饭，我刚想上河，家里又来人了，捎信给我说，你姥爷死了。

我想立刻往姥爷家跑。但跑了几步又停住了，我想起了我升高中是副取，能否被录取还很难说。要是一调查社会关系，我没同我姥爷家断绝关系，我很可能会被刷下来，从而使我的念书生涯止步。我的父亲带着我回老家时，一步三回头，难舍难离，妹妹是他的亲生女儿，也是他的亲骨肉，可他却舍下妹妹，只带着我离开，带着我逃离那倍受人欺负、倍受冷眼的，曾经生来想依靠的家。父亲同疼我一样，也疼我的妹妹、他的女儿，可父亲没有办法，为了我能正常念书，为了我能成人，父亲相顾不能两全，父亲的心是痛的。我知道，父亲把家的未来、他的未来，全都寄托在我的身上。

再说，我对姥爷也是有怨恨的。就因为姥爷家的原因，我的母亲整天以泪洗面，伤心过度，年纪轻轻地就离开了这个世界，离开了我兄妹三个，离开了我的父亲。父亲好命苦，一辈子又当爹又当娘，岂止是不容易啊！

再说，姥爷已经死了，我就是去了，能有什么用呢？

于是，我随着他人上河干活儿了。

可是干着活儿，我却心不在焉，魂不守舍。眼里的泪，情不自禁地扑簌簌往下落。我挥锨装土，装着装着，一下子锨铲到了乔五爷的手上。乔五爷捏着出血的伤口，疼得嗷嗷的。感谢乔五爷没埋怨我，只是疼得说："你这孩子，你这孩子。"

我小叔见我闯了祸，一边说我干活儿不长眼，一边安慰乔五爷说："五爷别怪他，咱两家打老辈子没仇没恨。"

乔五爷忍着疼说："没事，爷儿们这是向着我，正好我扯引子（找理由）歇歇。"

乔五爷越这样说我，我心里越难过，我竟哭了，我心里在想姥爷。

晌午回来吃饭，四大爷见我没去哭姥爷，问我："你姥爷死了，你怎么没回去啊？"

我低着头，没回四大爷话。

小叔懂得我的心思，替我回话说："他等着上高中，可他姥爷家是富农。"

四大爷说："他姥爷虽是富农，可没剥削过穷人，他姥爷是个忠厚老实的庄稼人。"

乔五爷也接话说："人家财主家心眼儿多，把地全卖了，可他姥爷却一下子买了好几亩，只种了几年就摊上土改了。"

四大爷说我："这熊孩子，再怎么也是你姥爷啊！"

我只是掉泪。

四大爷说："你在这里哭没用啊，还不快回去陪灵。"

乔五爷的话、四大爷的指责，唤醒了我，我如梦方醒，我撒腿朝姥爷家跑去。

我拼尽全力用最快的速度在大街上跑着。道两旁几只老母鸡被吓得惊叫着，扑棱着翅膀飞开；街旁墙根下，一条眯着眼睛晒太阳的懒狗一下子撒蹄子蹿了。

我跑着，埋怨着自己，我太不懂事了，太不是东西了，我不是个好外孙，我连畜生都不如。

姥爷是比父母还疼我的。自从我记事起，我就记得，姥爷整天抱着我，举着我托着我，娇着我惯着我。姥爷对我和妹妹是偏心的，偏心于我。有好东西先给我吃，有时背着妹妹给我。姥爷和母亲、妹妹去要饭，要回一块白面馒头。我本来掰开一块想给妹妹，可姥爷没叫妹妹接……有一回，父亲去修河不在家，庄里来卖鱼的了，我对姥爷说我想吃鱼，可姥爷没钱，见我老是围着卖鱼的转，看人家买鱼。姥爷回家提出一把带铜提把儿的茶壶，对卖鱼的说，用这个换行吧？

姥爷用茶壶换了一大碗鱼。

我跑着，想着，想着，跑着，羞愧着。

我恨不能一步跑到姥爷的庄，最后看一眼姥爷，趴在姥爷的灵前，大哭一场，跪拜姥爷：姥爷啊，不孝外孙来迟了。

几十里地远，我跑到了，晚了。

埋葬姥爷的人们已经开始往回走。人们看见我来了，望着我衣着不整的狼狈样，没有同情，只有指责：

"干吗去了，才来啊？"

我跑到了埋葬姥爷的地方。一切都恢复平静了，呈现在我面前的，是一个刚刚堆起的、一点儿也不起眼的小土堆。

我站在小土堆前，愣了，傻了，不哭了，也没有眼泪了。

十四　命

我拖着疲惫的两腿返回村里，返回姥爷的家，迈进熟悉而又久违了的家。家已人去屋空，阴森可怕。虽然父亲在屋里，妹妹在屋里，妗子小姑都在屋里，还有几个邻居也陪在屋里，但屋里仍显得凄凉而空寂。

我进了屋。

没有人看我，没有人理我。就像我的到来是无关紧要的，又像是我是屋里人都司空见惯、熟悉得不能再熟悉的一员，没必要客气，没必要引起注意。

父亲蹲在门口，两手抱着头，泪还未干。

是妗子先开口说话的，妗子说："人死了死了，一切也就了了。"

父亲抹了把脸，叹了口气说："谁知他走得这么早啊，我对不起他，更对不起早死的她。"

妗子说："别倒亏了，你又不是不疼他，又不是不管他，没对得起对不起啊。"

我明白，父亲说对不起姥爷，对不起母亲，全是因为我，要不是为了我，父亲不可能在母亲死后，自愧没良心地舍姥爷而去。

但是父亲也尽到了他的力所能及。父亲每年都来给姥爷泥一遍房，白天干活儿没时间，时常趁晚上走夜道来姥爷家。父亲拉小车挣了二十五块钱，给爷爷十块，给姥爷送来十五块，自己一分没留。父亲对我说，再挣了咱爷儿俩再花。父亲能做到的，也只有这样啊。

姥爷突然离世，是父亲万万没有想到的。令父亲总是责备自己的还有，他觉得他亏欠了他的亲骨肉、我的妹妹。一个 10 岁的女孩子跟着成分不好的姥爷，这些年不知是怎么过来的。

妹妹紧紧地依偎在父亲身旁，手里捧着姥爷的烟盒包，不错眼神地看着。妹妹没有哭泣，妹妹的泪水已哭干。

我走近妹妹身边，想安慰妹妹，说："好妹妹，哥不如你，苦了你了。"

妹妹猛然抬起头，似乎才看见了我，一句"哥啊你怎么才来啊——"，泪水夺眶而出。

妹妹说："哥，你知道吗，娘死后，我为什么不跟着爹回老家，跟着姥爷？埋了娘的第二天，我看见姥爷一个人往房梁上拴绳，接着往脖子上套，我哭着拽住了姥爷，姥爷见我哭了，才把绳子解下来。我抱住姥爷的腿，怕姥爷再上吊。姥爷说，你娘没了，没人疼我了，我活着不如死了。我哭着说：'姥爷，姥爷，你不能死，我疼你，我疼你啊……'

"你和爹走的那一天，我和姥爷上地回来，一进门我就哭了，我撒腿朝回老家的道上跑，姥爷在后边撵。我一边哭一边跑，姥爷一边撵着一边说，妮啊，别哭，你想去，姥爷送你去。听着姥爷的话，不知怎么，我不再跑了，我停住了。我和姥爷站在回咱老家的道上，站了许久许久。

"那天晌午，我和姥爷没做饭。直到第二天，姥爷做出饭来，一端起碗，泪又掉在碗里了。

"哥，你和爹走的这些年，我白天和大人一样下地干活儿，回家便学着做饭。我的衣裳破了、扣子掉了，一开始我找妗子小姑和邻家的婶子大娘给缝缝连连，后来自己学会了。哥，这是我自己做的鞋，大家都说挺出样、挺好看的。"妹妹指着脚上的鞋说。

"哥，我想你的时候，我就站在村口朝老家看，我怕姥爷挂心，看一会儿就赶紧回家。姥爷也想你啊，前几天还念叨你，说你哥再念念高中了吧？

"哥，我怕别人看不起我，我从不跟他们一起玩儿，他们在一起玩儿的时候，我在远处看，有时看着他们笑了，我也跟着笑……"

妹妹，别说了，我听着，心如刀剜。

父亲为妹妹擦了擦眼泪，愧疚地说："妮子，你受委屈了，连书也没念，你恨爹吧。"

我也羞愧地说："妹妹，你做的，本是该哥做的，你怨哥吧。"

妹妹停住抽泣，平静地说："俺不恨爹，也不怨哥，谁叫俺就是这命呢！"

十五　蚁景

刚过完了秋，便下来修河任务了。我已年满 18 岁，才高中毕业回家，就被排上了河号，这季正好摊上。父亲也挨着了，我爷儿俩都上河。

家里只剩下妹妹了。姥爷过世后，妹妹也回了老家。分散几年的父女兄妹，重新相聚，日子虽然清苦，但难得团圆。父亲外出干活儿，再无牵挂，也能撂下心了。

这次修河是加固黄河大堤，也叫垫村台，是去齐河。按要求，去修河的人必须一人一辆小推车，可我家只有一辆。队长说："你爷儿俩一辆就一辆吧，你头一回上大河，就当照顾你吧。"

上河的准备工作也很紧张，摊上修河的人都抓紧赶集买筐，赶集修理拾掇小车。买锨的买锨，买水鞋的买水鞋。娘儿们家也抓紧着做针线，为上河的男人洗洗衣服、絮絮被子。有的还让就要出门的男人把面子糙子给磨下。

临走那天，人们都起得很早，每一辆车上都装载满满的。有的装着一大车麦秸，有的装着铁镐铁锨檩条子塑料布，还有的装着铺盖卷儿，外加叮当作响的筷子碗勺子舀子和水桶。

要出发了，家人都出来送行。直送出村口，眼望着二十多辆车，渐渐地远去了，有的人竟抹起了眼泪。

路上毋庸赘述。

目的地到了，长长的黄河大堤，跃入眼帘，只见高高的黄河大堤一望无际。堤下，低洼不平，杂草丛生。

在大堤下，带队的选了块地方，让大伙用锨挖了一个半人多深、七八米长、两米多宽的坑，在坑上架上从家带来的檩条，在檩条上蒙上秫秸箔和麦秸，最上面蒙上塑料布，把塑料布周围压上土，在坑的一头开了个小口，供人们进出。在坑内铺上麦秸，打铺盖卷儿，这便是我们个把月时间下榻的地方了。

忙完了这一切，天已黑了，从伙房打来饭，刚吃了，连长便来催睡觉了："睡觉睡觉，明儿一早开工，不准耽误干活儿。"

还带着满天星，哨声便从窝棚外刺耳地响起，接着传来连长的声音："起床了起床了，到点儿了，上工了上工了。"

带队的也跟着催："起来起来，谁还没动啊？"

我借着昏黄的马提灯的亮光，摸索着蹬上裤子，扯过棉袄，一边系着扣子，一边猫着腰爬出窝棚。

带队的对我说："你准备好挂钩，等车爬堤时拉钩。得要有眼色，拉钩一定得把挂钩挂好了，挂牢靠了，可别出事。"说完，他推着车随人们下堤运土去了。

我站在大堤上，一手抓住挂钩一头的绳头，把绳子搭在肩上，一手抓住挂钩，做着拉车的准备。

这时，天才蒙蒙亮，我等着运土的车子，不时地朝大堤下望着，只见从大堤的根下开始，一眼看不到头的，全是黑压压的人流、黑压压的车辆。从大堤到运土取土的地方，有好几里地远，来回走的只有两条道，道上的人和车密密麻麻。这情景就像蚂蚁搬家。

打头阵的第一辆车上来了，就是我的父亲。父亲推着满满一大车土，是一个尖儿的。我急忙跑过去把挂钩挂在父亲的前车梁上，使劲拉车。父亲在后面驾着车也拼劲儿地往上推，车很快爬到了半坡。我觉得有些气喘，想稍缓一下劲儿，谁知就这稍微一缓劲儿，身后的挂钩掉下来了。我一下子趴在了地上，父亲在后面驾着车却突然往下倒去。倒了几步，父亲用尽全身之力将车把一变方向，往旁边一歪，车在半坡上侧歪着停住了。旁边拉钩的人见势不妙，赶紧过来搭上挂钩，帮父亲把车拽上了大堤。

带队的过后说："不是嘱咐你了吗，了得吗，这是！"

我的心扑通扑通的，一上午，再不敢稍有怠慢。

晌午收工，带队的对我说："别人都推了一上午车子了，累得要命，你和你四大爷打饭去吧。"四大爷的年龄大了，也没推车，只管装锨。

我提着水桶，四大爷拿着面袋子，去伙房打饭。

河上的饭很简单，玉米面窝窝头，一人仨；棒子面黏粥，一人一大舀子；没菜，水萝卜咸菜，一人一片儿。

打回饭，人们舀上黏粥，用筷子将窝窝头串起来，一下子拿够了自己的一份儿，在窝棚外一蹲，便吃起来。我拿了一个窝窝头，端着碗站着吃。我刚吃了几口，一阵风刮来，碗里落了一层沙土，再喝，牙碜了。我学着别人的样子，把上面的一层撇了出去，再接着喝。

饭后不一会儿，又上工了。连长说："要赶进度，要马不停蹄。"

进度真快，说是一个月的活儿，才十多天，就完成了大半。是人们起五更、睡半夜，连轴转干来的。时不时听人说这样一句话："河上的饭，拿命换。"至于究竟有多累，听听连长和指导员的对话便知道了。有一天，刚过晌午，我见连长来替换指导员，连长和指导员都是从村里的支书中临时委任的。连长披着黄大衣，戴着棉帽子，对指导员说："你去睡一会儿，歇歇去吧，我再盯一会儿。"连长打了个哈欠又说："真熬得慌啊。"

大堤就在连长的熬得慌中，进入扫尾了。活儿稍轻松了些，我难得有空闲光顾一眼黄河，只见浑浊浩大的黄河水翻滚着浪花，势不可当地奔腾着、咆哮着，同时，也拍打着堤岸。而堤岸是坚固的、牢不可摧的，这不仅是堤岸已被增高加固，而且堤岸上那密密麻麻的人，在关键时刻，是会用自己的身躯筑成人坝的。

十六　过年

我和父亲从河上回来，还有几天就过年了。父亲说："咱爷儿俩上了一季子河，省下了家里的粮食，今年手底下宽绰点儿。"

父亲赶集打了二斤油，买了几块藕，说："今年多炸点儿藕，让你兄妹俩吃个够。"

我从小对过年没什么奢想，就盼着年三十晌午吃父亲炸的藕饸。至于穿新衣放鞭炮，我连想也不想，父亲没钱，我想也白想。我一生对放鞭炮没兴趣，大概与童年的经历有关吧。

腊月二十七晚上，我爷儿仨刚吃了饭，我大姑来了。大姑一脸的愁容，不等父亲问话，大姑的泪就掉下来了。

原来我嫁到东北的表姐的丈夫突然死了，表姐给大姑来信，说她和两个还不会走道的孩子，这年怎么过啊，这年过不去了。大姑叫人读了表姐的来信，心疼得哭了。她担心表姐只身在外，娘儿们孩子过年难受。

大姑也是个苦命的人。大姑的第一个丈夫，在表姐才几岁时，就病故了。大姑本不想改嫁，自己守着闺女过。可大姑的婶婆婆却容不下她，大姑只得听人劝，改嫁了。但大姑的婶婆婆却没让她带着闺女，表姐在十几岁时，就被大姑的婶婆婆卖到东北落了户。

大姑再嫁的家，姑父是个残疾军人、无儿。大姑说，她想去东北陪表姐过个年，可自己没出过远门，去不了。父亲明白了大姑的意思。父亲看了看我，又看了看妹妹，说："我陪你大姑去啊？"

我没言语，但心里是不愿意让父亲去的。就要过年了，我连饺子也不会包，父亲要是去了，我和妹妹这年怎么过。

但父亲还是陪着大姑去了。去的时候，父亲给表姐带去了一书包花生。那是今年队里分的，父亲给表姐拿去了一半。这花生，父亲是舍不得吃的，我和妹妹也不舍得吃，因为父亲说过，换油调咸菜咱爷儿仨能吃好几个月。

父亲临走时对我和妹妹说："你兄妹俩炸不了藕饸，叫你婶子来给炸。包饺子，妮子不是会包吗，下饺子的时候加小心，别下破啊。"

我对父亲说："人家过年往家跑，你过年却往外跑。"

父亲叹了口气说："你大姑有了难处，我不管谁管啊！"

父亲是腊月二十八走的，过年心盛的人家已经开始煎炸了，邻居的家里已经飘过来一阵阵的油香——葱花香的味道。

妹妹把藕洗了，去叫婶子来给炸。婶子说，她自己的还没炸，明天炸，炸完了来给我们炸。可直到腊月二十九晚上，婶子自己才忙完了，婶子说，再炸不早了，等过了年再给你们炸吧。

过完年再炸还有意思吗？

妹妹一个人包完了饺子，天已不早了，有的人家已点火下饺子放鞭炮了。

我烧火，妹妹在锅台旁等着。锅开了，妹妹端过一锅盖饺子，一个一个地往锅里下。我忽然想起，往年父亲在下饺子时，都是下上一些停住，拿勺子在锅里推一下再下，以免饺子沉锅。我对妹妹说："拿勺子推推。"妹妹拿勺子在锅里推了推，再往锅里下时，忽然说："饺子有破的了，哥，你大点儿烧火。"

我赶紧大把大把地往锅底填柴火，但填得越多，锅底的火越不肯着。柴火有些潮，因为年三十晚上下饺子烧火不能拉风箱，所以我没拉风箱。

妹妹开始往外捞饺子，饺子几乎全破了。妹妹看着饺子自责地哭了，忽然想起母亲来，说："娘啊，你要是活着，多好啊！"

妹妹一提娘，我的心也发酸，犯起恼来，我不禁埋怨起父亲，父亲过年了不该舍我兄妹俩而去；我又埋怨起大姑，大姑不该在过年的时候来麻烦我的父亲。可我又觉得我不该埋怨他们，父亲和大姑是亲兄妹，父亲是苦命的人，大姑也是苦命的人，表姐也是苦命的人啊。

十七　在窑上

父亲是正月初七从东北回来的。

父亲说："咱没过团圆年，咱过团圆十五。正月十五我给你兄妹俩炸藕饸。"但是没等到正月十五，刚过了初十，队长就来找父亲说："公社里建了个砖厂，给村里要扣砖坯子的，这是个力气活儿，体格弱的干不了，你去吧。"

父亲说："怎么个扣法？"

队长说："扣一千块砖坯子四块钱，向队里交两块买工分，自己落两块。"

父亲说："行，我去。"

这是个下大力的活儿，可父亲是从来不惜力气的。父亲卷起铺盖卷儿上砖窑去了，一去就是两个多月没回家。

这天，妹妹说："哥，咱爹去的时候没捎褂子，你给他把褂子送去吧。"

去公社的砖窑厂十五里地，我走了一个多小时，远远地就望见了砖窑上浓烟滚滚的大烟囱，这是周围最大的最雄伟最显眼的建筑了。有大烟囱引路，我用不着问道，便来到了砖窑上。

砖窑厂的面积很大，干活儿的人也很多。到处是来往穿梭的人影，有推车从洼地里往外运土的，有挥汗如雨驾着车从蒸笼似的砖窑内往外出砖的，有赶着牛车驴车，也有开着拖拉机来拉砖的。

砖窑较远的地方，才是扣砖坯子的场地。这里，一架架扣好晾干的砖坯子正待装窑，在砖坯架前，一方方一块块平整光滑的场地上，忙碌着一个个光着脊梁、肤色一样的黝黑的身影。

在众多的身影中，我找到了我的父亲。

父亲光着脊梁，挽着裤腿，额头上脸上淌着汗水。父亲用铲子铲下一块黑色的胶泥，在撒好沙土的地面上揉了又揉，滚了又滚，团了又团，然后两手抱起泥团，往砖模子里"啪"一摔，一摊一摁，接着抓起一个弦是细铁丝的弯弓，贴着砖模子上面一刮，用手一划拉，去掉模子上多余的泥巴，抱起模子，俯身往地上一扣，三块砖坯便同模子分离开来，被扣在地上了。父亲干这活儿很熟练、很卖力。每扣一次砖坯，父亲的两手都青筋突现，臂膀上后背上的肌肉突起。汗湿的脊背在太阳的照耀下，黑亮耀眼。父亲的脊梁同他扣砖坯子的泥的颜色一样。

"你咋来了？"我在父亲身后站了许久，父亲才发现了我。

我手里拿着父亲的褂子，没搭上话。因为我觉得我手里的褂子，对父亲来说，还有用吗？

我想帮父亲干点儿什么，想俯身拿铲子铲泥。父亲说："你干不了这个，你帮我拾拾坯子吧。"父亲拾起几块砖坯子，教我怎样往坯架上码。

我码得不好，也不熟练，一次只拾起一块砖坯子往架上码，但能帮父亲干点是点儿。父亲太辛苦了。

我爷儿俩正干着活儿，一个头有些秃、体态微胖的人走了过来，那人来到父亲跟前和父亲说话："老秦，昨天又扣了多少？"

父亲说："扣了一千七八。"

那人说："你是真能干啊，全窑上扣砖坯子的，再没你能干的了。"

父亲说："没别的本事，就得干啊。"

那人又望着我说："这是谁啊？"

父亲说："我儿。"

"你儿小伙不赖啊。"

父亲却叹了口气说："唉，跟着我受穷的命。"

那人又问："没念书吗，多大了？"

父亲说："高中刚毕了业，虚岁二十一了。"

"行，你爷儿俩忙吧。"那人说着，又到别的场地上去了。

我问父亲说："他是谁啊？"

父亲说："厂长。"

天快黑了，父亲说："不早了，你回去吧。"

我不想回家，我想把父亲扣在地上的砖坯码到架上，码完了再走。我还想陪父亲在窑上住一夜。

父亲没说什么。

天已经漆黑了，我才把砖坯码完，父亲也将一大堆土洇透了水，准备好明天扣坯子的泥。我爷儿俩这才去吃饭。

父亲从伙房里打了几个窝头、一份儿咸菜、一大洋瓷缸子黏粥。没多余的碗，我爷儿俩用一个缸子喝粥，在伙房门旁的砖摞上吃。

父亲在窑上睡觉是没有固定的地方的。父亲带我来到窑前，找了个刚出过砖的窑洞，在里面铺上盖砖坯子的草苫子，铺上被子，随手拿过两块砖当枕头，对我说："睡觉吧。"

我躺下了，却闭不上眼，身子底下硌得慌。窑内的空气太憋闷，刚出了砖的热窑洞犹如蒸笼，我只觉得喘不过气来，翻来覆去，久久不能入睡。

而父亲躺下不一会儿，便响起了劳累的鼾声。

十八 我的亲事

父亲在窑上扣砖坯子，一直干到雨季才回来。

父亲回家的当天晚上，老刘叔来了。老刘叔也在窑上扣砖坯子，和父亲的场地挨着。两个人经常一块儿去伙房吃饭、一块儿找地方睡觉，共事挺合得来。父亲和老刘叔说话用不着客套，一进门，对老刘叔说："嗯，怎么这时候来了？"

老刘叔自己在椅子上坐下，笑着说："好事。"

父亲说："咱能有什么好事？"

老刘叔说："厂长看上咱河了，托我说媒来了。"

父亲先是一惊，但接着又平静下来，说："咱能攀得上人家？"

老刘叔说："人家是相中孩子了，了解你的情况。"

父亲说："那，就算人家不嫌咱穷，可就这三间小土房，那头还有个走天门儿的，人家那闺女跟着咱，咱的脸上也过意不去啊。"

老刘叔说："不会再盖两间吗？"

父亲说："我也想盖，可这是一句话吗？"

老刘叔说："你不是有檩条吗？"姥爷去世后，经允许，父亲把姥爷的三间房扒了，把檩条门窗拉来，垛在当天井里。老刘叔知道我家的情况。

父亲说："檩梁木头有，就是砖不够。这一季在窑上扣砖坯子，算算账，除了上队里交的，能剩三千块砖钱。我想再盖房碱脚得高点儿，得五千块砖。"

老刘叔说："这还不好说啊，两千块砖，过了雨季再上窑干上一季，用不了的用。"

父亲说："那得等到秋后了，再盖房得来年了，人家能等着咱？"

老刘叔说："厂长他闺女也不大，还没咱河大，没事儿啊。"

父亲长出了一口气，脸上露出了少有的笑容。父亲说："行，行，真要能成的话，咱是烧高香了。"

老刘叔说："这事个包在我身上，反正是他相中的咱，该着你有福，厂长他闺女可俊了。"

父亲笑了，老刘叔也笑了。

父亲炒了俩菜，一个醋熘白菜，一个生调白菜心儿。花一块两毛钱买了一瓶二锅头，同老刘叔喝着酒，说着话。老刘叔说，盖房时，他帮凑俩。

十九　一奶同胞

日出日落，冬去春来。

父亲又在窑上扣了一季砖坯子，终于攒够了五千块砖，打算化开冻就盖房。

但是，计划不如变化快，父亲正着手盖房，我参军的四叔回来了，复员了。四叔小三十了，一回来，爷爷就托媒人给四叔说亲。爷爷说，再晚了四叔的亲事就不好说了。

四大爷给四叔提了门亲，女家那头也不小了，愿意了，就有一个条件，没房不行。

爷爷没房，还是那两间小土房。爷爷愁得没办法，找父亲商量，四大爷也找父亲商量。四大爷说："你四兄弟岁数不小了，好不容易碰上个'瞎眼'的，愿意跟着咱，不嫌咱穷，你爹老了，没能力了，你大哥又是这情况，你是当哥的……"

不等四大爷说完，父亲便接话说："四哥，我知道，长兄如父。你放心大胆地给操心吧，房包在我身上，今春就盖，我先不盖，先给四弟盖。"

父亲把为我盖房的砖梁木料，全用在了给四叔盖房上了。一春也没出去干活儿，在家为四叔操持着、忙活着，整天土一身泥一身的。

四叔的房盖起来了——四间，四叔当年结婚了。

父亲一春没出去干活儿，给四叔盖房，回自己家吃饭，我爷儿仨的粮食就接不下来了。快过麦了，断顿了。四叔觉得过意不去，去他丈人家借了一袋子棒子给我家，我爷儿仨好歹熬倒了下来粮食。

自从四婶过门儿后，和我一家的关系还不错、很融洽。但是过完了麦，还没到秋上，却见婶子和四叔经常抬杠，起先父亲不知是为啥，还说我四叔，两口人不好好过日子，抬什么杠啊？有一天，爷爷找来父亲，说，他俩抬杠是为了要账。婶子说，借她娘家的粮食该还了。

父亲听了，心里很是愧疚地说："还，人家从她娘家给借的，那是得还。"

可用什么还呢？

一连好几个晚上，父亲都好歹吃口饭就出去，很晚才回来，有时回来到半宿。终于有一天夜里，父亲扛着一袋子棒子回来了。父亲累得肩膀都压麻了，对我说："走，咱爷儿俩抬着给你婶子送去。"

我和父亲抬着棒子，一见到婶子，不知哪来的气，我和婶子犯了话，我对婶子说："我借你的一袋子棒子，你想着了，给你盖的房，你想着了吗？"

谁知婶子说话忒伤人，她指了指四叔和父亲，又指了指她自己，说："我和他们不一样……"实际上婶子骂的那个字眼儿还难听，我实在难以启齿。

一句话，把我、父亲、四叔，全噎住了。噎得谁都没能答上话来。

蓦地，四叔"咣"给了婶子一巴掌："离婚！"

父亲也急了，抽了四叔一巴掌："再说我踹你！"接着父亲又狠踹了我一脚："多嘴！"

四叔哭了："哥，你打我，别打孩子！"

虽然是夜晚，但借着微弱的月光，我看到了，父亲的眼里也含着泪水。

从父亲和叔父的泪光里，我读懂了什么叫一奶同胞，什么叫亲兄胞弟。

二十　娘，咱回家

父亲没给我盖起新房，说，他春秋再上窑去扣砖坯子，爷儿几个没吃闲饭的，几年就能盖起新房。

我也打算出去找点活儿干，找个临时工什么的。

这是1976年的春天。父亲上窑刚走，我小姑捎信来说，我娘的坟被扒了，是黄招庄的队长杨子穷领着人干的。

我一听火冒三丈，肺都要气炸了，我撒腿朝黄招庄跑去。我要找杨子穷去，凭什么扒我娘的坟，我娘她犯什么法了，你欺人太甚！

我一口气跑进黄招庄，"咣"一脚踹开杨子穷的门。

杨子穷一看是我，没事人似的，说："嘛事啊？"

我气灌满腔，指着杨子穷问："你凭什么扒我娘的坟？"

杨子穷"嗯"了声说："队里的井沿坏了，需要几十块砖。"

我说："你一个几百口人的生产队，连几十块修井沿的砖也没有吗？为什么单扒我娘的坟，怎么不扒你家的祖坟？"

杨子穷说："你娘已不是黄招庄人，不能再占黄招庄的地。"

我更加恼怒，说："黄招庄招不得我娘，你给我说一声，我可以把我娘起走，你扬我娘的坟，你欺负人，你欺人太甚！"

杨子穷毫无心亏地说："我就扒了，怎么着？"

心字头上一把刀，我忍无可忍，就像一头暴怒的凶狮，当场把杨子穷的桌子掀翻。杨子穷想动手打我，我随手拿起了菜刀，我要和他对命！

杨子穷被我震住了，他出去了，不一会儿，他把我小姑叫来了。

我不知他叫我小姑来干什么。杨子穷叫我小姑来以后，没等我小姑站住脚，就冲我小姑说："快管管他。"

小姑先夺下我手里的菜刀，掉着泪说："听话，把你娘的骨头起走吧。"

我没听进小姑的话，我豁出去了，我怒目瞪着杨子穷，没动身。

小姑突然给我跪下了，说："你不在这庄里住了，你姑还得在这庄里过啊。"

小姑哭了。

我可怜我小姑，我心疼我小姑，我屈服了、不闹了。我被小姑拽着，来到了我娘的坟上。

我娘的坟，原本就不大的一个小土堆，已被夷为平地，刚刚被翻起的泥土还未干。

睹物思人，我泪如泉涌，我想起了我的亲娘。

我趴倒在母亲的坟上，泪下如雨，思潮滚滚。

蓦地，我的手触到了一块硬邦邦的东西，我捧起来带着满脸泪水一看，是一块骨头，是我娘的骨头啊，呜呜呜呜……

我彻底地被惹怒了，我手捧我娘的尸骨仰脸苍天，对着苍天我怒吼：“杨子穷，我要控诉你！你欺人太甚，我母亲，她一个手无缚鸡之力的弱女子，她饱受凄苦，黄土之下碍你什么了，挨你家人什么了！”

妹妹也来了，趴在母亲的坟前，哭成了泪人。

“娘啊，你活着不如人，你死了也被人欺负，娘！娘啊，这就是你的命吗？

“娘，你知道吗，你死了，姥爷也不想活了，你出丧的第二天，姥爷就往房梁上拴绳，可吓死我了，我哭着抱住了姥爷的腿，我怕没了娘再没了姥爷。哥和爹回老家的那天，你知道我和姥爷上地回来是什么滋味吗，家里一下子空了，好好的一个家说散一下子散了，我和姥爷端起碗来又放下，我和姥爷抱头痛哭，你听见了吗？娘，你听见了吗？

“娘啊，你临去世时问我是哪庄的，你不认得闺女了，那时闺女才7岁，才7岁啊，7岁没了娘，人家问我你娘呢，我说你睡觉了，娘，你怨闺女不孝，怨闺女不懂事吗？

"娘,你知道这些年来,女儿是怎么过来的吗?多亏了妗子,多亏了小姑,多亏了好心的婶子大娘。要不女儿能成人吗?娘,闺女7岁你就撇下我不管我了,你好狠心啊,女儿想你啊……"

我妗子来了,还有好多庄里的婶子大娘也来了。她们来到了母亲的坟前,都陪着我姊妹俩掉泪。小姑哭着说:"别哭了,回去和你爹商量商量,把你娘的骨头起回老家去吧。"

妗子也说:"是啊,有的骨头还在外面露着,按说尸骨是不能见太阳的。"

商量什么呢?我是我娘的儿子,我是没能保护我娘的不孝儿子,我没本事没权力再把我娘的尸骨埋在这儿,但我有权把我娘的尸骨起走,起走还不行吗?

我跪着爬着,用双手在刚刚翻起的泥土上扒着,小心翼翼地瞪着大眼瞅着,把母亲被挑乱的骨头一点儿点儿地往起拾着,捧在小姑从她家拿来的纸箱子里。

几个好心的婶子大娘也想帮我,我拒绝了,我谁也不用,我母亲的尸骨谁也不允许动。母亲有儿,她的儿子在,她的儿子在她的跟前,儿虽无能,但我想,母亲的尸骨,母亲是不愿别人动的!

我哭着,跪着,爬着,找着。我的心里在流血!

忽然,我的手触到了一块圆而大的骨头,我扒开周围的泥土,双手捧起来一看,是母亲的头骨啊,这就是我的母亲?这就是我的亲娘吗?儿怎么认不出亲娘了呢?母亲的容颜呢?娘啊,呜呜呜呜……

生我娘，养我娘

娘在儿心上

容颜改，认不出娘

心如刀绞哭断肠

娘啊娘

你满腹凄苦赴黄泉

黄泉路上有豺狼

天下黄土不埋人

可怜尸骨荒野扬

儿子就在娘身旁

儿却无能保护娘

儿子就在娘身旁

儿却无能保护娘

仰跪苍天我顿首

还我亲娘

还我亲娘

我和妹妹背着娘的尸骨回老家，一路走一路哭，泪流成河。

二十一　入土为安

听说我母亲的骨头起回来了，众乡亲都来了，男女老少围满了屋子，围满了院子。大家都为我母亲叹气，都为我母亲愤愤不平，都可怜我母亲的不幸遭遇，都想从话语上行动上助我讨公平。

支书说："哪有扒坟的政策啊，孬种才干这样的事，踩寡妇门扒人家祖坟，这是损阴德的事，不是人干的事。"

四大爷跳着脚直骂："欺负老秦家没人了，找他去！"

我爷爷怕把事情闹大了，阻止众人说："算了吧，好歹一家人死的活的都团圆了，让他娘入土为安吧。"

我大爷这一阵子没犯病，精神挺好，操持我母亲的丧事。我大爷对队长说："大叔，刨坟得损失一块麦田，你看——"

队长说："挖吧，这是什么事啊，谁死了不占块地啊，谁家不死人啊！"

我没钱给母亲买棺材，几个上岁数的长辈用秫秸插了个灵枢。在我把母亲的骨头往灵枢里放的时候，西头老二奶奶找来一把接骨草，撒在我母亲的尸骨上。老二奶奶说，这是接骨草，从黄招庄起回来的骨头全不全的，有了接骨草就没事了，就等于全了。

我给老二奶奶磕了个响头，感激不尽老二奶奶成全我娘。

那天，全村停产，给我母亲发丧。

当我母亲的灵枢被抬到坟上，就要下葬的时候，支书忽然招呼众人："来来，兄弟爷儿们的，甭管死的活的，咱村又多了一口人，大伙一起吊个丧。"

我母亲的灵前，几十号乡亲整齐地跪下一片。

我的头拄在了地上。

娘啊，在黄招庄给你送葬时，儿还小，还不懂事，连头也不知道磕、不会磕。如今，儿懂事了，儿懂事了啊。我的头磕进泥土里，给父老乡亲还礼。我的泪啊，说不清是为母亲悲痛，还是感恩众乡亲。此时此刻，娘啊，你得到了父老乡亲的尊重；此时此刻，儿的心底里，有一股浓浓的什么在涌、在涌……

愿母亲安息。

二十二　沉重的车轮

感谢我的妻子，不嫌我家穷——就在我家的两间屋里，我也娶了媳妇。父亲暂时搬出去了。

妻子给我带来了福分，妻子进门不久，国家恢复高考，我圆了大学梦，去外读书。

妹妹也出嫁了。

家中只有父亲和妻子干活儿，很不容易。父亲五十不到的年纪，却已满头白发。我也有愧于妻子，妻子有了身孕，还照常出工干活儿。我念着书，我的女儿出生了。父亲发来电报，给我报喜，让我回家看看。

我急忙赶回家。

岳母正忙着做饭，伺候我的妻子，伺候来看望我妻子、来看望我女儿的亲戚朋友。我一进门，岳母就向我道喜："快看看你宝贝闺女去吧。"

我跑进里屋，先看到了妻子。妻子在炕上坐着，看到我，泪一下子就下来了。妻子说我："你怎么才回来啊？"

我上前为妻子擦着眼泪，心里很是愧疚，不知该怎么安慰她。我的手抚到了妻子的头上，只见妻子汗湿的头发还打着绺，脸上还带着临盆时的阵痛与憔悴。我不禁一阵酸楚："对不起，我回来晚了，你受苦了。"

然而我的一声安慰，妻子的泪流得更痛了。

妻子是干着活儿临盆的。今年过秋，队里把农活实行承包，把地里的活儿分到户、分到人，这样，社员们可以多劳多得，队里省心，干活儿的进度也快。

在包地块掰棒子时，父亲和我妻子包了一大块，比别人包得多，有好几亩。包得地多块大，掰的棒槌子就多，挣的工分就多。另外，掰的棒子扒的棒窝（包着棒槌子的皮）归个人。棒窝是用来编地毯的好材料，逢到冬天，晚上，妻子都是半宿半宿地熬眼，编小辫儿、钉地毯，一块地毯能卖几块钱，这是队里唯一允许社员自己可以干的家庭副业。为了多扒些棒窝，父亲和妻子包的地最多。

掰棒子没问题，爷儿俩早晨饭吃到晌午，晚饭吃到半宿，把棒子掰完了。都掰在了地里，可往家运却是个难题。没车没工具，只有父亲上河用的那辆小推车，装不了多少，尽管爷儿俩来来回回跑的趟数不少。

队里有一辆大胶皮车，白天集体占着，不能使唤。父亲晚上等队里不用了时，就和我妻子用人拉着，往场里运棒子。胶皮轮车很大很沉重，队里用时是套着牛拉的，父亲和我妻子用人力，拉起来很费力。

父亲驾着辕，我妻子在旁边拴了根绳。爷儿俩在月光下，拉着这沉重的大车，汗透了衣衫。

就在拉最后一车棒槌子时，装得也多点儿，再回来一趟装不满了，不值当得了，就一车全装上了。妻子说，这一车特别沉，车轮每向前挪动一步，父亲和她都得使尽平生力气。当车快出地头来到道上时，一个车脚陷进了暄土里，出不来了。

父亲对我妻子说："咱爷儿俩换换，你驾着车。"父亲把车辕交给我妻子，走到车旁，躬下身子，两手使劲往起搬着车轮，嘴里喊着"一二"往外赶，但车轮稍微动了动又陷了回去。

父亲稍缓了缓劲儿，弯腰扛着车轮，我妻子也驾着车使着全身的力气，爷儿俩一起喊了声"一——二——"，车轮终于上了大道。

但是，我妻子接着便肚子疼起来……

听着妻子带着泪花的叙述，我的心岂止是内疚，贤妻啊，我欠你的。

妻子的泪，不仅是委屈的泪，也是向我报喜的泪。妻子说："看看孩子吧，多像你。"

我俯身亲昵地望着女儿，女儿是幸福的，她的小脸儿上全是笑容，就躺在妻子的身边，甜甜地睡着了。

父亲也过来了，他满脸带喜，趴在他的小孙女的脸上，看了又看，亲了又亲。父亲说："又多了一辈子人烟啊，又多了一辈子人烟。"

父亲说着，眼里又有了泪水。

二十三　醒了的土地

父亲去参加生产队最后一次开会，牵回一头瘦骨麟峋的小半大牛来。父亲说："队里把牛评了价，都算给了户家。这头牛一百三十元，我抓阄儿抓着了，另外几头大牛，作价四五百，一个户要不起，都是好几个户搭伙要的。"

这头牛瘦得皮包骨头，牵着缰绳使劲拽它，它也不肯走，并且还往后退，一副见风就倒的样子。

我说："要个这牛干吗？再说，咱也没钱啊。"

父亲说："先不拿钱，秋后还账。别看它瘦，它是头才二年的小牛，长得不大，是吃不饱饿的，没发起个来，要是跟上草料，还能发，发不小。"

四大爷听说父亲牵家来一头牛，来找父亲说："要这个干什么，自找着不清闲啊。"

父亲说："现在各处都这样，又不是咱自己。"

四大爷说："这牛可是一顿离了草也不行，你喂什么啊？"

父亲说："没草，我刨茅根喂它。荒地茅草地有的是，茅根有的是。"

从此，父亲整装工夫忙活地，种责任田，一早一晚背着筐出去刨茅根。茅根更多的是，父亲吃顿饭的工夫，就能刨回一大筐来。牛吃着鲜亮甜润的茅根，就像人很久没吃过白面馒头一样，大口大口地往嘴里逮，不一会儿，肚子便鼓了起来，看上去也有了牛样了。

我修业期满回本镇中学教书，星期天回家帮家里干活儿，我也想和父亲一起给牛刨茅根。

父亲说他找到了一块茅根特别茂盛的地，我随父亲来到地里。

父亲说："这块地，有一两亩，队里荒了多年没种了，分地时也没拿着它当地，没搭数，也没人要。别看这地光长茅根，茅草旺得过膝，长茅根的地都是好地，刨干净茅根准长，准发庄稼，准长不孬。"

大半个春天，父亲除了拾掇分得的土地，就是来这块地里刨茅根，刨的茅根牛吃不了、剩下的就晒起来，下雨阴天牛也不缺草吃。

刨完了茅根，父亲又把这地整平，想种点儿什么。种什么呢？父亲说，种地瓜，地瓜最喜生发子地，便将这块地全部种上了地瓜。父亲精心伺候，除草、翻秧，有时下着雨也上地里跑，他把全部心思用在了地上。

秋后，地瓜大收了。砍去地瓜秧子后，被地瓜拱起的地面裂着纹，一看地瓜就小不了。刨地瓜时，一家人越刨越欢喜，那地瓜大点儿的像暖壶、像狗头，父亲用秤称了一块还不算最大的，竟有七斤多。外人看着直羡慕、直眼晕。

父亲借了一辆小拉车，赶着我家那头已长了膘的牛，送往粉房里，卖了一万多斤。还有几车伤镬的、瓜块不周整的，晒成了地瓜干。从此，从这一年开始，我一家再不缺吃的了，再也没有揭不开锅了。

卖地瓜的收入不小，头一回见这么大的收入。父亲说："买砖、买料，准备盖房。"

父亲的计划还没实施，小组长手里拿着单子来了，对父亲说："这是队里原先贷得银行里的陈贷，生产队散了，连本带利息算给户家了。"按人口摊，我家分了三百多元。

小组长留下单子走了。我对父亲说："先看看别人还不还，咱先不急着还，起码大多数户家今年还不上。"

父亲说："还账如割皮，无责一身轻，咱不管别人，咱先还了吧，以后再忙就是自己的了。"

父亲一辈子没去过银行，也从没贷过款，可父亲是村里第一个去银行还钱的人。

二十四　夺麦

又是一个丰收年景。

我家分的那十几亩土地，父亲全部种上了小麦。十几亩小麦黄灿灿一大片，穗穗籽粒充盈饱满，似乎在向父亲祝贺，又像在向父亲做圆满回报，父亲的汗水没有白流。

自从分开地后，父亲几乎整天长在地里，父亲每天出工和收工都是两头不见太阳。四大爷对我说："你爹天天起夜猫子五更。"

父亲种地，喜欢土地，视土地为宝，对待土地如生命。有的户家嫌分的地孬，或地块小不值当种，父亲不嫌，父亲跟人见面说："你不种啊，你不种我种，我拾掇拾掇。"村前庄后的涝洼闲散之处，父亲也捡起来整平、深翻，撒上几把麦种，或点上几棵棒子豆子，虽然零碎、不起眼，但秋后一归结到囤里，就多了不少收入。

我家打的粮食，大囤满、小囤淌。屋里盛不了，几个盛麦子的大水泥缸就蹲在当天井里，蒙上塑料布，下雨也不怕。光粮食就占去了大半个当天井。

原先过年时也不能可着肚子饱的白面馒头，已不再稀奇，如今成了一日三餐的家常便饭。

今年的麦子，还得大收。看着丰收在望的麦田，父亲很是欢喜。父亲说："麦子上色了，下集就得动手了，我赶个集去。"

父亲赶集买了两把镰、两把月牙镰、一把扫帚、一张扬锨、一个搂耙、两根绳子、一杆杈，满满当当一大堆，都是准备过麦用的。

父亲赶集回来，就开始拾掇场。先套着牛拉着耙，把场上的地面耙暄，再用牛拉着碌碡把耙起来的场轧瓷实，碌碡的后面还扯拉着一些上面压着泥土的柳树枝子，这叫囤场。囤完了场，借晚上的工夫，我放学回来，和父亲一起，从场旁边的井里提水泼场，从吃完晚饭就开始泼，泼完了场已经夜里十二点多了。

我累了，也困了，躺下便睡着了。父亲却只打了个盹儿，就又起来了，在昨晚泼过的场上撒上麦秸，接着套着牛拉着碌碡轧，这叫杠场。这样杠出来的场，瓷实、不起土，轧麦子好用。

场干了，麦子也正好动镰。开镰头一天，我也放假了，我和父亲，还有我妻子三张镰割，连割带捆带往场里运，当天就割了两亩多。晚上，我妻子照顾孩子，我和父亲在场里铡麦子。为了轧场省时省力，也少占场地，得把割家来的麦子铡掉一部分，把麦子根铡去了一大截再轧。我管摁刀，父亲手掐住麦子往铡刀里续。没有灯光，借着月光，也不知铡到了什么时候，邻场里也铡麦子，邻场里早已睡了，没动静了，庄里也没有了狗叫小孩儿哭的声音了。

我和父亲还没把运回场里的麦子铡完。我的体力有些不支，摁刀有些吃力了。有时，我一刀摁下去不能将父亲续进铡刀里的麦子完全铡断，需要接着再摁一刀，父亲也随手将没铡断的麦子往铡刀的根部续一续。

突然，父亲"呀"的一声，我赶紧撂下铡刀，父亲撒开麦子扯出手，只见父亲的左手已经出血了，是铡着手了。我手足无措，为自己的不小心而愧疚，不知该怎样给父亲包扎伤口。父亲从手腕上解下他平时干活系着的小手巾，撕下一条，将被铡着的手指紧紧缠住，让我给他系紧。父亲说："还愣着干什么，接着铡啊。"我心疼父亲，说："你的手行吗？"

父亲说："怎么不行啊，怎么这么娇贵啊！"

我只得又掀起了铡刀，小心翼翼地摁刀，每摁一下刀，我的心都揪得紧紧的。

当我和父亲把一场麦子铡完，天已露头明了。

父亲对我说："你回家睡一觉去吧。"

我刚想起身往家走，却见父亲弯腰拿起了大杈，开始摊铡过的麦子。我没有让父亲一个人摊麦子，随父亲一起，把铡了多半宿的麦子摊开在场里。摊完了，正好亮天了。我爷儿俩觉也没睡，接着下地割麦子去了。

那年过麦，父亲曾三宿没睡觉。

烈日下割麦——热，那滋味儿我是体会到了。不脱褂子，汗出得紧贴在身上，使人难受；脱了褂子，晒得肩膀疼脊梁疼；熟焦了穗的麦芒扎在手上胳膊上，又刺又痒。而父亲割麦，一直光着脊梁，父亲说："个麦芒儿，扎一下没什么的。"

晌午了，父亲说："先不割了，回家，翻翻场去。"

晌午的太阳最毒，但是翻场晒麦子太阳越毒越好，太阳越毒越勤翻场。骄阳似火的晌午头里，父亲除了紧着吃了口饭，都是站在麦场里翻场。

太阳好麦子晒干得快，一上午便能轧了。父亲套上牛拉着碌碡，一手牵着长长的牛缰绳，一手举着鞭子，暴晒在烈日下轧场。陪同父亲在太阳地里的，是那头牛，还有碌碡，和碌碡滚动在场上的"吱呀嘎哟"的响声。

轧完场半过晌午了，太阳虽不那么热那么毒了，可是这时却没风了，一丝风也没有了。没风拾掇场，更不是好活儿，抢扫帚扫场，扫起的尘土掺杂着麦秸麦糠的碎屑，满场上飞舞，落在人的头上脸上身上，呛得慌，呛嗓子，呛得人睁不开眼。我无意中看了一眼父亲，父亲全身都是泥土尘屑，脸成了黑色，脊梁也成了黑色，只有一说话露出的牙齿是白的。

夜里，我和父亲在场上睡，刚躺下一会儿，起风了，父亲便一骨碌又爬起来，借着有风，借着月光扬场。

父亲又扬了一宿的场。

我和父亲把扬好的麦粒堆起来，还没来得及欣赏这来之不易的收获，突然上来天了，西北上黑乎乎风卷残云、扯天盖地地翻滚着、怒吼着，朝我和我父亲，朝刚刚堆起的麦堆压过来。

"快回家拿塑料布、拿压头去！"父亲说着，急急忙忙往家跑。我也紧跟着往家跑。父亲抱上塑料布，又扛起两根木头，一边往回跑着一边对我说："用小车推着砖压塑料布。"

我推着半小车斗砖来到场里，雨也来到了。黑云把天遮住，遮得漆黑一片，风摇树弯摔打着地面，大雨点子"啪啪"地打在地上，打在场上的杈把扫帚、扬场锨上，打在父亲的头上、脊梁上，打在父亲正在抻开来盖麦子的塑料布上。

我有些手忙脚乱，不知该怎么办。父亲费劲地把塑料布盖在麦堆上，我随即压上了木头，压上了砖。但不管用，风太大了，塑料布一下子被刮起来了，被刮得老高，在半空里飘舞着、飞动着、撕扯着。

雨"哗"的一声发怒了，下起来了。

"用劲！扯住那头！"父亲大声招呼着我，同时自己两手抓住塑料布的一头，摁在地下，借着风劲儿，将塑料布盖在了麦堆上。接着父亲一下子趴在了塑料布上。

天，就像被捅漏了似的；雨，就像自天直上而下的瀑布，一个劲儿地向地上倾。一个震耳欲聋的霹雷在父亲的头上炸响，紧接着又一道闪电划过，刺得人眼睛发花。

我担心父亲，上前往起拽着父亲说："这样危险啊爹，快起来，命要紧啊！"

父亲使劲地扒拉我的手："滚开——"他像巨石一样，死死地趴在塑料布上纹丝不动。

我也豁出去了，也趴在了塑料布上。在麦堆的另一边，我紧紧地拽住塑料布，用身子压在了上面。

我和父亲对着脸在麦堆上趴着、压着，任凭风狂雨猛，任凭电闪雷鸣。

什么叫争秋夺麦？什么叫虎口夺粮？我深深地体会到了。

雨疯狂地肆虐了一阵后，终于停了。

邻场的麦子也是刚堆起来，但没来得及盖好，麦粒子被风雨冲得满场都是，有些麦粒还被冲到了场院下的沟里。邻场的女人呜呜地哭了。

父亲蹲在刚刚经历过风雨的麦堆前，大口大口地抽着旱烟。父亲长长地呼出了一口气，喷出一口浓浓的烟雾，那烟雾打着旋儿，向着晴朗的天空飘散。

二十五　交公粮

打完了场，麦子入了仓，家家户户忙着交公粮。

父亲起个大早，把拉车子打足了气。我上学还没走，和父亲一起，把十几大袋子麦子抬上车。父亲套上牛，赶着车去交公粮去了。

但父亲走了不一会儿，我正骑车去上学，在院门口和父亲遇到了，父亲又赶着车回来了。我问父亲："怎么又回来了？"

父亲说："忘了，装错了一袋子麦子。"

我说："不都是在大缸里装得吗？"

父亲说："有一袋子麦子是二场和麦余子，在缸旁边放着，也装到车上了。"

我说："虽然是麦余子，但咱扬得也很干净，不同样是麦子吗？”

父亲说："二场麦子和麦余子籽粒瘪，不饱满，交给国家，能行吗？"说着，父亲让我搭手帮着他，把车上的一袋子麦子抬下来，又从大缸里装了一袋子，抬到车上。父亲说："行了，你走吧，上学去吧，我先去挨号（排队）。"

我在学校里上完了两节课，向校长请了假，我想去帮父亲交公粮，去看看父亲是否挨上号了。

交公粮的人像赶集一样，有赶着牛车的、驴车的，有开着拖拉机的、三轮子的，还有人推着小推车的，车来人往，熙熙攘攘。

粮所的大门被围得水泄不通。交公粮的车辆从粮所大门挨出老远，车挨着车，人挤着人，分不清到底是排了几行。有的四五辆车并排着往前挤，有一辆拖拉机占据在车辆中央，使它旁边的一辆三轮车横着不能前行，连车头都转不过来。

在密密麻麻的车辆中，我找到了父亲。父亲的车挨得不算靠前，往前看，离粮所的大门老远；往后瞧，后头的车辆也很多。

车辆不大往前动，半天挪不了一步。

有人挨号挨烦了，发开了牢骚："到底几个磅过啊，挨到什么时候啊？"

有人接话说："沉住气吧，来就得有工夫，着急也没用。"

有人说："你的麦子干吗？扬得干净吗？听说验得可严了，超了水分不行，扬得不干净不行，麦粒儿达不到标准也不行。"

有人就有些泄气地说："谁知道我这麦子能当上了吗，我不会扬场，我把二场连麦余子都掺上堆了。"

父亲没说话，只是下意识地摸了摸自己车上的麦子。

天近中午，父亲终于挨上了。

说自己不会扬场的那人在父亲的前边，验收员先验他的车。年轻的验收员手拿铁叉子，一下子插进那人的麦子袋子里，接着往回一抽，铁叉子的中间是空的，有一个小孔，带出小半把麦子。验收员把带出来的麦子往手上一倒看一看，说："不行，你这麦子扬得不干净，粒也不匀，有的麦粒儿不饱满，下一个。"说着又用同样的方法检验我父亲的车，那铁叉子一插一抽一倒，验收员手一挥，说了一个字——过。

父亲顺利地进了粮站的大门。

过完磅，要自己把麦子往仓里倒、往粮仓里扛。粮仓已快装满了，再往仓里倒，得爬跷跷板。我抱起一袋子麦子，想往肩上扛，费了好大的劲儿却怎么也扛不到肩上。我让父亲发给我，扛着袋子上了跷跷板，一踩，那跷跷板上下左右直晃——我的腿发软，有些抖，不敢上。我说："不行，我还是抱着袋子上吧。"

父亲说："算了吧，我来吧。"父亲扛起一袋子麦子，踩着跷跷板爬上了仓。父亲快60岁的人了，扛着袋子爬跷跷板，不摇不晃，比我还强。

交上了公粮，已过晌午了。父亲赶着车，我骑车在一旁跟着。牛恋家，拉着空车往回返，走得很快，不用赶，蹄声不停。

父亲也一身轻松，难得的心情愉悦。

二十六　抗旱

隔年大旱。

一年没下过一场透地雨，大河干得裂纹，小河河底有人种上了庄稼。庄稼大减产，连吃水都是大事。村里唯一一口吃水井，天天见底，人们天天早起挨号抢水。起得早的能提满水桶，来得晚的只能打半桶，再晚的只能从井底上刮。父亲和四大爷商量，同四大爷一起找到支书。父亲对支书说："召集人挖挖井不行吗？"支书说："怎么不行啊，我也有此意。但村里没资金，拿什么给挖井的报酬呢？"父亲说："拿么报酬啊大伙的事大伙干，家家受益。自愿，出义务工，不来的就散。"支书就在大喇叭里号召了几遍，来了不少人，都凑到井边。支书说："下去年轻的，井上站几个力壮的，用水桶往外挖。"谁下去呢？支书说："三强子，你年轻，又有力气，你下去吧。"三强子说："不行不行，我怕凉。"支书又说："黑子，你下。"黑子说："这么深，我不敢下。"父亲说："我下。"父亲脱了褂子，下去了。他下到井底，用小锨往水桶里挖沉在井底的淤泥，也有砖头瓦块，挖满了桶，就招呼井上的人往上提。父亲在井下挖了十多桶，支书又派人下去，把父亲替上来。父亲上来时，身子直发抖。有人倒了一茶碗酒递给父亲，父亲喝了一大口，接着披上衣服，蹲在井旁暖和。

吃水问题总算解决了。

可旱情一直持续到过年，一冬没飘过一片雪花。

过完年，初二下午，父亲吃了饭去前徐拜年，我村和前徐过年兴相互拜年。父亲在前徐拜完年没站住，急着回来对我说："前徐人们都抢水浇地呢，咱也浇去啊。"

我说："哪来的水？"

父亲说："黄河的水是上东营放的，经过前徐的一个闸门坏了，渗出来的水，水流不大，都抢。前徐的人浇两天了，连年都没过。"

我家在前徐村东有两亩地，地不孬，是好地、黑土，就是离家远，距离前徐还有一里多地呢。一听有水，我说："去，省得再不来水，浇不了地。"

我和父亲还有我妻子拉着机器水泵，匆匆忙忙地来到了老东南。

地在河头上，过了桥就是。可是桥头两边前徐的人已经安满了机器，一根根长龙似的软管子，横七竖八地占据了整个桥面，占据了桥两头的道路，就连行人空手从桥上过，也得小心翼翼地从软管子中间的空隙里迈步，很难走。我们拉着机器水泵，根本没法过桥。

父亲说："咱把机器水泵卸下来，用人抬着过去吧。"

机器有三四百斤重，我怕父亲岁数大了，我对父亲和我妻子说："你爷儿俩抬一头，我抬一头。"可我俯身抬机器，攒尽全身之力，只是把机器往起抬了抬，只觉得不行，接着又放下了。

父亲说："我来吧，你俩抬一头吧。"父亲让我和妻子抬一头，他自己抬一头。

我说："行吗？"

爹说："走，走走。"

我爷儿仨抬着机器，刚想从软管子上过去，远处有人挡："站住！从哪里走啊？"不让从他的软管子上过去。

父亲说："你放心，砸不着你的软管子啊。"

那人死盯着我爷儿仨抬着的机器和他地上的软管子，不放心地说："可别砸着我的管子啊。"

我爷儿仨把机器水泵抬过桥，在冲着自己地块的河边上安好，顺上软管子。天已不早了，眼看黑了。开着机器，河里的水已经不多了，两亩地两个畦，只浇了一畦就没水了。这时天已完全黑下来，也不知是水汽还是大雾，河面上、桥头上、上空里雾蒙蒙一片。所有的机器都停止了轰鸣，河周围突然静得使人竟有些不适应。前徐的人说："等着吧，等水渗得多了再浇。"

人们都没往回挪机器，都等着再来水。

父亲说："你在这里看着，我回去吃点。"父亲和我妻子往家走了。

父亲吃了饭，抱着被子回来了，说："你吃完饭就别回来了，夜里我在这里吧。"

我说："我回来，你回家睡吧。"

父亲说："来回折腾啥？"

可是我在家睡不着，这还是冬天，数九的冬天，天还很冷，还滴水成冰。我在屋里盖着两床被子，还觉得冷，父亲在河边上一床被子，能受得了吗？

天还不亮，我便披着大衣返回河上。

河里又有水了，桥头周围有灯笼火把，好多人已开始摇机器，往水泵里灌水。

父亲也已起来了，父亲在点火烤机器，给机器热身。

我来到父亲跟前，问父亲："夜里睡着了吗，爹？"

父亲说："睡了一觉。"

我说："能睡着吗，不冷吗？"

父亲苦笑了一声，说："能不冷吗，你摸摸那被子。"

我走到拉车子前，父亲是在拉车子上睡的。我伸手摸了摸父亲盖的被子，那被子冰凉梆硬，我用手一摁，被面"啪啦啪啦"直响。夜晚的水汽打湿了被子，一上冻，被子结冰了。

我和父亲开着机器，河水流到地里，却不大往前淌，淌着淌着竟结了冻碴子。

前徐的人有办法，他们穿着水靴子，拿着铁耙子，倒退着往后搂，这样，浇进地里的水才往前淌，才淌得快些。

父亲向前徐的人借了水靴子、铁耙子，站在水里，倒退着往后搂冻碴子，总算把地浇到了头。

因为那次浇地，父亲落下了毛病，一到阴天就腿疼。

二十七　二把刀

大旱到了过麦，还是滴雨没下。种棒子，父亲是挑水点种的。这天中午，父亲点种棒子刚回到家，连饭还没吃，西头刘贵仁忽然哭着到我家来了。刘贵仁是戴着白小帽子来的，进门就给父亲磕了个响头，哭着说："二大爷啊，我娘她……"父亲赶紧扶起刘贵仁，问他："你娘她——死了？"刘贵仁哭得鼻涕一把泪一把，对父亲说："二大爷，你给俺娘穿上送老的衣裳去吧。叫了好几个人，都说害怕，说给死人穿衣裳，没穿过，穿不了。"父亲满口答应着："行行，你起来，我这就跟你走。"我叫住父亲，把父亲叫到一边，说："爹，刘贵仁他娘是黄疸肝炎，她屋里的墙都黄了，这病传染，你别去了。"父亲拿眼一瞪我："你没见刘贵仁下跪啊，这跪是轻易下的？什么传染不传染啊，我不怕。"说着，父亲随刘贵仁去了。

父亲不但给刘贵仁他娘穿上了送老的衣裳，还帮忙给刘贵仁做菜，伺候了三天客。

好不容易盼着下雨，下着雨不能上地干活，父亲刚想坐下歇歇，大辈儿老二爷爷来了。老二爷爷说，他的房山下着雨塌了，让父亲帮忙给拾掇拾掇去。父亲二话没说，雨点儿一小，就上老二爷爷家去了。父亲给老二爷爷拾掇房山，支着架子，拾掇了大半天，临完活儿就要下来时，脚下一滑，从架子上摔了下来。老二爷爷叫着我，叫着人说，给父亲去医院看看。父亲说："看啥，没事，歇歇就好了。"可父亲躺在炕上，腰腿疼得下不来床。老二爷爷过意不去，提着几十个鸡蛋，拿着二百块钱来看父亲。父亲说："二爷爷，你这是干啥，谁还没有求人的时候，要这样，以后我不给你帮忙了。"老二爷爷把钱和鸡蛋留下好几遍，最后，趁我一家人稍不注意，猛起身走了。父亲急了，对我说："去，去撵你老二爷爷，让他拿回去。"我跑着，追出门老远，把钱和鸡蛋给了老二爷爷。我回到屋，父亲说："帮个忙，咱图人家的东西干什么。"

二十八 东北来信

要发家，种棉花。镇上号召大种棉花，镇长在广播喇叭里向全镇讲话说，镇上号召大家种棉花，就是往大家兜里装钱。

村村庄庄种棉花，家家户户种棉花。我家种了 10 亩棉花。我村的地大都是碱场地，种棉花不好逮苗。父亲和我妻子先把地表面的一层碱土起出去，又把地整平，然后大水压碱。为了确保能拿全苗，父亲和别人学着打的营养钵，育了苗，等棉苗长出营养钵七八厘米高时，再一棵一棵往地里挪。父亲和我妻子爷儿俩睁开眼没别的事，就一个活儿——种棉花。他们背着筐端着簸箕，这边挪了那边栽，一直忙了半个多月。总算没有白忙，棉苗活得不错，有八九成苗。

能逮住棉花苗是关键，后期的松土打药整枝更是关键。特别是那打药打不死、手逮逮不绝的棉铃虫，使父亲吃饭吃不安生、睡觉睡不踏实。刚过完了麦，棉花棵长起来了，长出果枝来了，也结花蕾了，但棉铃虫也繁殖得快了，已是第二代了。我妻子天天长在地里，拾掇棉花，整枝、打杈、逮虫子。父亲天天背着喷雾器打药，早晨打，晚上打，中午冒着酷暑也打。

全家正大忙着，父亲收到了一封来信，是小叔来的。小叔在东北结婚，远离家乡、远离亲人。逢年过节，父亲都嘱咐我："给你小叔写个信，没你爷爷了，谁还挂着你小叔啊。"小叔在信中说，他整天在外跑车拉运输，忙得顾不了家，家中的院墙大门早就该盖该修了，早备好了料，可叫不着人帮忙，他只身在外，不好求人。信的背面，婶子加了几句话："二哥，你的那些兄弟姊妹有事，你都管了，远在他乡的小兄弟有难处了，你管吗？"管，能不管吗？父亲看完信，眼里掉着泪，接着起身就想去东北。我不同意，这不仅因为家里忙，我还想起了父亲给四婶盖房，出了力出了钱不落好。可父亲没容我说话，一早便坐车走了，一去就是一个多月。父亲回来那天已晌午歪了，我都吃过午饭了。父亲进门提着一兜苹果，不等我开口，便说我："吃吧，我下了火车正好碰见有卖新苹果的。"我没有接苹果，挂着地里的活儿，我摔给父亲一句话："吃什么苹果啊，虫子都快把棉桃吃光了，我下地打药去了。"下午收工我回来得很晚，上灯了，进门没看见父亲，问妻子："爹呢？"妻子说："爹回来好赖吃了口饭，借了个喷雾器，也打药去了。"妻子接着埋怨我说："爹知道你爱吃苹果，下了火车就只有十来块钱，买了苹果连坐公交的钱也没有了，是从禹城走着回来的。"我听了妻子的述说，心就像被猛扎了一下，从禹城到家，30多里地，父亲60多岁的人了，是走着回来的。我的泪一下子就下来了。我想跑出去应接父亲，我想给爹跪下，向爹说声"儿错了"。可我不知是没胆，还是没脸见父亲，最终我没这样做。

第二天中午，我放学回来，没回家，直接来到地里，我想替父亲打两桶子药，让父亲歇歇。我来到河边的棉花地头上，一眼看见父亲正在往喷雾器里灌药。父亲倒的农药很多，倒了有四五瓶子盖，药很呛人，离着老远就闻着呛鼻子。父亲兑上药灌满水，开始往肩背上被喷雾器。第一次父亲没背起来，父亲把提起来的喷雾器放下，又重背了一次，才把喷雾器背到肩上。然而这时，不知是喷雾器里的水太满，还是由于父亲往起背时打了个趔趄，喷雾器一摇晃，里边的药液洒出来了，洒在了父亲的脖子上，一直顺着父亲的脊背往下淌。见此情景，我的心狠揪了一下，我几步跑过去，从父亲的肩上接过喷雾器——药液又洒在了我的肩上、身上。

二十九　卖棉

（农历）七月十五见新花，开始拾棉花。庄稼还不大熟，还不算忙。父亲和我妻子还能忙得过来。可是到了秋收秋种大忙时，也正是棉花大开的时候，十亩棉花开得白花花一片。白天拾不过来，我一家人晚上拾。我和两个女儿放学回来，吃了晚饭都上地，全家人在月亮地里戴着兜子拾棉花。七月半、八月半，蚊子嘴，快起钻。我拾着棉花，那一点儿也不怕人的大黑蚊子嗡嗡地唱着歌、奏着音乐，不时地在我的脸上手上脚腕上亲吻一下，我又疼又痒。蚊子气人，我一巴掌拍下去，它嗡一声飞了，没拍着它，却拍在了自己的脸上。和蚊子置气，值当吗？但我又狠狠地拍了自己的脖颈上一巴掌。

也不知拾到什么时候了，月亮已经暗了，拾棉花看不大见拾了。深秋夜晚的露水，早已把头发打湿，把褂子也打湿了。

父亲说："散了吧，看不见拾了，往家走。"

这一夜，我一家拾了一大包棉花。父亲说这能赶上他和我妻子爷儿俩一大天多的活儿了。

卖棉。

父亲赶着牛车去卖棉花，攒了一大车，有七包，一包一百多斤。父亲是一大早走的。中午我放了学见父亲还没回来，我想去棉站看看。

卖棉花的人比交公粮时还多，大车小车，大包小包，把棉站的大门围得严严实实，挨号挨出一里多地远。

父亲才挨到大门前。

我搭眼朝棉站大门里一看，里边并不忙，只有稀稀拉拉的几辆车在过磅，在往棉垛上倒棉花。几十个小山似的棉垛，似乎在向人们展示，今年是个棉花丰收之年，是棉花大收的一年。

我再看看棉站门外，门外卖棉花的人挤得吵吵嚷嚷，挨上号的能验住收下的却不多。验级员手拿检验潮湿的铁叉子，往棉包里一叉，铁叉子便发出"吱吱"的响声。验级员很是平淡地说了一个字——潮，便走向下一辆车。

父亲的棉花也没验上。

父亲赶着车往回走的路上，和人家说话。

人家说："没卖啊？"

父亲说："没有。"

人家说："你攒这么多棉花，咋不去北乡里卖啊？"

父亲说："哪里啊？"

人家说："陵县，郑家寨。"

父亲说："准吗？那里收吗？"

人家说："前天俺庄的人在那儿卖的，价钱也贵。"

父亲和我商量，想去北乡卖棉。

我说："去吧，明天正好周末，我陪你去。"

去郑家寨，七八十里，赶着牛去太慢，父亲向四大爷借了头小毛驴，也是四大爷的车。道远早动身，吃过晚饭，我和父亲便装好了车，赶着小毛驴上路了。和我们一块儿去的，还有同村的四五辆车。

道上，父亲说："走得不晚，沉住气走吧，你在车上的棉包上睡一觉吧。"

我躺在车上的棉包上，睡了。父亲赶着车，也不急着赶驴，任驴蹄声很是有节奏地往前行着。

我睡了一觉醒来，天已蒙蒙亮了，郑家寨棉站大门遥不可及，卖棉的人也不少，挨号也挨出老远。

说是八点上班，可等到快九点了，还不开大门。有人等急了，朝大门里头喊："天什么时候了还不上班啊，还收不收啊？"

连喊了几声后，出来一个上岁数的人，在门里头冲外说："都别等了，今天不收了。"

一听不收了，人们就像泄了气的皮球，有的唉声叹气，有的怨声不断："昨天收得好好的，今天怎么不收了，没正事儿！"

"是啊，不收怎么不早说啊，这不是坑人吗？"

我和父亲还有同村的几辆车，离开了郑家寨棉站，在宽阔的公路上往回返。那是一条国道，道很宽，路很平坦，路面油光闪闪，来往的大小车辆虽多，但一点儿也不显得拥挤。

父亲一宿没合眼了，我想让父亲歇歇，我对父亲说："我赶着车，你上后边来歇歇吧。"

我还没赶过车，好歹四大爷那头毛驴还算老实，走得很稳。我坐在车辕上任其前行，偶尔望一眼公路两边，宽阔的大国道，两边并没有多少树，十分敞亮，路的右边是一道很深的大沟，有七八米深吧，坡也很陡。

我正看着，猛地，迎面一辆大卡车鸣着刺耳的汽笛，从我车旁"嗖"一下闪过，带起的风把我闪了个后仰天，差一点儿仰下车去。那驴可能受到惊吓，猛一拐弯儿，冲着道旁的深沟蹿去。我见势不好，赶紧一边往下跳着一边喊父亲："爹，惊车了，快下车！"

我跳下来了，父亲也跳下来了，但父亲跳得晚了点儿。驴和车就要往沟下翻的一刹那，父亲跳下了车，正跳在沟沿儿上，车和驴已朝下连滚带翻，父亲跳下车没站稳，也朝下滚去。

我的心一下子到了嗓子眼儿，我几乎闭上了双眼。

很悬又很庆幸，父亲滚到沟底没有大碍，驴和车也无大碍。父亲在沟底站了起来，只是胳膊碰了一下子，但还能照常活动。我把驴解开套，驴一下子蹦了起来，我这才感觉到了自己的心怦怦跳得厉害。

后边的车上来了，同村的兄弟爷儿们帮着把车抬上沟沿，把棉包重又装上车。

往回走的路上，父亲见有人拉着棉花去卖，向人打听："借光老乡，上哪里卖去啊？"

"碱场店。"

"那里收啊？"

"收。"

父亲和同村的几辆车下了大公路，上了小公路，紧随那人走了一二十里地，来到了碱场店棉站。

终于把棉花卖了。

父亲将一大把钱递给我，叫我装着。

我从父亲手里接过卖棉花的钱，牢牢地装进我贴身的衣兜里。

三十　双喜临门

三年后。

我家又盖起了新房，是厦房。我家这厦房在庄里是比较先进的，盖厦房的人家还不多，只有三家。第一家是在镇上当书记的，第二家是在砖瓦窑上当会计的，我家是第三家。

父亲为了盖房要宅基，找了支书找主任，不知找了多少回，跑了多少趟。支书换了俩，主任也换了俩，我家的宅基还没解决。最后解决了，村里安排父亲在一家姓刘的空闲宅子上盖。父亲去和姓刘的见面，姓刘的不让盖。父亲又找到村里。村干部说："宅基归集体所有，村里安排你盖你就盖，他挡不住，他如果挡，村里找他。"父亲听村干部的，拉土去垫地基，可一车土还没卸完，姓刘的猛然一砖头扔过来，正砸在父亲的头上，并骂骂咧咧地说：

"谁让你盖啊，这是我家的地方。"父亲头上的血哗哗的。

后来，村里虽然也批评了他，让姓刘的给出了医药费，但姓刘的死活不让在他的地方盖，宁可玩儿命，也寸土不让。

村干部一商量，说："算了吧，这是个废头，别和他置气了。"又把我家盖房的地基安排在一个两米多深的湾里。

父亲欣然接受。

为垫这两米多深的湾，父亲和我妻子套着牛，在人们挖土已挖成小湾的坑里取土，要爬很大很陡的坡堐。为帮着牛拉车爬堐，父亲在车旁拴了根绳，和牛一样拉车，我妻子在车旁用力推车。每一车土都是这样，这样拉土垫宅基，父亲和我妻子整整用了三个春冬的时间。

搬新居那天，我放了两挂鞭炮，好多村人都羡慕地来凑热闹，和我父亲说话："行啊老秦，这几年忙活得不赖啊。"

"苦尽甜来了老秦，住牛棚的人，住上厦房了，没想到吧。"

父亲只是一脸的笑，没什么话语应答。

使父亲更加欢喜的事还在后头。

搬进新居这天，我一家人正吃着饭，四大爷来了。四大爷进屋很激动："二兄弟，二兄弟，我今天赶集，你猜碰到谁了？"

父亲往嘴里扒了口饭："碰见谁了？"

四大爷说："你儿，你小儿。"

父亲手中的碗筷突然停住，抬头瞪眼看着四大爷。

四大爷说："在集上，我碰见你小儿和他养母娘儿俩赶集，买被面买床罩，她说你小儿要结婚了。"

"老二。"父亲只说了"老二"俩字，脸上掠过一丝笑容，但是马上就变了脸色，说话的声音也有些哽噎："小儿哎——"父亲叹了口气，"你成人了，你也成人了啊……"父亲撂下饭碗，抬手擦着眼，说不下去了。

　　我知道，这么些年来，自从弟弟被妗子硬从父亲的怀里夺过去让陈家大娘抱走，父亲何止不想念他的小儿、我的弟弟啊！弟弟被抱走的第二天，父亲想弟弟，吃不下饭；我也想弟弟，我想去把弟弟抱回来，让父亲看看。天下着大雨，刚停点儿，我去了。大街上的水没了脚腕，妹妹在我身后也跟着。陈家大娘起先不大愿意，但听说父亲吃不下饭，我兄妹俩又哭着不走，只好让我加小心抱着弟弟，说随着给她送回来。

　　我抱着弟弟往家走，道很滑，走着走着一下子摔倒了。我兄弟俩摔倒在没脚深的泥水里，弟弟哭了，我哭了，妹妹也哭了。

　　我兄妹仨哭着见到父亲的时候，父亲心疼地冲我举起了巴掌，想揍我。可父亲的巴掌在我头前一闪，接着疼爱地抚着我的脸，哭了。

　　回老家这些年来，父亲时常想念弟弟，但父亲从不提及弟弟，也不愿意别人在他的面前提及弟弟。要是一提弟弟，父亲准吃不下饭。那年，弟弟考上了大学，父亲听说了，从不喝酒的父亲一下子倒了一茶碗酒，几口就喝完了——醉了。我心疼父亲说："不能喝酒，你喝这么多酒干什么？"父亲朝我一顿怒吼："你是当哥的吗，你兄弟考上大学了，考上大学了知道吗你，爹没疼过他，我窝囊，我高兴，我高兴啊。"

我知道啊爹，我知道我是当哥的，我何尝不想念不挂念我的弟弟啊！我曾去看过弟弟，可陈家大娘不愿意啊。弟弟上高中那年，我在路上碰见了弟弟，我兄弟俩说的话虽不多，但久久都不愿意分手。我想把弟弟领回家让你看看，可我只能把我刚领的一个月的工资40元钱硬塞在弟弟的手中，我兄弟俩恋恋不散。

父亲呆坐了良久，忽然抬起头来对四大爷说："四哥，你跑一趟，去和他养母商量商量，看看咱老二娶媳妇，咱能过去站站吗？"

四大爷去了。他回来对父亲说："我说好说歹她同意了，让去。"

父亲欢喜了。

我想，弟弟是跟着人家，弟弟结婚，上人家家里去，父亲去不如我当哥的去。我说："我去吧，爹。"

父亲说："你别去，我去我去。"

自从父亲去了弟弟家，父亲可欢喜了。父亲还带来好消息说："你弟弟可能过了年来，来认家。"

三十一　团圆

今年过年父亲特别心盛。刚进了腊月门儿，父亲就催着我去赶集，去置办年货。父亲说："今年多称点儿肉，称点儿排骨，牛肉羊肉都买点儿，多买两块藕，买好藕瓜儿，你兄妹俩都爱吃炸藕饸，你弟弟一定也爱吃藕饸，我给你们炸。"自从我娶了媳妇，父亲再没下过厨房，而今年父亲亲自下厨，亲自动手煎炸过年的东西，准备得很是丰盛。父亲的精神头从来没这么喜兴过。

弟弟年前说好了，过了年，初三来。父亲给妹妹捎信儿，不让妹妹初四来了，往年妹妹都是初四来给父亲拜年，今年父亲让妹妹初三来，和弟弟同一天来，一家人过个团圆年、欢喜年。

年初三早晨，天还不大明，父亲就起来了。父亲早早地起来把天井打扫得干干净净，把院门外打扫得一尘不染。去走亲戚的人们还不到走的时候，父亲就直朝弟弟来的路上望。

早饭后不大一会儿，弟弟就来了，和弟媳一块儿来的。父亲是从大街上把弟弟和弟媳接回家的。父亲往家接着弟弟，笑得合不拢嘴，弟弟也没话，只是笑，笑着看看父亲，笑着看看我。

我迎接着弟弟，思绪顷刻间犹如翻滚的潮水，只觉得有许多的话要说，却又不知从何说起。分别了几十年的一奶同胞，突然间站到了我的面前，我望着弟弟一米七八的个头，心一下子又回到了几十年前；回到了弟弟出生才 40 天的那个夜晚；回到了父亲一手抓着我的手，一手抱着弟弟剜心似的那一声喊；回到了弟弟被陈家大娘抱走时，父亲一头泣在炕上对着娘的枕头的那一场恸哭；回到了大雨中我抱着弟弟一起摔倒在没脚腕子深的泥水里，我兄妹仨哭着见父亲的那个场面……

我妻子紧抓着弟媳的手，笑着说我爷儿仨，怎么着，都站在当天井里不进屋啊，进屋进屋啊。

我爷儿仨进了屋，弟弟说："你坐下吧，爹。"

父亲一边往椅子上坐着，一边对弟弟说："你也坐，坐。"

弟弟没坐，躬身想给父亲拜年，说："俺给爹拜年。"

父亲赶紧从椅子上站起来，两手往起拽着弟弟说："快起来快起来。"高兴得什么似的。

弟弟想再次跪下给父亲磕头，父亲用力拽住弟弟："别磕了别磕了，磕嘛头啊。"父亲硬是把弟弟拽住，没让弟弟把头磕在地下，父亲脸上却洋溢着心满意足的笑容。

我年年都给父亲拜年，年年都给父亲下跪磕头，父亲从没这样过，只是在我跪下将要起来的时候，父亲才说了句："起来吧。"弟弟要给父亲拜年磕头，父亲却不让弟弟下跪，对亲生儿子竟这样的客气，父亲的内心谁能体会？父亲曾对四大爷说过，他生了小儿，没能养活小儿，亏欠了小儿。

妹妹一家来了。

妹妹和弟弟见了面，也没话，光笑。

分散多年的父子姐弟重逢，大团圆，再多的话也说不尽这人生的坎坷，再多的语言也道不完这砸断骨头连着筋的骨肉亲情。一切尽在不言中。

父亲、我、妹夫、弟弟，我们爷儿几个喝着水，我妻子做菜。弟媳头一次来家，也不见外，和妹妹一起，帮着我妻子做菜。

菜是父亲都提前预备好的，只是再热热就行。一会儿，十几盘丰盛的菜肴摆满了桌子。父亲拿出他留了好几年没舍得喝的酒，吩咐我："拉鞭，放炮仗！"

我拿出年前就准备好的一盘"落地红"，在门口点燃。清脆震天的爆竹声震得耳朵"嗡嗡"响，震得树上的枯枝直往下落，震来了我家的福分。

我妻子笑着说："打我进了你家门，从来没这么喜兴过。"

一家人围着桌子而坐，满满一大桌子。我斟上酒，看看父亲，我想让父亲发话，开席。

父亲扶了一下酒杯，抬眼看了看我们，最后目光落在酒杯上，不错眼珠。

突然，父亲问我："还有酒杯吗？"

我说："有啊。"

父亲说："再满一杯。"

我又满了一杯，递给父亲。

父亲接过酒，放在他旁边的桌子上，又端起他自己的那杯酒，对着我刚满上的那杯酒说起话来："狠心的啊，你看见了吗，你两个儿、两房媳妇、一个闺女、一个女婿，还有孙子孙女外孙女，一大帮，一大帮啊，全了，咱一大家人今天全了，就差你了……"说着，父亲的双眼湿润起来。

我怕父亲一犯寻思，这顿团圆饭吃不好，赶紧举起杯说："来啊，咱爹今天高兴，来，端杯。"

父亲端杯狠劲儿透了一个。

父亲最后还是醉了。不过，父亲很明白，再没掉泪，只是一个劲儿地笑，笑得合不拢嘴。

三十二　有求必应

十五年后。

父亲77岁了，身体虽无大碍，但自从给老二爷爷拾掇房摔着，腰不那么直了，腿也不如以前，走道一瘸一拐的。我的工资已每月两千，两个女儿也都大学毕业，在城里有了工作。日子富了，我说："爹，要不别种这么多地了，包出去算了。"父亲和我急了，说："你说啥呢？拿提留的时候种，一点儿也不拿提留了，还给补贴了，不种了？烧得你呀？"我心疼父亲，说："重活你可别再干了，等着我星期天干。"父亲说："你星期天准有空儿吗，星期天也经常补课。"父亲没把活儿给我留着，还是背着喷雾器打药、打灭草剂，还是在没人深的棒子地里撒化肥、拔草。父亲还挂着妹妹家的活儿，妹妹家种了二亩蒜，打蒜薹刨蒜时忙不过来，父亲去待了五六天。父亲的腰腿疼打蒜薹弯不下，就拿了个杌子头坐着，上前挪着打蒜薹。妹妹刨的大蒜垛了大半个天井，父亲给妹妹辫蒜，忙得连杯水也顾不得喝，连颗烟也没工夫抽。吃完饭撂下碗，点着颗烟抽着便接着干，晚上成宿熬眼。妹妹说："歇歇吧爹，看把你累着啊。"父亲说："这点活儿能累着，比起当年修大河来，比起人用镰割麦子来，比起中午翻场轧场来，现在干活儿幸福多了。"父亲经常拿现在和过去相比，父亲说现在的人儿可享福了。

秋上，父亲白天和我妻子一样下地，晚上和我一样在天井当院里扒棒子。

这天晚上，我一家人正扒着棒子，和良叔来了。和良叔对父亲说，他儿定了日子，后天要娶媳妇。父亲说："怎么这么急啊，正过着秋。"和良叔说："儿媳妇都出怀了，再有半月就生了，等不得了，人家那头着急了。"父亲说："那是，搁谁身上谁不急。"和良叔说："急归急，可这时候不好叫厨长啊，跑了好几处，都不应咱这差。"父亲听出了和良叔的意思，对和良叔说："我来啊？"和良叔说："再让你受累，真张不开嘴，你这么大岁数了，实在是没办法了。"父亲说："什么也别说了，走。"说着随和良叔去了。父亲在和良叔家忙了一宿一天，直到开完席，才回家。

三十三　俯瞰禹城

第二天，我一家人接着在天井当院扒棒子。

扒着棒子，我发现父亲干活儿同往日不大一样，扒一会儿，就停一下，用手摸摸肋间。我问父亲："怎着啊爹，不得劲儿啊？"父亲说："没事。"但不一会儿，父亲又这样，两手捂着肋间，一副极为难受的表情。

我走过去问父亲："你老是摸肋叉子干什么，这儿不得劲儿啊？"父亲说："没事，不要紧，肋叉子上长了个疙瘩。"

"哪儿？"我一惊，撩起父亲的褂子一看，父亲的前胸、肋叉子上有一个硬梆梆的疙瘩，已有鸡蛋般大。我埋怨父亲："多久了，怎么不早说啊，爹？"

我沉不住气了，第二天，便叫了车，带父亲去了市医院。我给父亲挂了专家门诊。挨到号，大夫问了父亲的病情，摸了摸父亲肋上的疙瘩，难以断定地说："这不像是脂肪瘤，是肌纤维瘤，也说不准。查查，拍个片儿，做个 CT 吧。最好住院观察观察。"

父亲说："住什么院啊，开个药回去吧。"

我说："不能回去，起码等 CT 结果出来后再说。"

CT 结果出来后，医生说："问题不大，就是肌纤维瘤。不过得需要做手术，得住院。"父亲不愿意住院，怕花钱。父亲说："住院得花多少钱啊！"我说："现在住院花不了多少钱，国家给报销。再说，就是花多少钱，有病也得治啊。"

我陪父亲住进了医院，两天后，父亲做了手术。我悬起的心也落地了。

父亲的亲人都来看父亲了。

父亲很激动，刚做了手术，医生不让动，可父亲说啥也要坐起来，挨个看着他的亲人，说："唉，这点病儿，让你们都挂着，都耽误你们。"

我的大女儿从小让她爷爷惯得不像样儿，常和她爷爷没大没小的，她在床前抓着她爷爷的手，逗她爷爷开心说："爷爷，爷爷，还是你的亲人多吧，都围着你，像过年似的。"

父亲笑了："苦瓜丫头，谁家过年在医院里啊，这是在禹城。"

我的大女儿说："对对，是在禹城。哎，爷爷，你有好几年没上禹城来了吧？"

父亲说："可是好几年没上禹城来了。"

我的大女儿说："现在禹城变化可大了，可好了，大变样了。"

父亲说："是啊，禹城的变化真大，真快。"说着，父亲起身，想往外看。我们爷儿几个赶紧扶着父亲："看看吧，从窗户里看看吧。"

这是禹城市人民医院住院部第十五层高楼，倚窗而望，大半个禹城新城的景色尽收眼底；远眺，楼房林立，绵延数里；近看，两岸绿树成荫，河水清澈透亮，还有那空中架桥如鱼跃中天。左瞧，大禹公园就在脚下；俯身下望，开拓路市中路人影如织，车流如梭……

父亲不错眼珠地朝外望着，嘴唇翕动着，说："这全是楼了，地上的小轿车，比以前的自行车还多。"

我的大女儿说："爷爷，你愿意住楼吗，我叔买楼了，我姑家也买楼了，我的楼明年就交钥匙了，到时先叫你来住。"

父亲说："你们年轻人干净，住楼更干净，不嫌爷爷啊。"

我的大女儿说："谁也不嫌爷爷啊。"

父亲又笑了，像个孩子似的笑了："都住上楼了，住上楼了啊，咱一家能有今天，不是梦吧？这简直就是梦啊！"

傻老大

　　他姓李，名之波，可李之波这名却几乎没人叫他，都叫他傻老大。其实，傻老大也不是太傻，只是遇事心眼儿来得慢些。

　　傻老大就娘儿俩，他娘双眼瞎。二亩地，傻老大打理得也不是太好，日子不怎么宽裕，靠吃低保生活。

　　傻老大除了种地，闲暇之余，经常出去捡破烂，卖个块八毛的。赶上哪一天走运，能卖个十块八块的。

　　这天，傻老大又出去捡废品。他出了庄，在大道上前后左右地找寻着，看有没有人丢弃的矿泉水瓶子、喝奶后扔了的小纸盒子。

　　"又捡废品啊，老大？"一个骑脚蹬三轮车的老年妇女从傻老大的身旁路过，和傻老大打招呼。

　　傻老大抬头看了看老年妇女，"嗯"了一声算是回答。

　　突然，一辆汽车撞上了老年妇女的三轮车，把老年妇女撞出老远，老年妇女的鼻子嘴里都出了血。

　　开车的司机从车窗里探了探头，然后开车走了。

　　傻老大望望逃逸的汽车，再望望躺在地上不省人事的老年妇女，愣怔了好一会儿，才大声喊起来："跑了，撞死人了；跑了，撞死人了……"

　　傻老大就这样，站在老年妇女身旁一个劲儿地大声喊着，直到来了人，打了120，把老年妇女送去了医院。

　　老年妇女做了大手术。医生说："幸亏送得及时，再晚一会儿就难说了。"老年妇女的家属很感激傻老大，特意登门，对傻老大表示感谢，又向傻老大打听说："大哥，你是唯一看到撞人现场的，你认得那个开车逃逸的司机吗？"

　　傻老大连寻思也没寻思就说："怎么不认得啊，他是俺庄的。"

　　老年妇女的家属说，"大哥，他撞人逃逸，求你帮我去告他行吗？"

　　傻老大说："怎么不行啊？"

　　傻老大刚想随老年妇女的家属往外走，一个胖子忽然进了门，把傻老大拉到一边悄悄地说："傻老大，他是外村的，咱是一个庄的，谁近啊，你别帮他了，就说不认识我。"

　　傻老大傻乎乎地说："怎么不认识你啊，扒了你的皮不认的你的骨头啊！"

　　胖子见一招不灵，又来一招，掏出一沓钱递给傻老大说："我给你钱，以后缺钱尽管找我。"

　　傻老大还真没有见过这么多钱，他拿着钱正不知是要还是不要。娘忽然喊他："儿啊，你过来一下。"

　　傻老大走到娘跟前，娘俯在傻老大的耳边小声说了一句话，傻老大一下子把钱扬给了胖子，扬了一地："给你的钱！"

　　胖子恼羞成怒，骂傻老大说："傻私孩子，不知钱中用得。"

　　傻老大说："俺娘说，你这钱昧良心，俺不花。"

老村长

老村长是一个干巴小老头。

之所以叫他老村长，不仅仅是因为他年龄老，主要还因为他干得时间长。都说村里的官儿三两天，又不是爷爷奶奶给置下的，哪有干一辈子的。老村长就干了一辈子，他从开始任职一直到死，还身兼数职——村党支部副书记、副大队长、村民调解委员会副主任、村民兵连副指导员、贫下中农管理学校名誉副校长、村红白理事会副会长。

老村长为官有一大特点，就是从未任过正职，都是二把、配角。配角怎么了，配角也不是好当的。俗话说，一朝天子一朝臣。村里的家族多，争权夺势的向来不少，哪个上台不都是换成自己的人当配角。可老村长就没换过，老村长是多朝元老。

老村长为官有一个雅号，叫"一盅子酒"。那年一户家有事请村干部喝酒，户家给每个村干部都斟满了酒，端起杯敬酒说："来，先共同干一个。"别人都一仰脖透了，老村长却端起杯照量了照量，连嘴唇也没湿着，便接着放下了。户家又满酒时，发现老村长的酒杯还满着，说："你，怎着，村长？"老村长说："我不能喝，别让。"户家说："怎么不能喝啊，我知道你的酒量行。"老村长说："以前行，现在不行了，胃疼。"见老村长不喝，其他村干部也说："你不喝，叫俺们怎么喝啊？"老村长说："你们尽管喝，我陪着。"老村长说话算话，他虽然不喝，但一次端杯也没落下。每次让酒都把杯举得高高的，每次满酒他的杯都还满着。直到最后支书发话说："行了行了，别让了，都喝好了。"支书又问老村长说："你喝好了吗？"老村长说："喝好了喝好了，你喝好了，我就喝好了。"

老村长喝好了酒回到家，刚一进门。老婆就问："天什么时候了，才回来，又喝多了吧。"老村长说："没有没有，就喝了一盅子酒，我有把握。"老婆说："有把握？有把握上一次在李家喝得那样儿，一回来就吐了。"老村长说："上一次那不是头一回陪着支书喝酒吗，谁知道支书酒量那么大？"老婆说："你自己喝自己的酒啊，管人家支书干什么，喝足了你不会说不喝了吗？"老村长说："你说得好，人家支书不说不喝了，你就说不喝了啊！"

老村长就是这样，不但喝酒配合支书，工作更是配合支书。老村长当负责人一辈子，和其他人在一起开会一辈子，讨论、商量问题一辈子，一辈子从未和搭档们挣执过、红脸过。再大的问题，老村长都是先依着其他人发言，依着支书发话。有时支书问老村长："这事你看这么办行吗？"老村长说："怎么不行啊，你看着行就行啊。"

老村长偶尔也提自己的意见，但很少。一次，大小队干部开会商量发救济粮、救济款的事，支书让大家都提自己认为村里最困难的户。有人提了张三，有人提了李四，有人提了王五，老村长张了好几次嘴都没说话。等都提完了，支书说："如果再没人提的话，下面大伙就开始讨论，看看谁最困难，谁最够得救济的条件。"这时，老村长突然说："大伙看看，我这情况呢？"

老村长提出自己困难，干部们通过举手表决，就通过了。

事后有人议论说，老村长老大不小的人了，提出自己来，谁好意思不同意呢？

老　黑

老黑是一只狗。

它是石柱从道上捡回来的。冬天，早晨，北风卷着雪花，吹得人脸生疼，冻得人伸不出手。石柱裹着大衣，骑着自行车，去镇上的玉米芯厂里上班。道上结了地皮痂，他不敢骑快了，时不时地一只脚着地，保持车子平衡，以防摔倒了。石柱骑出庄不远，忽然听见道旁的沟里，有小狗在叫唤。石柱想：谁家的小狗啊，跑这里来了，不找不冻死吗？石柱下了车，小心地迈到沟里，只见有三只小狗正蜷缩在一起，个个冻得都打着战。石柱赶紧把它们抱起来，爬出沟外。他想把它们送回家，可三只小狗一只手抱不了，一只手还得推自行车。石柱就把盛干粮的兜倒出来，把兜里的两个馍掏出来装进大衣口袋里，把三只小狗放进兜里，返回家。石柱把三只小狗放在灶火门上，并拿了把麦秸给它们垫上。媳妇问他："哪儿抱得小狗啊？"石柱说："道上拾得，别人扔的。"媳妇不喜欢小狗小猫的——嫌脏，对石柱说："人家扔的，你抱家来干什么，你养着它们啊，俺不管。"石柱说："我养着它们，你别管。"说完，石柱就上班去了。可是晚上石柱回来再找小狗，媳妇说把狗扔出去了。石柱急了，说："你的心真狠啊，扔哪儿了？冻死它啊。"媳妇说扔院外大道上了。石柱走出院外，在大道上来回找，最后在道旁的墙根儿底下找到了，但三只小狗两只已冻死了，还有一只也奄奄一息了。石柱心疼地拾起小狗抱回家，用火给它烤暖和了，把它救了过来。小狗自己还不会吃，石柱便蘸了菜汤嚼了馍，扒开嘴喂它，小狗能活下来不易，一年竟长成一只大黑狗了。石柱很喜欢它，给它起名叫老黑。

家里来生人，老黑从来不下口，只是汪汪叫，石柱和媳妇一喊它："别叫唤老黑。"老黑便趴一边去了。老黑就是容不下别人家的鸡狗进院，一进院它就疯了似的往外撵。有一年，也是冬天，夜里，石柱正睡着觉，忽然听见老黑汪汪地叫唤，而且不是好声儿。石柱披上衣服开门一看，见老黑一边冲外叫着，还一边挠院门。石柱打开院门，一眼就瞧见对门邻家的院门大开着，一个黑影正牵着牛往外走呢。石柱想，不好，偷东西的。"抓贼了——"石柱一边喊着一边撵，小偷撒开牛逃跑了。左邻右舍的人都起来了，邻居十分感激石柱，也十分感激石柱的老黑。打那儿起，再剩鱼刺骨头的，大家都给老黑留着。

石柱更爱他的老黑了。但石柱命短，突然遇了车祸，再不能照管老黑了。石柱不在了，石柱的媳妇要改嫁，改嫁时，想把老黑一起带着。可老黑不干，石柱的媳妇再怎么唤怎么引，老黑就是不跟着她走，最后，石柱的媳妇硬把老黑抱上车，走了。

第二天，人们却发现，老黑又回来了。老黑趴在石柱的门上，谁叫也不动，谁引也不去。

后来，老黑死了，趴在石柱的门上死了。

5 分钱

我 8 岁那年，刚上一年级，一个星期天，我拿出书和本子想做作业，枣核似的铅笔头，短得实在拿不住了。我便对娘说，没铅笔了。母亲翻遍了墙上的壁橱（那是我家放钱的地方），只找出了 5 分钱给我。好在 5 分钱够买铅笔了，而且能买一支带橡皮的铅笔。我一溜烟似的朝村代销社跑去。来到代销社门口，正撞上我的同桌胜利。他家开代销社，不等我开口，胜利就对我说："走啊，咱俩一块儿赶集去啊。"说着，他伸手在柜台的抽屉里抽出一元钱，拽着我朝外走。我长这么大，还没自己赶过集，便随他去了。

我俩说着笑着，蹦着跳着，不一会儿便来到集上。集上的人真多啊，熙熙攘攘，集上卖东西的真全啊，瓜子花生糖葫芦，包子油条炸麻花，好多我都没吃过。胜利首先来到卖花生的摊前，买了两毛钱的炒花生。那时，炒花生 5 毛钱一斤。接着他又花 1 毛钱买了一串糖葫芦，随后说："再买两个包子去。"我在他身后，跟着看着，那 5 分钱，紧紧地在手里攥着。跟着跟着，我的脚步慢了，我幼小的心灵像被什么东西刺疼了，别说是买包子、买糖葫芦，就是买1分钱一块的糖瓜儿，我也深知，我手里的5分钱，娘是怎样给我的。我不跟着胜利走了，自己在集上转悠起来。在一个小杂货摊前，我停下来，问："铅笔多少钱啊？"卖货的说："带橡皮的5分，不带橡皮的2分。"我拿起带橡皮的看了好一阵，恋恋不舍地放下了，又拿起了不带橡皮的，说："我要一根这个。"付钱时，我又看见摊子上摆的有石笔，是上石板上写字用的。我问："石笔多少钱一根啊？""1分。"我买了两根。这两根石笔，能够我省着使两星期的。

我手里还有1分钱。

我准备将这1分钱回家还给母亲。正往回走着，忽然听见有人招呼卖针了的声音，我立刻想到，母亲有一回做针线活，家里没针，给前邻大娘借了根针。几天后，大娘来要，母亲不好意思地说："做活时把针用折了，等买了再还给你吧。"大娘变脸变色地说："你什么时候还啊，俺等着使唤。"我凑近卖针的问："针多少钱一根啊？"卖针的说："绱鞋的2分，平时做活儿的1分。"我把手里攥得有些汗湿的1分钱递了过去，换回了一根做活儿的针。

当我回到家，把我同胜利一块儿赶集的经过对母亲说了。母亲接过针，两眼潮潮地说："傻儿啊，咋没舍得买块糖吃啊？"我说："娘，我不馋。"娘把我紧紧地揽在怀里，紧接着，娘的泪水滴在了我的脸上，又从我的脸上，滴落在我的手上。

二拜高堂

　　林子爷儿们比我小，不是年龄小，他岁数比我大一旬呢，而是辈小，见面他叫我小爷爷，我称他爷儿们。

　　林子爷儿们和我是地邻，可林子爷儿们每天上地都不如我早。有时，他上地时，我已经干了一阵活儿了。林子爷儿们上地晚，不是他不勤快，他爹走得早，撇给他一个卧炕下不了地的病娘、一个傻二弟、一个念书的小兄弟。林子爷儿们早早地扛起了家庭的重担，地里的活儿指着他干，家里的事指着他操心。林子爷儿们见天起得早，锅里舀上水，点着火烧着，去牛栏里给牛添上草，返回来锅开了，坐上篦子，热上干粮，拿扫帚打扫天井院，从压水机里压上一瓮水，紧着回屋让小兄弟吃饭上学，端碗伺候完了病娘，再叫起傻二弟一起吃饭，吃饱了刷锅刷碗，还得牵出牛来饮上。这一遭下来，快手也得半天时间。

　　林子爷儿们上地就是急的，一路小跑，没到地头就扒衣裳，把褂子往地头的小树上一搭，抢起锄连歇都不歇。他经常累得呼哧呼哧的。我说："你沉住气干，活儿是一天干完的吗？"他说："再沉住气干地就荒了。"说着，他头不抬手不停，又干了起来。

喘口气的空儿也不给自己留，顶多停一下，从肩头上扯下毛巾，擦擦脸擦擦后脊梁。

林子爷儿们上地晚，收工却早，时常还不到晌午就回家。我说："还不到晌午，你回家干什么？"他说："我得赶个集去。"我说："赶集去割点肉啊？"他笑了："嘴唇上的肉啊。"我说："不买肉，你地头上自己种的菜，赶集干啥？"他说："俺娘爱吃带馅子的干粮，我给她买俩包子去。"

集上卖包子的掌柜和我庄有亲戚，过年来亲戚家拜年时，说起话来，说："你村里有个叫林子的，真是个孝子啊，光为了几个包子，集集不落，没钱经常和我说好的赊着。我说俺小本生意，几个包子，三块五块的，你也赊着，我寻思他好吃懒做、馋，和他闹着玩儿说，你吃我的包子吃得了吧？他说，我买你的包子，连尝都没尝过，你这小包子一个五毛，够我一家人吃三天的油钱了，我哪吃得起啊！"

林子爷儿们往五十上数的人了，一直没说上媳妇，却牵挂着快三十了的小兄弟，见了人就托媒人："大婶子，打听着点儿，碰上有合适的给俺三兄弟说个媳妇啊。"他这户家庭，媒人没有敢操心的。多亏了林子他姨，给她小外甥提了一个，女的有点儿毛病，一条腿瘸，而且有三个条件：一是得有三间新房，二是娶进门得单过，三是对婆婆活不管养，死不管葬。"行，行。"林子爷儿们全答应了，可高兴了。林子爷儿们手底下也没多少积蓄，他也借也贷，给小兄弟盖起了三间新房——砖房。自己同老娘和傻二弟，仍住在满墙上往下掉土的旧土房里。没想到的是，林子的娘没福，在小儿子还有俩月就娶媳妇时，走了，找老伴儿去了。

林子爷儿们打发娘入了土，又操持兄弟的婚事。

三兄弟娶媳妇的头天晚上，林子爷儿们手拿酒壶各席上让酒，嘴笑得一直合不拢："来来，兄弟爷儿们，我这喜酒都得端啊，谁不端是看不起我。来来，我再敬一个，先干为敬，透了啊。"说着一仰脖杯底朝天了。席上的人都劝他："行了行了林子，你不能喝酒，心到了就是了。"可林子说："喝，我不喝大伙咋喝，我爹临死说过我，林子啊，你是老大，长兄如父，等你小兄弟娶媳妇时，想着替我让酒啊。"

林子爷儿们想着爹的话了，按爹说的做了。

第二天新媳妇下轿，举行婚礼时，司仪在喊过一拜天地后，接着又喊："二拜高堂——"

这时，管事的忙走到司仪跟前说："算了吧，他没了爹娘了，二拜高堂就免了吧。"

"不！"新郎忽然从一旁拽过林子爷儿们，示意新娘要朝大哥跪拜。

林子爷儿们连连对三弟摆手说："可别可别兄弟，大哥哪担得起啊。"

但三弟不容林子推辞，同新娘一起给大哥跪了下来。

林子爷儿们颤着手往起扶着兄弟，见兄弟满脸泪花，劝兄弟说："三弟，三弟，这是干啥，这是干啥？"说着，自己的泪也哗哗的。

七叔和八叔

七叔和八叔，亲哥儿俩，一奶所生，长相相同，爱好也相同。

七叔好抽烟，以前日子紧时，七叔一集一块钱的旱烟末都是拣最便宜的买。这一块钱的旱烟末，七叔也是省着抽，要不抽不到下一集。七叔抽烟和他过日子一样，紧巴巴儿的。七叔说，穿衣吃饭量家当，抽烟喝酒看条件。

和七叔对门儿的八叔也爱抽烟，但是八叔有钱，不抽孬烟，八叔抽的是带过滤嘴的烟卷儿。八叔抽烟从不控制着自己，想抽就抽，抽没了再买去。

晚饭后，七叔吃了饭没事和没事吃了饭的八叔经常一块儿坐在院门口，对着脸地抽烟。

八叔抽着烟卷儿对七叔说："你抽的那个是纯烟吗，这么呛。"

七叔说："嗜，能冒烟就行啊。"

八叔说："给你颗烟卷儿尝尝。"

七叔说："你自己抽吧，俺不要。"

有时，八叔抽着烟卷儿，想换换口味，就要过七叔的旱烟荷包，学着七叔的样子卷一颗点着，可是刚抽了一口，便咳咳地扔了。七叔心疼得了不得："嗐，瞎了吧，挺好的一袋烟。"

在庄儿里，七叔经常给人帮忙，八叔也经常给人帮忙，特别是不论谁家有红白喜事，总少不了八叔，也落不下七叔。八叔给人帮忙时，烟抽得特别勤，他一颗接一颗地抽。一般户家请人帮忙，都是烟管着抽，而且没孬烟，所以八叔这时烟不离嘴，尽管抽得多了，烟味儿扯不出舌头。有时抽到半截，实在不愿意抽了，便随手扔到地下，但一会儿又点上一颗。

而七叔给人帮忙时，烟瘾反倒不怎么大了，抽得竟不如平时那么勤了。半天点着一颗，还常常抽了半截就掐死，放到一边，过一会儿再拿起来接着抽。七叔并且经常掏出自己的旱烟卷一颗。

八叔对七叔说："给人帮忙还不管烟抽啊，指着咱省哪一点儿。"

七叔说："省不了哪一点儿，但是咱少抽一颗，人家就少做一颗的瘪子。"

一次，庄儿里有一家娶媳妇的，七叔和八叔在一个桌上坐席。散席时，八叔示意七叔先别走，等席上的人都走了后，八叔抓起桌上的大半盒烟装进自己的腰包，接着又抓起还没破盒的一盒烟朝七叔递着说："你装着这一盒。"

七叔一拨拉八叔的手："抽不起不抽，别让人戳脊梁！"说着，拂袖而去。

全义娘

　　全义和全新是异父异母兄弟俩。全新是全义娘嫁给全义爹时带过来的。爹娶后妈时，全义老大了，不认这个后妈，一声妈也没叫过。爹和后妈给他娶了媳妇，盖了新房，他就自己过去了。全义他爹是教师，月月有工资，全义经常管爹要钱。爹说："要钱做什么花啊？"爹点话全义叫娘，说："管你娘要去。"全义连声妈也不叫，来到娘面前说："给我钱。"娘就打开抽屉给他拿钱。全义没钱花就来要，爹说话了："你住上新房了，也娶媳妇了，不能老管我要钱了，你弟弟还没说媳妇，还没给他盖房。"全义要钱不痛快，认为是爹不疼他了，是后妈挑拨的，就和爹的关系不大好了，不大上爹屋里来了。爹还没给弟弟盖上新房，好歹给弟弟说上媳妇，就得病死了。爹死后，全义和后妈两个屋里就更陌生了，不大往来了。

　　一天，全义娘听说上级有文，当教师的能接班。全义娘就开始找，先是去公社里教育上找，找了几趟没结果。公社里说："你上县里去问问看吧。"全义娘就上县里跑。她每天早早地起来，揣上个饼子，带着一瓶子水，好几十里地，来回走着，上县里去。

头几趟县里说，接班说的是在职的和在世的教职工，至于过世的教职工能不能接，这得和上级请示后再说，让她等着。全义娘等了一个多月，没信儿。就又找又跑，一开始半月一趟，后来一星期一趟，再后来一天一趟，终于跑成了。教育局局长和全义爹是老同事，答应照顾全义妈一个名额。

全义娘把班找成了，让谁接呢？全义娘把全义和全新兄弟俩叫在一起，又把全义的亲叔叫来当证明人，商量班由谁接。全义认为，班是他亲爹的，当然该他接。全新认为，班是他妈跑成的，应该他接。兄弟俩都想接，都争。全义娘说："那就抓阄儿吧。"全义娘和全义叔背着他兄弟俩做了两个阄儿，揉成团。全义娘说："班是我跑成的，这回我说了算，让你弟弟先抓。"全义说："不行，凭么他先抓？"全义娘说："这回就得让你弟弟先抓。"全义说："我先看看。"全义抓起两个阄儿，左瞅了右看，在觉得两个阄儿没什么两样后，把阄儿捂在手里摇了摇，晃了晃，放在桌子上说："抓吧。"全新对桌子上的两个阄儿，摸摸这个，看看那个，最终抓起一个，展开一看，空的，一下子就变了脸色。他娘的脸色也一阵子不好看，对亲儿说："抓不着没法，班是你哥的了，别难受孩子，这是命呢。"

全新没接了班，认为亲娘不向着他，开始不疼他娘了。全义虽然接了班，但他说是自己该接。全义一看弟弟抓得阄儿是空的，高兴地一把抓起剩下的那个阄儿填进嘴里吃了。全义想，谁让后妈向着她亲儿，让他亲儿先抓呢。全义就更不认这个后妈了，整整半年的不上娘屋里一趟。

两个儿谁也不管娘了，全义娘能劳动时还行，自己过，自己种地，自己推着小车往家推麦子，推棒槌子。可是老了，走道也迈不动脚步了，生活就难了，也没张嘴和两个儿要，出去要饭去了，一去好几天没回来。全义叔说全义和全新："你俩也不嫌丢人吗，你娘出去好几天了也不去找找，去，找去！"全义和全新才出去找。他们找了好几天没找着，慌了，印了广告，想去城里，去各庄里贴。刚出门，有人来找他兄弟俩说："昨晚你兄弟俩看电视了吗，你妈在电视上出来了，你妈在大街上要饭，露宿街头，被好心人收留了，电视上说寻找亲人呢。"兄弟俩给电视台打电话，按地址找回亲妈（全义是后妈）。

全义娘回来后，全义叔说全义和全新："我给你俩当证家，以后你妈生活，全新管粮吃，全义管钱花，谁不拿也不行。"全新没言语，全义说："凭么我管钱花？"全义叔说："你挣工资，有钱，该你拿。"全义说："挣工资是国家给的，是抓阄儿抓的。"全义叔气坏了："小私孩子，给你妈磕头，你知道你这班是怎么接的吗？你妈为了让你接班，叫你弟弟先抓，两个阄儿都是空的。"

全义听了，瞪大眼睛望着后妈，望着望着，双膝跪地扑俯在娘跟前，声震苍穹地叫了声"妈——"，泪如雨下。

借　面

　　居家过日子，谁都有缺住笨住的时候，特别是那些年，就连平时吃的面，左邻右舍的也常相互借。一般的借了人家的面，都是及时还的，而且借一平碗还一尖碗，借得少还得多，这叫借着容易，还着喜欢，再借不难。

　　可三嫂借面却不是这样，她是借着喜还着恼，借得多还得少。要不上三回她也不还。她借面时说人家，着实摁摁，竖尖冒流地借给她一大碗。她还面时，却不着实摁了，而是用手一把把一点点儿地往碗里添，当碗里的面稍微冒出点儿尖，她轻轻地用手按上点儿手印，就轻手轻脚地给人家送去。

　　凡是借给过她面的人，都说共事共不过她。

　　有一回，她向大嫂子借了一碗面，个数月了不还，直到大嫂子张口要了，她才极不情愿地端着碗给大嫂子送去。大嫂子一看她还的面，接着叫她怎么端来的又怎么端回去了。原来大嫂子借给她的是雪白的白面，而她还的是漆黑的黑面。为这一碗面，妯娌俩闹得不喜不恼的。

　　还有一回，她向前邻家借了碗面，也是老长时间了，她自己已驮着麦子去磨了三次面了，都没还人家的。人家说起话来提了好几回，她却没事人似的不提这一码。最后前邻家直接说她脸上了："你还欠俺一碗面呢。"

"不就一碗面吗？"她一阵也觉得挺没脸面似的，"还好意思张口要。"嘴里这样说着，却仍没及时还人家。等有一天她看见人家驮着麦子去磨面时，她叫住人家说："站住站住。"她回家端了一平碗麦子说人家："给你碗麦子你自己一伙磨磨去吧。"人家气得从此再也不借给她面了，也不和她共事了。

从那时起，全西头的人没有愿意借给她面的，她再借面借不出来了。

这天，她家里来了客人要包饺子，面不够了，她从村西头跑到村东头借的面。村西头的人见了村东头借给她面的人说："她共事忒尖，你怎么还借给她面啊？"

村东头的人说："她共事行了啊，我借给她一碗面，她随着还了，而且借了一平碗，还了挺挺的尖尖的一大碗。可以说，借了一碗，还了一碗半。"

村西头的人感到很惊讶，拿话刺儿三嫂说："这回太阳从哪边出啊，你不是记差了，咋借了一碗还人家一碗半？"

只见三嫂一脸的羞愧，就像被人掏了心似的说："俺和她借面时她说，现在自己种地了，一碗面不稀罕了，不让还俺了，她不要了。俺寻思让让她，谁知她全留下了。"

醉

大凡爱喝酒的人，谁没醉过。七叔就没有，不但没醉过，连喝多的时候都很少。

七叔爱喝，天天喝，有时一天两顿，但不多喝，一顿半茶碗。七叔说，他不是馋酒，是为了干活儿回来解解乏。七叔的活儿多，种的地多，连自己的带包别人的，还有拾的捡的，沟头道边儿河沿儿二滩上的，有二十多亩。七叔一天到晚没闲时候，腰都有些弯了。但七叔忙活得很带劲儿，他曾和别人说话说漏嘴过，他说他光凭种地，存款也有小三十那个数了。别看有钱，七叔喝酒也舍不得喝好的，喝的是壶子酒——散酒。七叔说，喝壶子酒能喝出数来了。

七叔喝酒，赶上高兴了，会多喝点儿；赶上不如意时，也会多喝点儿。有一回，为了个畦埂，他和地邻嚷了，他耩地耩得早，犁地时原畦埂没动，只是往高里添了添土。可他种上好几天了，地邻犁地时，一下子往他的地里撩过半个畦埂来，把他的一趟麦子都压住了。七叔费了一大头晌午工夫，又给撩过去了，累得不轻。他回来就倒了半茶碗酒，喝了还想再倒点儿。七婶不让他喝了，把酒瓶子夺过去了，说："别喝了，喝这么多干什么？"七叔说："可气煞我了，我喝点儿酒你老管着。"

有人说，七叔喝酒滑。他亲兄弟也说："俺七哥喝酒，忒有把握。"其实，很多时候，是七婶管着他。七叔的小兄弟，从小跟着人家，头一年来认家，兄弟姊妹一家人大团圆，七叔高兴地先撂下大话："今儿个不醉不休。"结果兄弟几个都喝高了，小兄弟都喝哭了，就七叔没事，一点儿也没喝多。原因是七婶老支使他："去，你去看看壶开了吗？哎，我下饺子，你过来帮着看看火。"

儿子娶媳妇时，七叔挨桌敬酒，这回逃不过去了。七叔说："你不喝，怎么让客人喝！"亲戚朋友，特别是表兄表弟的，都和七叔飙劲儿："七哥，来，你干我就干。"七叔一仰脖，透了。庄乡兄弟爷儿们也逗七叔："七哥，人逢喜事精神爽，醉一个。"七叔头一仰，又杯底朝天了。那天七叔喝得真不少，却一点儿醉意也没有，原因是七叔的儿子给别人满酒，倒的是原瓶，而给七叔倒的是酒壶里的。儿子对众人说，他爸怕凉，酒壶里是热的。然而，酒壶里的酒，一多半儿是白开水。这又是七婶想的办法。

七婶说："七叔一辈子喝酒，多数听他的。就一回，没挡住，一说不让他喝，他急了，说滚一边儿去！他一气儿喝了一斤多，喝完就躺炕上了。他一天一宿没动，叫都叫不起来。他嘴里一个劲儿地光哈哈。哈哈，咱这一大堆麦子，咱这一大堆麦子啊，哈哈，再也不缺吃的了，哈哈哈……"

七婶永远忘不了那一天，分开地的头一年，七叔醉了。

牵 挂

刘叔病了，病得不轻，三天三夜没睁眼。刘婶泪眼婆娑地守在他身旁，也是三天三夜，没合眼，水米未进。儿子说："娘，我守爹一会儿，你歇歇去吧。"刘婶摇摇头："我睡不着啊。"女儿说："娘，要不，我给你做点什么吃吧，你这个样，可别爹还没好，你再有个好歹的。"刘婶摆摆手说："我吃不下啊。"

刘婶的心，全在刘叔身上。

第四天，刘叔终于醒了。医生说，刘叔的病醒不了挺严重，醒过来就问题不大了。

刘叔醒来，第一眼就看见刘婶面容憔悴的样子，就宽她的心说："看你，这是怎么了，放心吧，我舍不下你，死不了。"刘婶仍然心疼地说："你死不了，从死神里走了一遭，多悬啊！"

刘叔本打算再宽慰她几句，可话到了嘴边却说成："咱俩要说死，也得你先死。"

这话刘婶不愿意听了："死老头子，俺为你担惊害怕，守着你，盼着你，你醒了，却咒俺这话。"说着，眼泪就在眼眶里打起转转来了。

刘叔赶紧解释说："我不是那个意思，不是……"

"你啥意思？"刘婶说，"俺知道俺经常闹病，赘着你了。"

"不是不是，我是说……唉。"刘叔急得，直抽自己的嘴巴，"这话说得，这是怎么说的，这是……"

其实，刘叔对待刘婶可好了，谁不知刘叔拿着刘婶最有疼有热的啊。自从结了婚，刘叔就天天挂着刘婶。干活儿，怕刘婶累着；吃穿，怕刘婶难为着。不论啥事，只要刘婶一说，刘叔就全依着她。凡是刘叔能干的活儿，刘叔从来不叫刘婶动手，而凡是刘婶干的活儿，刘叔从来都是为刘婶打下手。比如，刘婶做饭，刘叔就往灶前拿柴火；刘婶洗衣裳，刘叔就提前把水兑好了。要是水温多少凉点儿，刘叔就说刘婶先别插手，等着他再兑上点儿热的。要不，着了凉，怪难受的，他心疼。

刘婶好小性儿，一怎么就掉眼泪。为了使刘婶开心，刘叔就经常和她说笑话。有些话，刘婶理解不了，就恼了。刘叔就赶紧解释、说好的，直到刘婶不打了、笑了，刘叔也乐了。

可这回，不管刘叔再怎么解释，刘婶就是不听了："解释啥解释，你怎么不说你先死啊？"老长时间，刘婶没回过劲儿来。直到她又洗衣裳，刘叔给她打下手，她都不用："俺用不起你。"尽管刘叔赶紧去烧水，可未等兑上热的，刘婶就用透凉的水洗开衣服了。刘婶一着凉，她头晕恶心的毛病随着就犯了。这下，可把刘叔急坏了。拿药、请医生、输水，他连儿女们都不用，他嫌他们没个紧三步。刘婶的眩晕症每犯一次，刘叔的心就揪一次。刘婶的病一犯，就连呕带吐的，说不定吐到床上，或是刘叔的身上。有时，看着刘婶吐的，孩子们都捂鼻子，可刘叔一点儿也不嫌。这不，刚刚端上的荷包蛋面条，刘婶强喝了一口，随着又吐到碗里了。年轻人端开准备倒了，刘叔说："你娘剩的，我喝。"刘叔一碗剩面还未喝净，刘婶说要解手，刘叔就赶紧放下碗，嘴里咽着口面条，往起抱刘婶解手。刘婶说，自己慢慢下来，不用他抱着。刘叔说，可不行，万一再晕倒了咋办，还是抱着牢靠。刘婶知道自己每次病了，都是难为刘叔了，就对刘叔说："俺尽拖累你，真不如死了。"刘叔腾不出手来捂刘婶的嘴，就拿话噎她说："你宰了我吧，你要是死了，我随着也不活了。"刘婶忽然又想起刘叔说的那话："你不是说俺先死吗？"刘叔一下子把刘婶抱紧了："傻老伴啊，我是说，我要是死得早了，等你病倒时，孩子们就是伺候得再好，我也不放心啊。"

刘婶听着，那眼泪就又来了："这辈子跟了你，知足了。"

母亲的星期天

　　"明天不上班了。"女人吃饱了饭把碗一推，倚躺在沙发上，身心轻松地问男人说："哎，咱明天上哪里玩儿去啊？"

　　男人咽下最后一口饭，拿起遥控器拨着电视，毫无新鲜感地说："上哪里玩儿去啊，几乎一星期去一个地方，你说哪里还没去过吧。"

　　女人噘起小嘴，有些不乐意地说："没去的地方多了，杭州西湖、桂林山水、黄山华山，咱才去了几处啊。"

　　男人瞥了一眼女人说："有点空儿就知道玩，还干点儿什么呢？"

　　女人拿眼白着男人说："上了一星期班了，累得够呛，出去换换脑筋、散散心、开阔开阔视野，现在不都兴这样吗？"

　　男人犟不过女人，妥协道："好好，依着你。"

　　女人说："去哪儿？"

　　男人说："你定。"

　　女人忽然冲一旁正写作业的儿子说："儿子，你说，咱去哪儿？"

儿子张口说道："还去海洋馆，看大白鲨表演。"

女人说："好，再去海洋馆。"随之，又冲厨房门口说："娘，明早不用早做饭了，不上班了，去海洋馆又近，俺们不早起了。"

男人插话说："去海洋馆近，要不让娘也一块儿去玩玩儿吧。"

女人说："去吧。娘，明天你也跟俺们出去玩玩儿吧。"

娘一边将刷好的一摞碗放进厨子里，一边又拿起抹布擦着饭桌子说："你们去吧，路上小心，我趁你们星期天，回老家一趟，给你爸洗洗衣服，做锅干粮。"

怨　我

公路上，车水马龙，人流如梭。

她骑电动车快速地行驶着。他也骑电动车紧随她身后急驶着。

忽然，一位老者横穿马路，她来不及躲闪，猛刹住了车。他刹车不及，撞在了她的后车架上，身子往前一趔趄。她被他撞得差点趴到地下。她没言语，他瞪眼了，想埋怨她："这是怎么刹车的！"可刚想张口，她回头冲他一笑，先说话了："对不起，怨我，刹车刹得太急了。"他一望她，好美，那歉意的笑、柔和的话，他想发怒都怒不起来了，瞬间，埋怨的话语变了："怨我怨我，离你的车距太近了。"

"你没事吧？"她又笑着问他。"没事没事，你也没事吧？"他也笑了，问她。"没事没事，走了啊。""走吧走吧，慢点儿啊。"

公路上，车水马龙，人流如梭。

包 子

老张的包子铺开张以来，生意很红火，特别是他做得素馅儿的茴香包子，简直不够卖的。

在来买他包子的人中，有一个满脸胡碴、面目清瘦、挂着单拐的老汉，几乎集集不落，每集10个包子，而且那老汉来赶集单单就是为了买老张的包子，每次都是直接来到他的包子铺前，买了包子后就往回走去。别的卖东西的摊子，他从不光顾。

那老汉给人的印象，一看就不是个有钱的主。老张卖给他包子在收钱的时候，轻易见不到他掏出的钱中有大票（百元的），并且他经常没钱，经常求老张记上账——赊着。开始时老张真不愿意赊给他："我这小本生意，概不赊账。"可经不住他死乞白赖地苦求，死缠硬磨，老张不赊给他，他就不走。老张怕他黏糊着不走影响买卖，只好赊给他，心想：不就是10了个包子吗，不怕他赖账不还。

让老张不用担心的是，那老汉倒不赖账，有了钱就还。他只是请求老张，每集给他留着包子。如果买不到包子，他会急成什么似的。

有人说："这老汉可能只身一人，做不了饭。"

也有人说："他好吃懒做，馋。"

有一集，老张忘了给他留着包子，他拄着拐来了，一听没包子了，急得埋怨老张了："不是说好了叫你给留着吗，这是怎么说的，又不是不给你钱。"说着又埋怨自己说，"全怪这瘸腿，要不是这瘸腿，早来到一会儿，就不会买不到包子了。"那次，他没买到包子，神情是那么沮丧。

还有一回，就还有 5 个包子了，一个上岁数的妇女刚想要，瘸老汉急呼呼地赶上来气喘吁吁地说："大嫂子，让给我吧让给我吧。"说着一把将那几个包子抢了过去。

老年妇女很生气地说："瞧你个大老爷儿们家，咋这么馋，俺是给俺孙子买的。"

瘸汉被老年妇女呛白着竟一点儿也不脸红："大嫂子，你孙子吃包子的机会多着呢。"

"怎么，你今天吃不到包子就永远吃不着了？"老年妇女说着，很是不满地走了。

瘸老汉望着抢在手里的包子笑了，如获至宝似的。

忽有一集，瘸老汉来到老张的包子铺前，让老张给他清清账，说以后再不买包子了。

老张不解地说："怎么，你吃够了？"

瘸老汉说："不，我买你的包子，从来一个都没吃过，再说，咱这条件，也吃不起啊。"

老张更纳闷儿了："那，你买包子……"

"给俺娘吃。"瘸汉说，"俺娘八十多了，瘫痪、不吃腥，就爱吃你做的素馅儿的茴香包子，可几天前，俺娘她……死了。"

老张望着脸前这位拄拐的黑瘦老汉，不由对他肃然起敬起来。

"给。"老张随手拿了 10 个包子，朝老汉递着说，"老哥，这 10 个包子送给你，你尝尝我的手艺，欠的那几十个包子，账不用算了，就当我孝敬我的母亲了。"

犁　铧

　　在我家堂屋的墙上，爷爷常坐的椅子后面，挂着一张旧犁铧。那犁铧，不知犁过多少农田，饱经过多少沧桑的岁月。

　　爷爷拿这张犁铧当宝贝，一看到或提到它，便动情地说，多亏了这张犁铧。

　　我知道爷爷一生劳碌，这张犁铧饱含着他辛苦劳作的汗水，记载着他内心的酸甜苦辣，也就尊重爷爷的意愿，十分爱惜这张犁铧。无论打扫屋子，还是拆了旧房住进新屋，一直依着爷爷，将犁铧挂在老地方。尽管它锈迹斑斑，与雪白的墙壁极不协调。

　　有一回，妻子拾掇屋子，看见犁铧靠墙的地方，把墙都锈黑了，便偷偷地把犁铧摘下来当废铁卖了。爷爷发现犁铧没了，急了，说啥也要让把犁铧找回来去。没办法，我和妻子只好找到收废品的，又找到废品站上，把犁铧赎了回来。

　　爷爷说，他死后也要这犁铧和他埋在一起。

　　孝顺就是顺着，我遵循爷爷的心愿，在爷爷咽气后，把犁铧放在了他的灵前。

　　庄西头老支书牛爷爷来吊唁，看见爷爷的头像旁放着的犁铧，眉头紧凑，若有所思地问我说："这是你爷爷的意思？"

我对牛爷爷说："爷爷一辈子拿犁铧当宝贝。"

不过，我没按爷爷的嘱咐做，而是将犁铧又挂在了墙上，挂在了一张优美的现代画旁。

浇　地

　　我高中毕业回乡务农，第二年社员们选我当了队长。我上任的首要农活儿是春灌，给小麦浇返青水。我队的地大部分在村北，一条长长的水阳沟，有三四百米，直通河头。水阳沟建在一条沟沿上，沟很深，是为防涝上河里顺水挖得。每次浇地，经常往沟里跑水。我分派机手去了河上安机器，分派大婶子专管在地头上看畦口，又派大婶子的女儿秋英和花嫂在阳沟上看水，然后又分派其他社员别的农活儿。当我派杨二叔套大车去往地里运粪时，杨二叔说，牛套断了。我赶紧去集上买了副牛套。回来后我想去村北地里看看，看看浇地浇得怎么样了。

　　我来到村北地里，只见大婶子盘腿坐在锨把上纳鞋底，她身旁的水阳沟里干干的，一滴水还未见。

　　"还没浇过水来吗？"我问大婶子说。

　　大婶子头没抬眼不歪地仍做着针线活："没有。"

　　我有些着急，顺着阳沟往河上走。当我走到沟边上时，一眼瞅见沟里淌了半沟水，是跑水了，不远处冲开了一个大口子，哗哗地淌。再往沟沿上一看，花嫂和秋英两个人都把锨头扎进沟坡上，都忙着用棒窝在锹把上编小辫——这是一种家庭副业。我不由得大发雷霆："你俩这是怎么看水的，快把你俩泡起来了！"

她俩这才一激灵，摸起锹堵阳沟。可阳沟上冲开的口子已老大了，很难堵了。我只好跑到河头上让机手停了机器，再回来堵。堵着决口，我火气难消，再次对她俩发火："怎么干活儿的啊，一个个的怎么干活儿的啊！"

花嫂低着头干活，没敢吱声，秋英却停下手里的锹翻白道："吼什么吼，嗓可不小！"

"啥？"我嗓门儿更大："我不但吼，我还罚呢，今儿这工分不给你记了！"

秋英把锹往肩上一扛："不记就不记，不就是一天的工分儿九分钱吗！"说着，她竟扛着锹从沟坡上拿起刚才编得一大挂拉小辫往回走。

"你！"我气灌满堂，想拿更难听得话说她，话到了嘴边却喊成，"回来俺姑奶奶，我服你了行吧！"

秋英这才极不情愿地转回身，但她拿锹堵阳沟一点儿也不上紧，沉住气地半天一锹，一往身上溅点泥水便躲出老远。

我干着急没办法，有火难发。怪不得都说俺队的队长不好干，都干不长，三年换了俩。

好在我这队长也没干长了，我干了没两年就分开地了，自己种自己的了，浇地也是这家或那家搁伙浇了。

大婶子找到我说："咱两家搁伙浇地吧。"

我说："别价，你娘儿俩那干活的，我搁伙不起。"

我妻子接话说："邻居挨家的，这点事，大婶子找脸上了，怎么搁伙不起啊！"又对大婶子说，"行啊行啊。"

我只好答应了她。

我和我妻子、大婶子、秋英一起在河头上把机器安好，浇出水来后，才让她们三个去看水。我让大婶子去地头上看畦口，让我妻子和秋英沿着水阳沟跟着水流走。我妻子有身孕，我嘱咐她干活儿加小心，嘱咐她俩别光顾说话，可别跑了水。

大半天没事。

我在河头上看着机器，不时地站在水阳沟上瞧瞧。

忽然，见我妻子老远举着锹，朝我示意停机器，是跑水了。我赶紧停了机器，朝她俩跑过去。离老远，我便看见秋英蹲坐在被冲开口子的水阳沟里，我妻子正拼劲儿地掘土往秋英的身旁填。

我挥起铁锹，一边堵着口子，一边说她俩："怎么冲这么大口子啊？"

我妻子说："早就发现跑水了，就是找不着哪里，找着找着就冲开了，是个地猹子窝。"

秋英在水里用身子堵着口子，我和我妻子填土绕着秋英填土堵，堵得差不多了，我妻子对秋英说："起来吧秋英，快起来吧，看着凉。"

秋英从阳沟里爬起来，下半截身子都是泥水。

我妻子对她说："快家去换下衣服来去，快去快去。"

秋英踩着湿鞋，"呱唧呱唧"地走了。我望着她满身泥水的背影，赞许地说："没想到这闺女干活儿还挺泼辣。"

我妻子说："这回，激不病她就是好事。"

我说："可不，才开了春，水还很凉。"

我妻子说："我想下水，秋英不让，可她才来了例假。"

第二单元

　　第二单元三楼西户的病了，住了一星期院，才回来。三楼东户的女人对男人说："咱去看看她吗？"男人说："去瞧瞧也行，其实咱和她没过。"女人说："有过没过的吧，对门识户的，人不近住得还近呢。再说，啥事也得有个先走到头里的。"男人说："那就去吧。"女人就去了。回来后把这事对四楼东户的说了。四楼东户的说："我也该去看看她，那回，我忘关储藏室的门了，多亏了三楼西户的把门给关好了。"四楼东户的也去看了。四楼东户经常和二楼东户去一个学校门口接孩子，说话间又把这事对二楼东户的说了。二楼东户的说："你怎么不告诉俺一声啊，俺和你一块儿去啊。"四楼东户的说："我以为你愿意去不愿意去的，就没告诉你。"二楼东户的说："这不是愿意不愿意的事，咋叫一个楼上住着呢。"二楼东户的知道了这事后，接着就搁伙二楼西户的，二楼西户的说："我不去，那天为了孩子我和她生了个憋气，不愿意和她说话。"二楼东户的说："嗐，一个楼上住着，稀里糊涂的吧，兴她不对咱，咱不能不对她，咱去看她，叫她自己想去吧。"二楼西户的就随二楼东户地去了。隔日，一楼东户和西户也去了。又待了两天，四楼西户也去了。五楼西户常年不在这儿住，只剩下五楼东户的没去了。五楼东户的男人对女人说："咱也去看看三楼西户去吗？"女人说："咱去得着吗，咱和她八竿子打不着。再说，她天天闹个三轮放楼道里，难出难进的，说她不听，咱不去。"男人说："可是全楼上的都去了，咱不去显得咱像特殊似的。"女人想了想说："也是，要不过去看看吧，给她拿点儿什么呢？"男人说："以前没来往，过去问问，表示关心吧。"女人说："空着手去可不大对劲，给她50个鸡蛋吧。"女人就提了50个鸡蛋看三楼西户的去了。

第二单元三楼西户的病了，全楼的人都去看了，这事被其他单元的人知道了，其他单元的人羡慕地说："第二单元的人真义和。"

后来，全小区的人都知道了，全小区的人都说："第二单元的人真团结。"

再后来，来第二单元打听求租求购二手楼房的人就多了，接连不断在第二单元的楼梯门口，贴满了广告。其中，有一则广告是这样写的：急求本单元楼房，楼层不限，不论贵贱，付现。

第二单元的人却说："咱这楼能卖吗，再贵也不能卖啊。"

掌　勺

　　小郝农校毕业，在镇上当了一名农业技术员，没权，吃不开。就连伙房里做饭的临时工小梁子都看不起他，也不大待见他。上伙房里打饭，别人都是交了饭票，自己在笼屉上拿馒头。笼屉上的馒头有新的、有上顿剩的又热的，大家都愿意吃新的，不拿陈的。小郝交了饭票，也想自己拿，小梁子说："别动，我给你拿。"

　　小梁子专门拣陈的给小郝拿。小梁子给小郝打菜，把勺子下到锅里，要是按正常舀，能给小郝舀上两块肉，但小梁子把勺子一挪一歪，连汤儿带水地给小郝舀了半碗多青菜，一块肉也没给小郝舀。小郝心里憋气，嘴上说不出来，只好端着碗走了。

　　有一次，小郝下村回来晚了，已开过中午饭了。小郝打了两个馒头，问小梁子："梁师傅，还有菜吗？"

　　小梁子说："什么时候了，还有菜啊！"

　　小郝明明见小梁子正用小锅炒着菜，问小梁子说："你这不是正炒菜吗？"

　　小梁子说："这是给镇长炒的，你也想吃，够级别？"

　　小郝在镇上当了几年技术员，调了。

小梁子又干了几年做饭的临时工，下来名额要转正式了。盼转正是小梁子的梦想，他仔细地填了表，怀着迫切的心情把材料报上去了。

管审批转正手续的不是别人，恰巧是刚提了局长的小郝。小梁子一听自己转正的事是郝局长管，心里就扑通开了。他后悔当年不该对小郝那样，他赶紧拿了礼去找郝局长求情。然而郝局长高低不收小梁子的礼，小梁子把礼死死地摁在郝局长的沙发上。郝局长厉声对小梁子说："你拿着你这个，不拿着，我给你扔到大街上去。"

小梁子给郝局长送礼没送成，凉了半截，心想：自己转正这事，十有八九得黄了，唉，早知今日，何必当初？

两个月后，转正审批手续下来了，小梁子在转正人员名单中，找到了自己的名字，甭提多高兴了。他一连说了几遍想不到，想不到郝局长这人……他想再次去找郝局长，去感谢郝局长，去给郝局长赔礼道歉。

小梁子很是愧疚地对郝局长说："郝局长啊，当初我那样对你，没想到你却对我……"

"喝水，喝水。"郝局长说，"主要是你符合条件。"顿了顿，郝局长又风趣地说："你勺子一歪，我只不过少吃了一注子菜，我要是笔尖儿一歪呢，你这一辈子就瞎了。"

"那是那是。"小梁子感激涕零，吸取教训，谨遵郝局长教诲，再掌勺的时候，先问问有多少人吃饭，就摆上多少只碗，提前把菜舀上，不论谁来打饭，交上票，随便端一碗。

手　机

　　他在公园里遛弯儿，溜达了一会儿，他想在树荫下的连椅上坐坐。当他走到连椅跟前时，一眼看见连椅上有一部手机。他机灵地扫了一眼四周，没人；他又向四周扫了一眼，还是没人；他一把抓起手机，装进了兜里。然后，他就不在公园里玩儿了，他三步并作两步朝家走去。走到家，他想把手机掏出来看看，看手机是新的还是旧的，手机的质量是咋样的。他刚掏出手机，手机突然响起来了，声音虽然不大，却觉得有些刺耳。他拿着手机，不知该接还是不接，接，对方就会知道了，手机在他手里；不接，响去。手机响了一会儿，停了。他想把手机关掉，想把手机里的卡抠出来，但他还没把手机关利索，手机又响了，响得他有些意乱、有些心跳，他耐着性子任手机响着，就是不接。手机响了一会儿后，终于停了。手机一停，他立刻把卡抠了出来，手机再也不响了，他这才安下心来。他把手机端在手里，翻过来瞅瞅，正过来看看，越看越欢喜，手机是新的，而且是大彩屏的。他欣喜地想，想不到今天这么走运，拾了一部新手机，买个卡去，以后就用这手机了，这手机从此是我的了。

他欣赏着手机，抬眼看了看墙上的挂钟，快到点了，快到放学的时间了，他得去接孙子去了。他走出门，去接孙子，孙子的学校不远，就隔着公园。他朝公园走着，离老远就看见公园门口有一胖子，大声地冲路人招呼："哪位大叔阿姨，兄弟姐妹，谁拾着手机了，那是我的，我会重谢，只把手机里的卡给我就行，卡里的信息对我太重要了，手机我不要了，谁拾得归谁，我说到做到，决不食言。"他听胖子招呼了一遍，又听胖子招呼了一遍，心想：只把卡还他，行，留着也没用，白要他一个手机，还落个拾金不昧，这样的好事，何乐不为呢？想到这里，他走到胖子跟前，关心地问："你丢手机了？"胖子说："是啊是啊，你拾到了大哥？"他说："你在哪儿掉的？"胖子说："在公园的连椅上坐了一会儿，忘那儿了，你拾到了大哥？"他说："我拾着一个，不知是不是你的。"胖子说："刚才我打电话，你没听见大哥？"他说："我拾到手机后，在连椅前招呼了好几遍，谁掉手机了，谁掉手机了，没人言语，我回家放在桌子上了，出来接孩子，没听见。""谢谢大哥，谢谢大哥。"胖子双手抱拳，感激不尽："大哥，你把手机里的卡给我就行，手机归你，我说话算话，决不食言。"他说："我有手机，我有手机，我给你拿去。"他回到家，拿起手机，重把卡安上，返回来给了胖子。胖子接过手机，随着打开，把卡取出，又掏出一个卡安上，完了摆弄了一阵子，然后把手机朝他递着说："大哥，手机归你了，再送你一只卡，里头是十分好听的乐曲，就当我谢你了。"他半推半就地接着手机，嘴里说着："你看你看，我哪能要你的手机呢？"胖子走了。他拿着手机，高兴得就像得了一件战利品，他想立即把手机打开，听听胖子送给他的，是什么好听的乐曲。他把手机打了开来，乐曲响起来了，是一首优美的歌。然而，他听着这优美的歌却不怎么顺耳似的，越听越觉得挠心，越听越觉得脸上挂火。

蓦地，他举起手机，急步朝胖子追去。

这时，手机里的歌仍在唱着：如今举杯祝愿，好人一生平安……

雅　间

我第一次在城里下饭店，是几十年前。

那年，校长带领我们全体教师，进城参加任教资格考试。考完了试，有人提议："好不容易一起来趟城里，聚聚餐吧。"这提议，都同意，我们便来到一家饭店。一进饭店的门，服务员笑脸相迎，热情招呼说："欢迎光临，我看各位人多，是不是来个雅间？"校长说："整十个人呢，来个雅间。""二楼请。"服务员说着，领我们上了二楼，随手打开桌椅高档、室内布置优雅舒适的单间。等我们落座后，服务员拿过一张菜谱，问校长说："吃点儿啥？点菜吧。"校长说："有啥菜，你念念吧。"服务员背书似的念道："排骨18元一盘，黄焖鸡18元一只，特色手工肉丸子……"不等服务员念完，校长说："算了算了，别念了，你说得这些太贵，咱都是穷教员，吃不起啊。"服务员说："那，你们想吃啥？"校长说："有包子吗？"服务员说："有啊。""多少钱一个？""两毛。"校长说："吃包子吧，一人10个。"服务员说："光吃包子啊？"校长说："光吃包子就行啊。"服务员顿了顿，说："光吃包子，请各位到下楼大客厅去吃吧。"我们被请出了单间，下了楼，在大客厅重又找了座位。

那顿饭，吃得窝囊，只因没钱啊，我们都是民办教员，每月才十几块钱，哪够坐单间的条件。校长说，那回，但凡兜里有钱，说啥也不挨这惨脸。

日月如梭，转眼几十年。如今工资涨了，每月都好几千了。这天，校长又带我们进城，进城检查身体。查完了身体，大家都不愿意走了，都想再在城里聚一聚。一提在城里聚餐，都不由想起那年那单间，有人说："再去那家饭店，再要那个单间。"我们又找到了那家饭店，位置依然没变，只是门楣的招牌更大更醒目更耀眼，我们昂首挺胸，一起进了饭店。服务员甚是热情，弯腰鞠躬，话语极甜："您好您好，欢迎光临，各位是坐大客厅，还是要单间？""单间，雅间。"我们几乎异口同声，话语很有底气。服务员头前带路，我们脚踏楼梯啪啪作响，进了二楼单间。单间确实不错，室内装修豪华，楠木桌椅，红色地毯，高级壁纸，墙上贴着名人字画，比几十年前更吸引人更舒适。等我们坐下后，服务员沏茶倒水，然后才拿菜谱问道："各位，请点菜。""不用点，"校长说："我说你写，来吧。"服务员赶紧手拿纸笔，"好好，你说你说。"校长声圆腔直，开口说道："鲍鱼海参龙虾一样一盘，鸡鸭牛肉、猪蹄羊排，拣贵的给我上。"服务员举起的笔却没落下："对不起先生，要吃这个，请下一楼大间。"大家不由一愣，拿眼直望服务员。校长惊异地问道："怎么？你这雅间能有什么贵菜，尽管上，我们不怕花钱。"服务员说："我们这单间是特色雅间。"校长说："什么特色，你说。"服务员说："比如农家散养、不喂添加剂的小笨鸡，98元一盘。"校长毫不疼乎花钱地说："散养小笨鸡——肉香，行，来一盘。"服务员说："错了，小笨鸡没肉，几乎光骨头。"校长说："没肉啥吃头，再念。"服务员接着念道："炸蚂蚱，炸蝉狗，炸槐花，素炒甜菜，素炒荠菜，素馅儿的麦蒿水饺，素馅儿的青青菜包子……"服务员没念完，校长就截话说："怎着，掉素菜锅里了，几乎全是野菜？"服务员说："哎，这正是俺这雅间的特色，都是不打药、不打激素、不上化肥，无污染、无公害的绿色食品，各位，点还是不点？"校长忽然一拍桌子："点，今儿这雅间，坐定了，决不像上回似的，丢尽了脸面。"

备　课

　　校长传达镇教办通知，要老师们整理一下备课，他下午一并送镇教办检查。

　　每年这时，期中和期终考试之前，镇教办都要检查备课。检查结果，排名，纳入考核。镇教办对全镇教师的备课，无论是哪个年级，不管是哪一学科，都统一要求、统一模式，备课必须安着六大步骤：教学目标，诊断补偿，教授新课，达标练习，反馈矫正，布置作业。检查时，这六大步骤不全，要扣分，会影响个人的成绩考核。而对于有漏备和无备课的，一票否决，考评直接判不及格。

　　我是本校的教导主任，我知道自己的角色，起带头和示范作用。我的备课，一向都是严格安教办要求，无漏备补备，有上课，一定有备课。我的备课，用不着整理，拿出来交上去就是了。

　　我的对桌老梁，一听检查备课慌了。他平时不大备课，都是听通知检查了，再补备。他补备也不是自己写，而是抄别人的。一抄一大天，晚上再熬熬眼，完活，交上去当了。老梁说，年复一年翻来覆去，就教这一学科，就教这几课，背都背过了，用不着备课。他备课是为了应付检查。

以前通知检查备课，都是提前下，提前好几天甚至一周。可今年通知下得急，老梁一听下午就交备课，慌得抓耳挠腮，头上汗涔涔的。老梁火上房似的问我："老秦，你去年的备课呢，还有吗？"

我说："有啊，在抽屉里呢。"我去年教的是五年级，跟班走，今年教六年级。老梁去年教四年级，今年教五年级。

老梁说："紧着，借我用用。"

我把备课拿出来给了他。

他接过备课就赶忙抄了起来。但只抄了几个字"嚓"一下子撕了。老梁说："嘻，抄错了。"接着写了不几行，又"嚓"一下子撕了，"嘻嘻，又抄错了。"

老梁干脆把笔一扔，不抄了："完了完了，这回挨批定了，这么两大本子备课，怎么抄也抄不完了。"

看着他那慌急的样子，我一点儿也不同情他，平时我督促他备课，他不听我的，他和我是老同学，他一点儿也不拿我当官儿。我埋怨他说："谁叫你平时嗑闲牙，不备课呢。"

"哎——"老梁急中生智似的，蓦地将我备课的本子皮撕了下来，换了一张新皮写上了他的名字，用订书机"咔嚓"钉上了："我用你这旧备课当吧。"

我说："你能，我的字和你的字不一样，去年的字迹和今年的字迹差着色泽呢。"

老梁说："实在没法了，孤注一掷吧。"

我说，"去年检查，没规定填授课时间一项，我的旧备课上，没授课时间。"

老梁说："这个好办。"说着，他把桌上的台历往面前扯了扯，掐算着天数，在我的旧备课上填写起时间来。

我今年的备课，时间都已填上了，随上课随填。只有最后几节课，是给学生出的复习题，因为还没让学生做，就没填时间。我想，等让学生做时，再写上时间。

下午，校长将老师们的备课装进一纸箱子里，带着上了镇教办。

等待着校长回来，听检查结果。我的心情十分平静，无论怎么检查，我的备课不会差了，我对自己的备课有把握。

而老梁整整一个下午，似热锅上的蚂蚁，坐立不安，他既盼着校长回来，又怕校长回来。

快要放学时，校长回来了。校长把检查后的备课抱进办公室，直冲着我的桌子一撇，发火道："秦老师，你今年是怎么备的课啊，数你差，全镇倒数第一。"

我一蒙："为什么？"

"为什么，缺项，你有几课时间没填！"

我辩解："那几节课因还没上，所以……"

"没上交什么备课啊，乱弹琴！"校长打断了我的话。

我的脑袋嗡嗡的，犹如一瓢冷水泼在热汗的头上。我下意识地抬头望了一眼老梁。老梁如霜打的茄子，说话更无底气："校长，我的呢？"

校长音调一变，笑了："老梁这回行，备课各项要求齐全，全镇排名第一。"

签　字

一大早，赵老师骑电车去上学。

他骑得很快，他要赶点儿去辅导学生早自习。路人还不多，车辆也还不拥挤，只是偶尔有一辆轿车或四轮的大车从他身旁越过。

赵老师的前面不远，有一个背书包的学生，正起劲地蹬着自行车。不用问，和他是同一个学校的学生。学生骑得很快，不亚于赵老师电车的速度。好一霎，赵老师都没撵上他。

忽然，一辆飞一样的摩托车带着刺耳的噪声，"嗖"地从赵老师身旁驶过。被吓了一跳的赵老师还没回过神来，只听"咣"一声响，摩托车撞上了前面的学生。学生被撞出老远，摔在了公路边沿的水泥地上。赵老师的心提到了嗓子眼，他紧骑几步赶上去，一下子捏住车把，将电车一扔，便蹲在地上查看被撞的学生——是一名女生，而且恰巧是赵老师班里的学生，叫任小燕。任小燕趴在地上，一丝不动，头上鲜血直流。赵老师心疼得泪都流下来了，他不顾自己刚刚穿上的白衬衣，用衬衣将任小燕的头包住，一手抚在任小燕的头上，一手抱着任小燕。他忙完了这一切，才心急地冲不知所措的骑摩托的人说："快打 120 啊，打啊！"

骑摩托的人这才掏出了电话。

赵老师一手抚着任小燕的头，一手揽着任小燕，任小燕无任何反应，赵老师的泪滴在了这个平时活泼可爱学习又好的孩子身上。他声音有些发颤地呼唤道："任小燕，醒醒任小燕，醒醒啊任小燕，没事的，挺住任小燕，有老师在，别怕……"

120 来了，赵老师把任小燕抱上了救护车，他没有顾及自己扔在公路上的电动车，便随任小燕上了医院。

任小燕被撞着了头部，颅骨骨折，需马上手术。

当赵老师把任小燕推进手术室后，医生朝赵老师递过来一张合同书，要赵老师签字。赵老师毫不犹豫地提笔写上了自己的名字。医生看了看说："只签名不行，得写上与伤者的关系。"赵老师又在前面加上了"老师"二字。医生说："老师签字不行，得伤者的亲属签字才行。""这……"赵老师为难地说，"她亲属还不知道，没来，怎么签啊？"医生说："没有亲属签字，手术是不能做的，这是医院的规定。"

"那。"赵老师稍一沉思，时间就是生命，蓦地，赵老师拿起笔，毅然签上了几个遒劲有力的大字：父亲赵冬生。

演　讲

　　村委换届，大壮和大柱竞选村主任。

　　主持选举大会的是镇上的干部老王。老王手里拿着一大摞选票，却不急着发给村民，而是首先讲话道："本次选举，本着公平公正公开的竞争原则，先由大壮和大柱两位候选人演讲，说说他们各自如果当上村主任后的打算和设想，看看他们的想法是否想到了村民的心坎儿里，从而选出群众最信任最满意的村主任。"

　　老王说完，对大壮说："大壮，就由你先演讲吧。"

　　大壮连咳了两声，清了清嗓子，底气十足音灌满堂地慷慨陈词道："各位村民，各位父老乡亲，当官为啥？当官是为人民服务，当官是为群众办事，当官不为民做主，不如回家卖红薯。假如我当上村主任，我保证全心全意为人民服务，为全村谋幸福。请大伙相信我，我当上村主任，一定为大家办正事、办大事，办大伙需要的事、办村民满意的事。我大壮说到做到！"

　　大壮的演讲赢得了一阵热烈的掌声。连老王也拍起手来。

　　大壮演讲完了，老王又让大柱演讲，但老王连喊了几遍大柱的名字，没人应声——大柱没来。老王有些着急："这个大柱，怎么搞得，这么重要的大会，竟不按时到场。"

老王正待发火，人们几乎同声说道："发票吧，选吧选吧，大柱没来，都知道他干什么去了。"

"干什么去了？"老王问。

这时，有人俯在老王身前，耳语了几句。老王脸上露出欣慰的表情，说："好，开始选举吧。"

选举结果，大壮只得了几票，大多数人都投了大柱。

大壮不服，问老王："凭啥他大柱连演讲都没参加，却几乎得了全票？"

老王说："因为大柱的演讲比你精彩。"

大壮不解，说："此话怎讲？"

老王说："这个你应该比我了解——村里孤寡老人张老头重病住院，大柱一直在陪床护理 。"

检　查

　　胡校长接了新来的镇教办乔主任的一个电话，手忙脚乱起来。他赶紧召开各班主任和全体教师会议，安排布置卫生大扫除工作。乔主任在电话里要求各校，要抓好校园卫生，镇教办明日检查。

　　胡校长自己也记不清有几周没布置打扫卫生了，学校院里已长出了杂草。为迎接镇教办的检查，胡校长决定今天上午停课，彻底打扫一下。他做了具体安排，哪个班管捡拾垃圾纸屑，哪个班管拔草薅草，哪个班管清理打扫；并要求班主任和所有老师全部参与、一起动手，他自己也亲自靠上盯着。

　　说干就干，霎时间，整个校院，人头攒动，尘土飞扬，热火朝天。

　　经过两节多课的时间，学校院里卫生焕然一新。师生们的脸上身上，满是尘屑，又是抽打，又是冲洗，胡校长也累得一脸汗水。

　　胡校长用毛巾擦着脸，不放心地又围学校院里转了一圈，连墙角旮旯里、厕所里，都挨着看了一遍，生怕有卫生死角，有打扫不到的地方。见墙根下有一株小草没拔，胡校长弯腰将小草拔下来，放进垃圾桶里。然后又布置各班主任，各班务必注意保持，学校院里的地面上不准随意乱扔纸屑。胡校长还要求师生明日提前到校，赶在来检查之前，又打扫了一遍。

接下来，胡校长就等着乔主任来检查。

可是，从上午等到下午，检查的人没来。又等了一天，仍没来。

一直等到星期五下午快放学了，检查的人还没来。

胡校长沉不住气地打电话问镇教办："乔主任啊，检查的人怎么没来啊？"

电话那头乔主任说："不用检查，这几天各校卫生一定不错。"

胡校长一块石头落了地似的，紧张的心情舒缓了许多。但胡校长仍不放心地问："乔主任，还检查不？"

乔主任说："检查，不一定哪一天，我下去看看。"

胡校长放下电话，刚刚舒缓的心又紧张起来，而且久久不能平静。

生　意

　　这家快餐店生意不太红火，从早到晚来不了几个吃饭的人，买卖快干黄了。

　　老板娘埋怨老板说："全怨你，来个吃饭的人，你拉个脸子没个喜欢模样儿，就像人家该你 2 分钱似的。"

　　老板拿眼白着老板娘说："不怨你，那天为了一个烧饼钱，差一点儿和一个年轻人嚷了。"

　　老板娘说："咱这店得想想办法了，再不想办法就没吃饭的了。"

　　老板说："是得该想想办法了，起码咱这态度得改一改了。"

　　第二天，尽管老板和老板娘的服务态度改变了不少，但生意仍然很萧条。直到两边相邻的小吃店都坐满了人，才稀稀拉拉有几个人进了这家快餐。在进来的几个人中，有一个瘦脸高个，高个进门要了一碗豆腐脑儿、一个烧饼、一个鸡蛋。当他坐下来就餐时，把手里的手机随手往面前的桌子上一放，开始吃起来。吃饱了，他抽了张纸巾擦擦嘴，起身走了，手机没拿。

　　"这是谁的手机啊？"高个走后，老板娘过来收拾餐桌，望着桌子上的手机问几个吃饭的人。吃饭的人都说不是自己的。有人说："可能是刚才高个的。"老板娘说："那好，我先替他保存着，他及时来找，及时给他。"话刚说完，高个着急忙慌地回来了，还没进门就问老板娘："有人拾着手机了吗？我把手机忘这儿了。"老板娘随即拿出手机给了高个，并说："放心，凡是掉咱这儿的东西，隔半年来找，也没不了的。"高个十分感谢，掏出一张大钞说："谢谢，谢谢，100块钱算是答谢，谢谢，谢谢了。"老板娘推着高个递钱的手，加大了嗓门儿说："大哥，你这是干啥，谁的手机掉我这儿，也没不了啊，我如果连这点事也做不到，还配开这饭店！"

老板没要高个的钱，高个感激不尽，走了不一会儿又回来了，双手举着一面锦旗回来了，并亲自把锦旗挂在了快餐店显眼的地方。锦旗上写着：拾金不昧风格高尚，热情待客生意红火。

从此，高个每天都来这快餐吃饭，而且不是一个人来，每次都领着几个人来。吃着饭，高个始终不忘对吃饭的人说感谢老板的话："人家这饭店，行，真行，饭菜的质量不错，老板老板娘心田儿也好，热情实在。在这一带小吃店中，他家是我见过的最好的饭店了。"

从此，来快餐吃饭的人多了，这家快餐店的生意红火起来了。不几日，相邻小吃店的人几乎都被这家快餐吸引过来了。

老板老板娘笑了。等吃饭的人都走后，老板叫住高个，掏出一沓钱冲高个递过去说："谢谢大哥，这是这几天的报酬，点点。"

高个一边接着钱，一边掏出手机说："物归原主，以后再用着我，及时打电话。"

遗 产

老王头是退休教师，每月工资八九千，可老王头却没给子女们攒下钱。

他好捐，无论哪里有事，他都捐款。某地地震，他捐了一万；村里校改，他捐了八千；老绝户头张治法有病住院，他替张治法在医院结账。老王头乐善好施品德高尚，别人有事他慷慨解囊，好不吝啬，而他自己花钱却一天三顿饭馍馍咸菜，非常仔细。儿女有谁向他要个钱，他把钱把得很紧、死抠。儿子想买楼，指望老王头能添一部分，可老王头对儿子说："咱已经住上厦房了，村里有的兄弟爷儿们还住着坏房呢，你想买楼，有钱你就买，钱不够你就先不买，我没钱给你添。"儿子对老王头很是不解，也很不满。闺女想买辆车，还差几千块钱，闺女对老王头说："爹，几千块钱俺当向你借的，有了再还你。"老王头说："你已经有面包车三轮车了，不买轿车也一样。"老王头没借给闺女钱。可没过几天，老王头就拿出一千多给偏瘫的李家老太太买了辆代步车。闺女对老王头的做法很是不解也很不满。

老王头的闺女和她哥哥说："咱爹也不知咋想，胳膊肘子往外拐，大把的钱花在别人身上，一点儿也不心疼，自己的儿女就像不是亲的一样。"她哥哥几乎带着气说："光行好吧，到老了看谁近，看谁管他。"

老王头不管儿子不解还是闺女不满，照样行他的好、行他的善。庄乡四邻前街后院谁家有了难处他都凑前，不是今天给这家送去半口袋粮食，就是明天给那家送去几十块钱，而且，老王头送出去的钱粮，从不允许儿女们和人说话时流露出要账的意思。为这，老王头和儿女们关系闹得不怎么样，他一辈子没少挣钱，没少捐钱，也没围住儿女们。直到晚年，也没给儿女们留下什么遗产。只是在他病躺到床上，快要不行了的时候，老王头把儿女们都叫到跟前，吃力地挥动着胳膊，用手朝自己的枕头底下指着什么。儿女们立刻都想到了，父亲的枕头里可能有钱或者是存折。父亲一辈子虽然捐出去不少钱，但父亲这么高的工资，不会都捐出去，一定还有存款。老王头咽气后，儿女们把他的枕头拆开了，想从里面找出存钱或是存折。可是，把枕头都翻遍了，一个毛壳也没找出来，只找出了一个小本子——一个快要枕烂了的已被油泥油透了的小本子。打开小本子一看，只见上面写着，张金善，一床被子；黄二叔，一条褥子；刘大婶，一个盆子；赵大嫂子，两个碗，两双筷子；董华臣，两碗面子；焦三爷，一抱柴火……

老王头的儿女们看着小本子上的内容，一致认为，这是父亲借出去的东西记的小账，但人已去世了，这账也就散了，再说，一碗面子糁子的，如今这生活条件也不值得一提了。因此，就想把这小本子连同老王头的遗物，一起到坟上烧了，就随手把小本子放在了老王头的灵旁。

老王头死了，村里人都来吊丧，老绝户头张治法也来了。张治法趴在老王头的灵旁恸哭了一场后，起身无意中看见了灵旁的小本子。随手拿起来翻了翻，当他看到张金善——自己父亲名字的时候，不由"噢"一声又哭了："王大哥啊，这都一辈子了，你怎么还记着啊！"

老王头的儿子不解地问老张头说："大叔，你说的什么一辈子了啊？"

张治法一手仍端着小本子，一手擦着眼泪说："这上面的事都几十年了，那年，你爹出去闯关东，领回个媳妇来，就是你妈，可你家穷得连一根柴火刺儿也没有，是众乡亲，这家一碗面子，那家一条褥子，帮你爹安了家。"

老王头的儿女们听了，一起给父亲，也是给那小本子，跪下了。

父　母

　　他和她，结婚三年，生了两个小子。他这两个小子，人都夸像两个虎羔子。为了这两个虎羔子，他和她拼命地忙活票子。

　　他没别的本事，除了种地，就出去打工，去庄里建筑队上打工——搬砖和泥，是小工子。虽然挣不了多少钱，但他一天工也不落。家里地里的活儿，他常常晚上干。有一次耩地，天还不大明，看不见耧眼里漏麦种，耩一会儿，他就用手摸摸，耧斗里的种子往外漏不漏。二亩地耩完了，才天明，正好，不耽误他去建筑上干活。

　　她比他更能吃苦，在家养猪、喂牛、种面花，睁开眼就下地劳动。夏天再热，她不知道睡午觉是啥滋味儿。早晨早早地下地，吃饭常吃到晌午。有时为了赶活儿，一块干粮吃不完、拿着，背起筐边走边吃，到了地里，干粮也吃完了，拾起活儿就是一大头晌午，中间连歇都不歇，只是偶尔扯下毛巾擦擦汗擦擦眼。

　　人说："你俩这过日子的，像两个铁人，没命地干。"

　　他和她几乎同声说："不干行吗，得给两个虎羔子盖房娶媳妇。"

第一座房，是给老大盖的，在村里是数一数二的砖房硬房。就凭这房，一点儿也没愁就给老大说上了媳妇。并且没等媳妇张嘴要，电视、沙发、洗衣机、摩托车，当时最时兴的东西，都给老大置了。

第二座房，给老二盖，拉了饥荒。要是盖同老大一样的，问题也不大，也拉不了账。可人说："再盖砖房硬房不上讲了，现在兴带出厦的了。"再说，给老二提的媳妇，也提出要带厦的房。盖，钱不够了；去借，把厦房盖起来了。小媳妇过门时，又提出，不要摩托车了，要面包车。可他手底下已经花空了、没钱了。为了儿子，他去银行里贷了款，给老二买了面包车。

两房媳妇娶进门，人家都说："你家这两个媳妇，像两朵花。"

他和她漾着笑脸，看着两朵花，喜的。

可没喜多长，媳妇提出要分家。他一愣，说："分吧。"

分家时，小媳妇提出两个条件：不同老的在一个院里住，欠的账不管。

他满口答应："行，欠的账不用你管，我还。我和你娘同你哥在一个院住。"说完，他望了一眼大儿媳妇，大儿媳妇没吱声，老大说话了："凭什么，给我盖的房不如他的好，给我买的车不如他的车。"

他心里一阵什么似的，说："好，和你们谁也不一个院住，我和你妈搬家。"

"可往哪里搬呢？"她说。

他说："场院里养猪盖的不是有一间小屋吗，咱上那里住去。"

他和她就搬进了场院屋。

她有些心寒，他安慰她说："行啊，不管在哪住吧，只要他们都好好的，就行啊。"

几天后，她娘家兄弟来看她，见此情景，火了："这像样吗，都住上厦房了，把爹娘攘猪棚里了，我找他们去！"

"别价别价。"他赶紧拦住内弟说，"是我怕自己脾气不好，情愿搬出来住的。"

"是啊是啊，真的。"她也附和着说，"我和你姐夫往这里搬时，孩子们都不愿意让搬。"

父亲和儿子

　　道西里和道东里两个宅子，住着一家人家。

　　道西里，是父亲、独身，给儿子娶了媳妇后，自己单过，门朝东。道东里，是儿子，娶了媳妇后，和父亲分家过，门朝西。

　　父亲每天早晨起来，第一件事便是朝道东里的门看看，要是道东里开门开得晚了，他会不放心的。天这时候了，咋还不开门儿，可别出事吧，可别中煤毒啊，他这样寻思着，便梆梆地砸道东里的门。儿子打开门揉着睡眼，问："啥事啊砸门？"父亲看见了儿子，心里踏实了，说："没事没事，你接着歇着吧。"儿子有所不高兴地说："没事砸门干啥！"父亲被埋怨着，心里却踏实了，如释重负似的。

　　父亲每天晚上插门以前，总是先看看道东里的门关了没有，如果天晚了，门还没关，他会进院中冲屋里说："还不插门啊，大黑的天，进来个人也不知道。"儿子在屋里应答："你别管了，人家还不知道关门啊！"

　　就是大白天，父亲对道东里的门也总记挂着，有事没事总迈进敞着的或推开虚掩着的院门，进院看看："家里有人没人啊，可别外出忘了关门啊。"

一天，一个陌生人进了道东里的院门，父亲很是警觉地跟了进去，结果家里真没人，他嗔怪地对陌生人说："你是谁，找谁？"陌生人在院里转了一圈，说："啊，啊，收破烂的。"说着，骑上车走了。儿子回来听说了，倒亏得了不得，原来刚才出去真忘了关门，要不是父亲关心，说不定就被盗了。

一日，道西里一天没开门。

一连三天，道西里的门没开。

邻居来借东西，叫不开门，对道东里的儿子说："你爹怎么了，这时候了还不开门。"

儿子说："可能累了，不愿动了吧。"

邻居说："不对，你爹不是这种脾气，你快进去看看吧。"

儿子搬梯子爬墙进去一看，父亲躺在炕上，也不说话也不动弹，只有两眼偶尔眨眨显示出还活着。

邻居对儿子说："你爹病了，你不知道吗？"

儿子着急地说："他没言语啊。"

邻居说："你多长时间没到你爹院里来了？"

……儿子没答上话来。

还 账

老徐回来了。

几十年前，生活困难，也是为了脱离农门，老徐下了东北，通过一个远房亲戚，当了林业工人，一去就是几十年。

老徐这次回来，是退休了，想回老家看看。其实，老徐主要是有一个心愿未了，他欠庄乡老于一个小账没还，心里老挂着，老觉得过意不去。

老徐回家当天，就去了老于家。

老于一见老徐回来了，很是喜欢，赶紧拿烟让老徐："抽着，先抽着兄弟。"

老徐也赶忙掏出烟说："抽我的，抽我的，这是东北烟，尝尝这个，三哥。"说着，撕开烟给老于一颗，自己也点上一颗，然后将大半盒烟放到桌子上。

抽着烟，老于说："哎呀，咱哥儿俩多少年没见面了，有四十来年了吧？"

老徐说："42年，整42年了。"

老于说："快啊，转眼都老了，老了。"

老徐说："是啊，真快，人生短暂啊。"

寒暄了一阵后，老徐从兜里拿出500块钱，放到桌子上说："还你的账，三哥，几十年了，别怪着我，我没忘了。"

老于望着桌子上的钱，却莫名其妙地说："你，什么时候借的我500块钱啊？"

老徐说："42年了，那年，我打供粮证没钱，向你借的。"

老于还是不解地说："你打供粮证怎么向我借了500块钱呢，我那时一个月工资才29.5块，哪有这么多钱借给你啊！"

老徐说："当时是没借给我这么多，是5块钱。"

老于想起来了："是有这么回事，你打供粮证没钱，我借给了你5块钱。嘻，5块钱现在还叫钱吗，亏你还想着，算了算了，我不要了。"

老徐说："那可不行，哪有借钱不还的道理，这钱你一定得收下。"

老于说："那也不能借给你5块，还500块啊，这是放高利贷啊。"

老徐说："那时一块钱顶现在100块花，这么些年了，就是不算利息的话，还你500块也不多。"

老于说："账是这么算，事不能这么做，这钱我不要了，不要了，快装起来吧你。"说着，抓起钱往老徐的兜里塞。

老徐急了，使劲推着老于的手说："三哥，这钱必须得还，你不要的话，是怪着我。"

老于见老徐着急，说："那好，我收下。"就从500块钱里拿起一张，又从自己兜里找出 95 元，朝老徐递着说："行了行了，再说别的我也急了啊。"

老于只收了 5 块钱，老徐很是过意不去地说："三哥，你这5 块钱，当时给我当了大事了，救了我全家，可现在，连一棵白菜也买不了，我……"

老于打断了老徐的话说："可别这么说，你没忘了这事，我就挺喜欢了，今儿别走了，我请你一壶。"

老徐心想：自己是空着手来的，连瓶酒也没拿来，说："不了三哥，改日我再来，一定来。"

老于说："别改日了，今天说啥也不让你走了。"

老于在饭店里要了好几个菜，和老徐喝到半过晌午，两个人都喝得醉儿晃荡的。

事后，有人说老于："老徐来还了你 5 元钱的账，你又搭上了一壶，200 块不准够啊？"

老于说："你不能这么说，就凭老徐这么实诚，再搭上 200块也值。"

小　锁

　　二大娘的儿子疯了，不知道冷热，不知道饥饱，就知道往外跑，跑出去不知道回家。

　　二大娘自年轻守寡，就守着这么一个儿子，本指望儿子，可儿子刚成年就疯了。二大娘心疼儿子，怕儿子跑出去找不着，就天天在后面跟着儿子，并且在儿子的脖子上挂了一把小锁。儿子的小名叫小锁。小锁跑出去多少回，二大娘就找回来多少回。每次在外找儿子，二大娘都是向人打听："借光兄弟爷儿们姊妹娘儿们，看见一个傻子了吗，他脖子上挂着一个小锁。"

　　小锁最后一次跑出去，二大娘一人找了好几天，没找着。又托四邻乡亲骑着车子骑着摩托去找，一连找了半月，没见踪影儿。二大娘不死心，她的腿有风湿，一只脚走道都不敢着地，但还是背着一兜干粮，拄着根棍子要出去找。好心的村人劝二大娘说："他年轻力壮的，又是带胳膊带腿的，你这体格，往哪里找他啊！"村人硬是把二大娘劝住，没让她再去找。

　　可二大娘挂着儿子、想念儿子，饭不思、觉不眠，还是天天村里村外地找，湾边上井沿上柴草垛旁，不知找了多少回，看了多少遍。村口的路上，二大娘望眼欲穿。

两年的时间过去了，二大娘想儿子想得人瘦了一圈儿，找儿子找得两腿的风湿更厉害了，几乎离了拐杖站都站不住了。

忽然有一天，邻村人给二大娘送信儿说，在一麦秸垛里，躺着一个傻子，很像二大娘的儿子小锁。

二大娘闻听，即刻拄着棍子去了。一看那傻子的个头身段年龄，都和小锁差不多。只是，模样看不出来了，这傻子的脸上，不知是磕的还是碰的，一边一个大疤。二大娘俯身解开傻子的上衣扣子，一眼看见了他的脖子上挂着一把小锁，那小锁正是二大娘给他挂上的小锁。没错，这傻子无疑就是小锁。

"儿啊，这是怎么碰的脸上啊！"二大娘心疼地把小锁领回了家。

二大娘让小锁躺在自己的热炕上，捂暖了身子，给儿子洗了脸、洗了头，擦干净了脏兮兮的身上。接着，热汤热水，鸡蛋挂面，她喂儿子吃饭。

小锁在二大娘的精心伺候下，竟一天天好起来了——不疯了，也不上外蹿了，知道叫娘了。

半年后，小锁下地干活儿了，知道疼娘了。二大娘腿疼得下不来炕，小锁就不让娘再下炕，端水端饭，端屎端尿，伺候娘。二大娘爱吃带馅的干粮，小锁不会做，就去集上买，集集不落。有时没钱，小锁就给卖包子的说好话——赊着。

村里人都说，二大娘有福，这傻儿子没白疼了。

二大娘81岁寿终。临往窝子里埋时，小锁趴在娘的灵柩前，哭得死去活来，在场的人没一个不被感动的。

埋葬了二大娘的第二天，村人发现小锁背着包袱要出门的样子，问他："小锁，你这是要去哪里啊？"

小锁说："我想回老家看看去。"

"老家？"村人不由一怔，"原来你不是二大娘的儿子啊？"

小锁说："不是，我老家是远处的。"

人们纳闷儿地说："可你脖子上的小锁是怎么回事啊？"

小锁说："是我在一个草垛里过夜时捡的。"

燕　子

小时候，我家年年住燕子。

爷爷特别喜欢燕子，而父亲却相反，十分烦恶燕子。

爷爷说："燕子是益鸟，燕子不进愁门，家里住燕子是好事。"

父亲说："家里住燕子有什么好的，扑棱棱乱飞，到处落灰尘鸟毛。尤其燕子窝正冲着吃饭的大桌子，燕子拉屎常拉到桌子上，窝囊人。"

爷爷说："这有什么的，想办法让它拉不到桌子上不就行了。"爷爷弄了一块木板，在木板四角上拧上铁丝，挂在燕窝下面，这样，燕子就拉不到桌子上了。

父亲虽然再无话说，但还是极不愿意招燕子。可父亲不敢同爷爷上犟，只好任燕子住在家里。

爷爷以家里有燕子住而荣幸，爷爷说："看一个家庭过得怎么样，一看他家燕子窝垒在几檩便知，一檩穷，二檩富，三檩开杂货铺。"

我家的燕子窝就垒在后檐的二檩上，却没见我家有多么富，粗茶淡饭也常接不上。爷爷却说："自从家里住上了燕子，咱一家人虽然也有头疼感冒，但没摊上过大事恶事，这就是福。"

爷爷喜欢燕子，处处依随着燕子，宠着燕子。一家人常在吃饭的时候，燕子在房梁上飞来飞去，常往碗里落灰尘，气得父亲想打，爷爷不让，冲父亲瞪眼，父亲有火往肚里压。我家的屋门，爷爷从来不让关，关死门燕子进不来。家里没人关门的时候，爷爷在门楣上掏了个窟窿，让燕子方便出进。

有一年，一只刚出飞的小燕子起飞，没飞稳健，掉在了桌子上。我觉得好奇，抓起燕子想拿着玩儿。爷爷一把从我手里夺过燕子，训斥我说："可不能拿燕子玩儿，谁家摆弄燕子啊，作贱燕子有罪！"说着，踩着桌子，把燕子又放回了窝里。

我家住的燕子，很是活跃，无论是在屋外飞，还是在屋里撒欢儿，都无拘无束、自由自在、随心所欲，从来不怕人，俨然一副主人的神态。

这是爷爷在时，爷爷一去世，父亲便把燕子撵了出去。父亲先是拿笤帚往外赶："去，去去！"

一开始，燕子眨着小眼，怪怪地直看父亲，不动，不飞。见父亲真要打它，才一扑棱飞了起来，在屋顶的梁上撞来碰去地躲闪着父亲，最后钻进窝里不出来了。父亲一气之下拿棍子把燕窝捅了下来，燕子惊慌地飞了出去。

但燕子仍不死心，接着又飞了回来，又开始衔泥垒窝。没垒完，父亲就给它捅了下来。燕子再垒，父亲再捅，直到燕子不再垒了，不在我家住了。

被撵走的燕子又在前邻家垒了窝，在前邻家住了下来。

父亲不喜欢燕子，大概与他的性格有关，父亲喜静，脾气大、爱发火、好生气，父亲的病是气出来的，年纪不大就病故了。

人说："死了老的三年没好时气。"这话竟应验在我身上了。先是母亲摔着了腿——骨折，动了大手术，接着我的生意也不好做起来。

我找到前邻商量，求他把燕子让给我。前邻答应了我。可我家里已没有了燕子窝，况且燕子又不听人召唤，怎么把燕子引回家呢？我学着爷爷的法，用一块木板，在四角拧上铁丝，悬挂在厦子底下，并在木板上垒了个窝。然后去前邻家把一对刚会飞的小燕子捧了回来，放进了窝里。

可捧回来的燕子极不情愿在我家住，挣扎着往外探着身子，一心想飞的样子。

我笑着安慰燕子："别怕别怕，我会好好待你的。"

燕子朝我眨着忧郁的小眼睛，似乎安静了些。

忽然，我正在玩儿"冲锋枪"的小儿子举枪朝燕子"嘟嘟"了两声，小燕子一扑棱，扎撒开翅膀飞了出去。

飞得是那么急迫，那么惊慌。

爱　情

她一辈子命不吉，没少受男人的气。

年轻时，男人是打老婆出名的人，稍不顺心，便拿娘儿们出气，张嘴就骂，伸手就打。

而她，只有两眼泪。

中年时，男人在家中更是说一不二的人。就连炒菜做饭，咸了淡了，多了少了，男人不是摔就是打。

老来了，男人是一时也离不了老娘儿们的人。他瘫痪十年，她照顾他，喂饭喂水，端屎端尿，翻身擦背，她连门也不能离开一会儿。

他躺在床上，愧疚地对她说："跟了我，你一辈子，委屈了。我也不死，我死了，你好舒心舒心。"

她一把捂住他的嘴："没良心，俺伺候你一大顿了，想舍下俺。"

他哭了，说："老伴儿啊，我哪舍得下你，我多想陪着你，永远陪着你啊。"

"这话多吉利。"她笑了，笑得泪下如雨。

钱

高老板在盖楼的工地旁开了一家包子铺，生意十分红火。

每当午饭的时候，干活儿的民工便接踵摩肩地朝包子铺涌来，抢着挤着来买包子。负责外卖收钱的老板娘虽然是个手脚麻利的女人，这时，面对一起围住她递钱的手，竟有些应接不暇。但她是个非常细心的老板娘，忙乱中，她对递到面前的钞票，看得十分用心。只见一脸色黝黑、满头稀疏白发，看上去少说也得年过花甲的老汉挤到她的面前。老汉光着脊梁，古铜色的胸膛汗珠点点。老汉从裤兜里掏出钱，是一张 50 块的，冲老板娘递着说："给我 5 个包子。"

老板娘一看他的钱，惊讶地道："你，这钱，俺不要。"

老汉赶紧解释道："这钱是真的啊。"

老板娘没接他的钱，直接招呼下一个顾客说："你要几个？"

老汉有些尴尬，他举钱的手伸也不是，缩也不是，一脸的羞涩。见老板娘高低不要他的钱，他只好失望地缩回手，退出人群，恋恋不舍地朝外走去。

"怎么回事啊？"高老板忽然赶了过来。

老板娘说："他那钱——"

高老板冲离去的老汉喊道："别走大叔，回来，我看看你的钱。"

老汉不太相信自己的耳朵似的，回头看了看，脚未回转。

高老板再次喊了一声："回来大叔，先吃饭。"

老汉这才转身返回，把钱递给高老板。高老板接过钱一看，先是一惊，接着双眉紧蹙，突然，对老板娘吩咐说："给大叔拿5个包子，不收钱。"接着，高老板从兜里掏出一张崭新的50元钱，朝老汉递着说："大叔，你这钱我要了，我和你换换。"

老汉推辞着高老板死死摁在他手里的钱，张开大嘴不好意思地笑了。

老板娘不情愿地拿着包子，嘴里小声嘟哝说："他又不是吃不起，凭啥不要他钱？"

高老板很瞪了女人一眼，接着和老汉说话："大叔你这钱，快成鼻涕了，几乎滴水，如果我没猜错的话，绝不是洗衣服时忘掏了。"

老汉憨笑着说："嘿嘿，是出汗洇湿的。"

慰　藉

　　“奶奶，我想俺妈，我想俺妈。”小孙女甜甜满脸泪花，又一次央告刘婶说。

　　刘婶的心快要碎了。这是大年三十，过年了。大街上，庆贺新年的爆竹声不绝于耳，别人家，煎炸蒸煮欢天喜地过年的年味不时地飘进刘婶的小院。特别是刚才，刘婶听到只一墙之隔邻居家的说话声：“妈，我回来了！”“回来了儿子，哈哈……”那是邻居在外打工的儿子回来了，回家过年了。可刘婶的儿子呢？却再也回不来了，永远地回不来了。三年前，一场大病夺去了儿子的生命。可怜儿媳小花还不到30岁，可怜孙女甜甜才两生日多。

　　刘婶失去了儿子虽然伤心，但刘婶是个明白人，刘婶知道，儿媳还年轻，不可能守寡一辈子。刘婶不止一次地劝儿媳：“孩子啊，找个合适的人家，再走一步吧。”

　　“妈啊，俺不走，俺要对得起死了的他，俺不能舍下你和爸。”小花说着，泪哗哗的。小花实在难以舍下待她就像亲闺女似的公婆。

　　“傻孩子，你还年轻啊。”刘婶哪舍得待她如亲妈似的儿媳呢。但刘婶抹了把泪，狠抽了自己一把，心里说，这是想的啥，可不能光考虑自己，儿媳的路还长着啊。

刘婶就再劝小花。

小花执意不嫁。

这样，过了二年。

二年后，是刘婶以死相逼，促使小花改嫁的。

儿媳改嫁时，刘婶让她也带着甜甜，刘婶明白，再疼，也比不上亲妈疼；再亲，也亲不过亲妈。孙女甜甜已没有了亲爸，不能让孩子再离开亲妈。可小花给刘婶刘叔磕了个响头，流着泪说："妈，爸啊，就给儿媳留个回家的念想吧，就让甜甜给爸妈做个伴儿吧。"

小花改嫁那天，一步三回头，天都哭了（下雨了）。

儿媳走了。刘婶和刘叔守着孙女甜甜，平常接送她上幼儿园。甜甜想妈，星期天刘婶就送她去看妈。刘婶一家老小三口，相依为命，不觉已一年了。

"奶奶，我想俺妈，我想俺妈！"甜甜再次拽着刘婶的衣襟说。

刘婶从悲痛的回想中醒过神来，抚摸着甜甜的头，心如刀割，"好好，奶奶送你去找妈。"刘婶说着，推出电动三轮，让甜甜上车。

"爷爷也去，爷爷也去。"甜甜上了车，又喊爷爷。

刘叔心里，一阵阵发酸。他望了一眼刘婶，拿不定主意，是刘婶一个人去送甜甜，还是他和刘婶都去。

"去吧。"刘婶对刘叔说，"送下孩子，咱接着回来，好过年。"

说完"过年"俩字，刘婶的泪啊……

"妈，爸爸，快进屋。"小花万分欣喜地迎接着刘婶刘叔。

"不了，甜甜想你，我把她送来，过完年，再来接她。"刘婶说着，往外拧着车把。

"妈，你和爸在这儿一起过年吧。"小花死死地抓住车把不让走。

刘婶使劲挣脱着小花的手，难为情地说："哪能呢，哪能呢。"

"大娘大爷来了，咋不进屋啊，快进屋啊。"随着话音，小花女婿进了门。小花女婿打工回来了，一见刘婶，亲热地往屋里让着。

"不了不了，甜甜想妈，让她在这儿过年吧，我回去了。"刘婶说着，又要往外推车。

"别走大娘，我回来正打算和小花商量，去接你和大爷来过年呢。"小花女婿挡在车前。

刘婶心里一热，但接着婉拒说："不了孩子，你一家人欢欢喜喜，过年团圆，我在这儿算哪一回呢。"

小花女婿忽然双膝跪地，脱口说道："娘，爹，如二老不嫌，从今往后，就让我做您的儿子吧。"

"这……"刘婶刘叔两双大手，赶紧扶起小花女婿，再也抑制不住决堤的泪水。

泪光中，刘婶望着跪在面前的小花女婿，心里得到了些许慰藉，她为小花找了个这么好的女婿而高兴。

本　事

　　小青是个大老实人。他一没文化，二没技术，出外打工只能去建筑工地搬砖和灰，靠下大力挣钱。但小青实在，干活儿不惜力气，不怕吃苦不怕受累，技工都愿意叫他打下手。老板经过多次检查，从没发现小青偷懒耍滑，便很快给小青涨了工资，小青是小工中工资最高的。

　　这年过秋，放秋假时，老板对小青说："工地上缺人，你能不能招人来，你招一个人来，我一月多给你30块钱的工资。"

　　小青说："我回去问问吧。"

　　小青回来一问，有人问小青说："是你个人想找做伴儿的去干活儿，还是老板让你招工啊？"

　　小青说："是老板叫我招工，招一个人一月多给我30块钱，谁要是愿意去的话，这30块钱我不要了，谁去给谁。"

　　人问："工资准吗？"

　　小青说："准。"

　　于是，过完了秋小青再回工地时，就有几个人跟小青去了。

　　几个人跟着小青干了三个多月，临放年假时，却没领到钱。

小青学说老板的话说：“钱还没到账，我们先回去，年前给打到手里。”

可几个人回家等到年二十七八了，也没给打到手里，就都找到小青问：“怎着，工资准不准啊？”

小青就打电话问老板，老板说：“实在抱歉得很，钱还没到账，但请放心，年后一定一早发给大家。”

小青回几个人话说：“钱还没到账，但请放心，年后一定一早发给。”

有人一听着急地说：“临来时推年前，年前又推年后，推磨玩儿，这是耍人！”

“不行，年前你必须把工资发给我们！”

几个人在小青家不走，一定要拿到工资。

小青急得似热锅上的蚂蚁，就像他欠了别人似的：“大伙别急，我再打电话问问。”

小青跑到门外打了一阵电话，又打了一阵电话，回屋说：“你们先回去，明天我一定把钱发给大家。”

几个人似信非信地走了。第二天又找小青要钱，小青真的拿出了钱发给了众人。

过了年，几个人到一块儿商量还和小青去不去。有的说：“不想去了，跟着小青干，钱不大准。”有的说：“不准怕什么，朝他要啊。”

几个人就又跟着小青去了。

另外，又有好几个人，见这几个人年前跟着小青干挣了钱，也跟着小青去了。

小青和一帮人回工地的第二天，正吃着午饭，只见老板来了，来找小青。工友们说："小青下班下架子晚，还没回来，找他干啥，老板？"

老板说："我把年前的工资发给你们。"

"工资？"大伙一愣，"工资不是年前已经发了吗？"

老板说："发了？没有啊，谁发的啊？"正说着，小青回来了，老板问小青："怎么回事啊？"

小青说："年前都找我要工资，你发不了，我只好托我舅在银行里贷款发给了大家。"

老板听了，又激动又感谢地说："谢谢你，你不但替我发了工资，更主要的是维护了公司的声誉。"老板接着拍板说道："从今天起，你不用干活儿了，专管招工，我高薪聘请你为工地副总。"

小青说："老板你高抬了，我有这本事吗？"

老板说："有，你的本事，胜我一筹。"

"鲇鱼嘴"新传

"鲇鱼嘴"是俺庄儿邱婶的外号。

邱婶年轻那会儿，人长得很漂亮，但家里穷，没啥可打扮。邱婶曾说过："唉，这是混的什么日子啊，空身穿棉袄，连个靠身的小褂也没有。"

邱婶穿的鞋，鞋面上经常打着补丁，鞋底上经常磨出窟窿，往鞋里进土不说，时常被砖头瓦块硌破了脚。有一年，邱婶穿了大半年的一双鞋，前头鞋帮和鞋底断开了、咧了嘴。邱婶用麻线连上了，可穿了不长时间又咧开了。再连没法连了，没法连也不能扔啊，扔了穿啥。邱婶穿着脚前头鞋帮鞋底分了家的鞋，一走路一呱嗒。有姊妹娘儿们笑她说："你看看你穿的鞋啊，张着个大嘴，像鲇鱼嘴似的。"从此，邱婶这"鲇鱼嘴"的外号就传开了。邱婶经常被人叫得脸红。

这是邱婶年轻时，邱婶上了岁数后可享福了，再不穿鲇鱼嘴似的鞋了。一双双的新鞋好鞋邱婶自己都不知有多少双。光邱婶自己的鞋，就半鞋橱。邱婶虽然老了，但仍爱打扮，戴着金耳环银手镯，穿的是最时髦的衣服，都是名牌的，都是儿女们给她买的。儿女们认为，邱婶一辈子把他们拽大不易，年轻时没少吃苦受罪。老来了，又把孙子孙女看大了，该享享福了。再说，日子富了，儿女们也都能挣钱。就连邱婶的孙子孙女也挺有出息，孙子是博士，在北京工作；孙女大学毕了业，在本县城上班。孙女从小是跟在邱婶身边长大的，成年了还总是啥事也依赖邱婶。再加上邱婶爱干净，孙女的衣服自己没空洗，都是让奶奶给她洗。

这天，孙女又花好几百买了一条裤子，对邱婶说："奶奶，你给我放到洗衣机里洗洗吧，见见水我再穿。"

邱婶说："嗯嗯。"

孙女上班走了。邱婶从衣兜里拿出裤子一看，一眼瞅出了毛病来："嘻，这孩子，花好几百买件衣服，也不说着实看看，这是买的条什么裤子啊，残品，我给她换换去。"说着，拿起裤子就上超市跑。好在邱婶的楼离超市不远。

邱婶来到超市找到售货员，气喘吁吁地说："给换换，换换。"

售货员说："怎么了？"

邱婶说："这裤子有残。"

售货员说："哪儿有残啊？"

邱婶指着裤子膝盖处说："这儿一个窟窿。"

售货员"扑哧"一声笑了："大娘，这不是残，这是专门设计的一种新款。"

邱婶仍不太相信地说："这个，穿出去人家不笑话？"

售货员说："不会笑话，还很时髦呢。"

邱婶这才叹了口气说："这样的话，留着俺那'鲇鱼嘴'，现在穿，人家也不会笑话了吧？"

养父和养女

汪叔死了，是喝药死的。

闺女撕心裂肺的哭声惊动了整个楼道。楼上的人、熟识的和有来往的，都跑进汪叔 70 平方米的小楼，一边帮忙料理汪叔的后事，一边解劝汪叔的闺女节哀。

和汪叔不熟识没来往的人，也都探出楼门，纷纷议论起来。

"这老头，咋寻这法死啊，让闺女还怎么见人啊！"

"闺女对他挺好的啊。"

"要的闺女，再好也不是亲的。"

"别看要的闺女，可对汪叔不孬啊，张口爸啊爸的，每年一入冬，还没上暖，闺女女婿就磕头下跪般地把他叫来楼上过冬。"

"这老头很体面，很疼他闺女，闺女日子紧，他舍不下家里的二亩地，闺女吃面吃菜，都是他在家种的送来的。"

"是啊，老头送的菜都是拣最好的，送的白菜葱的，都是拣有芯儿的葱白大的给闺女吃，没芯儿的葱白小的，自己在家吃。"

"去年，闺女有一个月交不上房贷，汪叔就还有三袋子麦子，全卖了给了闺女，自己在馍馍房里赊了俩月的馒头吃。"

"爸啊——是我害了你啊，呜呜……"这时，汪叔闺女的哭声更大更痛起来，任是别人再怎么说怎么劝，可劝到面上，劝不到心里。

"别哭了闺女啊，你爸这病已是晚期了，全身都扩散了，就是他自己不喝药，也治不出来了。"

"可我还没给爸治啊——"

"你不是闹他住院了吗？"

"爸不住啊，爸说，我这病，花一个瞎一个，你以后日子还过吧。"

"是啊，别哭了闺女，别倒亏了，你爸没治的病，早晚走这一步。"

"是我害了爸啊，我要不这么做，爸还能多活几天啊。"

这话不由使人一惊："你怎么做了？"

汪叔闺女哭着拿出了一沓纸："我印了这个，刚想往外发，可爸他，呜呜呜……"

人们搭眼一望那纸，只见上面写着："急用钱，低价出售楼房。"

得 鱼

小程下班回家，走至一段沿河小路时，忽然看见一个老年妇女坐在道旁的草地上。老年妇女两手抱着头，像是在哭，不知是鼻涕还是口水，直流得老长。小程立刻意识到，这老太太是遇到什么难事或是不顺心的事了吧？要不，为啥在河边上哭啊？前几天，一位妇女就是在这儿跳河死的。

小程想到这里，担心地俯下身，问老年妇女说："大娘，你没事吧？"

听见有人叫她，老年妇女抬起头，睁开眼，擦着嘴上的口水说："啊，没事没事，我在等俺儿。"

小程仍关心地问："你儿干什么去了？"

老太太回头朝小河上一指说："他在钓鱼。"

这时，一个男子提着鱼竿，拿着一兜鱼正好走上岸来，问小程说："怎么回事啊？"

老太太抢话道："你这位兄弟心地好，是关心我。"

男子笑了，对小程说："俺娘身体不大好，在家嫌闷得慌，跟着我来钓鱼，又在打盹儿了吧。谢谢你了，兄弟，谢谢！"

小程说："没事就好，我见大娘一个人在这里坐着，寻思有啥事呢。"说着，抬腿想走。

男子叫住他说："别走兄弟，给你这些鱼拿着。"

小程连连推辞说："不不，不要不要。"

男子往小程手里塞着鱼说："拿着拿着。"

老太太也让着说："拿着吧，拿着。"

小程不拿，接过鱼又放到了地下。见小程不拿，男子拾起鱼追过来说："兄弟，你嫌少啊？"

"不不，你钓一大头晌午了，足有三四斤。"小程还想推辞，男子已把鱼死死地搿在了他手里，实在谦让不过，小程只好连声地说道："谢谢，谢谢！"

男子说："不，兄弟，说谢谢的应该是我。"

小程拿着鱼告别了男子娘儿俩，接着回家走。走没几步，迎面一个熟人走过来，熟人看着小程手里的鱼说："这是从哪买的鱼啊，这鲫鱼这么大？"

小程说："不是买的，是别人给的。"

熟人说："谁给的？"

小程回头指着还没走远的男子说："是那个钓鱼的人给的。"

熟人说："你和他有亲戚啊？"

小程说："没亲戚。"

"认识？"

"也不认识。"

熟人怪怪地说："也没亲戚也不认识，给你鱼？谁信啊！"

小程说："真不认识。"

熟人说："真不信你的，前天，我还问他，你钓的鱼卖不？他说，不卖。我说，多给你钱啊。他说，贱贵不卖。"

沙发与韭菜

男人和女人费了好大的劲儿才把替下来的旧沙发抬下楼，搬到了车上。

女人气喘吁吁地抚着沙发说："其实，咱这沙发还挺好呢，要不是给他爷爷奶奶，真舍不得。"

男人说："你的东西是金的，好，为什么不用了。"

女人白了一眼男人说："就是不孬啊，不用了是因为过时了。"

男人说："别说了，上车。"

男人和女人上了车。车在平坦宽阔的柏油公路上行驶着。从城里到乡下，不远，几十里地，二十多分钟就到了。

男人和女人把沙发搬进父母的屋子。娘抚摸着沙发，嘴笑得合不拢，心满意足地说："正好，你爹以前就说，家里这折了腿的旧连帮椅简直没法坐了。"

爹坐到沙发上，在富有弹性的垫子上颤了颤身子，抿着嘴说："行行，这个坐着多舒坦。"

儿媳妇望着老公公身上的穿着说："爸，你怎么还是穿着这个破大衣啊，"说着又看了一眼丈夫说，"他去年替下来给你的那件面包服呢，咋不穿啊？"

不等爹张口，娘抢话说："那件面包服，你爹舍不得穿，只在出门有事时，才穿。"

儿媳妇说："怎么舍不得穿啊，到过年说不定你儿又替换下来了，穿就是了。"

娘说："你爹啊，就这样，贱毛病。"娘接着问儿媳妇和儿子说，"在家吃饭再走吗？咱包饺子啊。"

儿媳妇说："不在家吃饭了，回去还有事。"

娘很是失望地说："有事有事，什么时候来家里都经常连饭也不吃就走。"

儿媳妇说："下回吧，下回家来一定在家吃饭。"儿媳妇忽然问婆婆说，"娘，还有炊帚吗？俺的炊帚坏了，没法用了。"

娘说："有，你爹刚掷了四把炊帚。"转身对爹说，"去，你去把炊帚拿出来去，都拿出来啊。"

爹应声拿出了炊帚。娘首先拿起一把看了看，说："这把不好，苗子软，不禁使。"又拿起一把揪了瞅，说："这把也不大好，这把苗子少了，炊帚细。"最后拿起那两把掂了掂说："这两把行，你俩拿着这两把吧。"娘把炊帚递给儿媳妇又说，"你俩还吃韭菜吗？"

儿媳妇和儿子几乎同声说："吃。"

娘吩咐爹说："你给他俩割捆韭菜去。"

爹应声拿镰往外走，娘又追着爹说："割那一畦的啊，那一畦是秧子韭菜——好吃。"

爹头没回回话："知道啊，不跟你。"

时间不长，爹割回一大捆子亮鲜鲜绿油油的韭菜，儿媳妇接着韭菜说："割这么多，俺俩吃不了啊。"

爹说："就这些，都拿着吧，再吃没头刀了。"

女人和丈夫拿着炊帚、拿着韭菜上了车。女人问男人说："咱吃水饺啊，还是吃包子啊？"

男人开着车，不知为啥，模样不好看起来："随便。"

女人说："你不是最爱吃韭菜馅吗，这可是秧子韭菜、头刀韭菜。"

男人说："看着这秧子韭菜，我胃口里难受。"

女人说："怎么了，说来病来得也快？"

男人说："你说，这儿子疼爹娘，和爹娘疼儿子，怎么这么大的差距呢？"

女人说："这是哪里话，发的哪门子感慨啊？"

男人说："咱给爹娘的，是替下来的、不用了的；可爹娘给咱的，是最好的、自己舍不得用、舍不得吃的。"

女人说："不就是两把炊帚、一捆子韭菜吗，能值几何？"

"你说啥？"男人瞪起眼，阴起脸说，"这是值几何能衡量的吗！"

女人还想说什么，一看男人的脸色，就不言语了。

不久，男人和女人又回老家时，给爹娘搬回一台大彩电来，是新买的。

差辈儿

邱二和邱三同姓、同岁，又是邻居。邱二是工人，退休；邱三是农民，还在种地。邱二的儿子和邱三的女儿谈恋爱，邱二十分赞成，邱三不同意。邱三说："差着辈儿呢，成何体通！"

邱二说："什么年代了，找亲戚还论辈儿啊。"

邱三说："你说得好，到什么时候爷爷也成不了孙子。"

邱二说："不能总论死理儿，你想想，你是农民，以前称呼农民叫啥？"

邱三说："叫农民伯伯。"

邱二说："现在呢，现在叫啥，你知道吗？"

邱三略微一想，恍然大悟地说："现在谁改的，小了一辈儿，叫农民兄弟了。"

邱二说："咱俩要是成了亲戚，你能长两辈儿。"

邱三说："我怎么能长两辈啊？"

邱二说："以前你叫我二爷爷；现在成了亲家，是同辈儿，按着生日，我叫你三哥。"

邱三说："别扭，别扭。"

后来，邱二的儿子和邱三的闺女的亲事终于成了，邱二和邱三真成了亲家。成了亲家后，邱二叫邱三三哥不打尽，邱三叫邱二兄弟却不大顺嘴。

一年后，邱二的儿子和邱三的闺女的儿子做 12 岁，邱二请邱三坐上席，坐在上席的正位上。邱二的第一杯酒高高举到邱三的面前说："这第一杯酒，我得先敬俺三哥，来，三哥，透一个。"说着自己把酒喝干了，"先干为敬，来三哥。"

邱三端着杯，手有些颤，也把酒喝了。

邱二连让了邱三三杯，邱三很是激动，也想回敬邱二一杯。他站起身，举起杯，没加考虑，脱口说道："来来，二爷爷，我回敬你一个。"

话未说完，惊呆四座。

邱三的脸红到了耳根，无地自容地说："嘻，嘻，习惯了，难改，难改啊。"

散　步

　　小区最前面的几栋楼前，有一长长的甬道，甬道长有三四百米，这儿无车辆来往，行人也稀少，是一个比较僻静之处。

　　马老头常在这甬道上散步。他大概身体不大好，有些驼背，腿还瘸。他走路不是太快，但每天坚持，一走就是一两个钟头。

　　吴老头见马老头经常散步，就学着马老头的样子，也开始在甬道上散步。吴老头的膝盖有滑膜炎，医生让他少参加剧烈活动，但吴老头说，不活动吃不下饭去，每顿饭都吃不多。他看着马老头说，人家的腿比我的腿瘸得都厉害，都坚持锻炼，我也一定能行，生命在于运动嘛。吴老头就学着马老头的样子也开始散步。

　　马老头每次散步走一两个钟头，吴老头也每次走一两个钟头。

　　马老头散步每天起得很早，在这条甬道上来回走。

　　吴老头也每天早早地起来，在这甬道上来回走。

　　见马老头和吴老头在散步，刘老头很是羡慕，刘老头想，饭后百步走，活到九十九，我这体格比他俩的都强，如果再坚持散步锻炼，一定比他俩更棒。

　　刘老头也随着马老头、吴老头散起步来。

马老头、吴老头、刘老头在一条甬道上散步，少不了碰头走个对个，吴老头、刘老头和马老头打招呼说："走几圈儿了？"

马老头散步很是专注，他回吴老头、刘老头的话只是礼貌地摆摆手，或是抿嘴一笑算是回话。

马老头散步风雨无阻，有时下着小雨，马老头打着伞，也照样坚持走一走。

吴老头也打起伞想雨中散步，吴老头的家人说他："怎么这么值当的啊，下着雨，滑倒啊。"

吴老头指着马老头说："你看人家的腿瘸得比我都厉害，都坚持，我怕啥。"

刘老头见马老头、吴老头冒雨散步，也来了劲儿。他紧随其后，打着伞，比马老头、吴老头在雨中走得更加精神矍铄。刘老头说："我就不信，我这健壮的体格，靠不过你们。"

刘老头这话说对了，马老头真没靠过他，不知从哪天起，马老头不再散步了。吴老头和刘老头散步，见不到马老头，刘老头问吴老头说："那老头怎么了，不散步了？"

吴老头说："坚持不住了吧，你没见他的腿瘸得更厉害了。"

刘老头说："不行，我也不天天走起来没完了，那次下着雨散步，淋着腿了，得关节炎了。"

吴老头说："还是听医生的，以后少走两圈儿。医生说，我这腿，再不注意的话，膝盖就废了。"

一日，吴老头、刘老头在小区里见到了马老头，刘老头问马老头说："老哥，怎么不散步了？"

马老头说："啊，我的书写完了——《不是为了散步》。"

楼　界

　　建筑工地停电检修，不能干活儿，难得有点儿空闲，梁子想围着城市转转。

　　这是一座崛起的小城，建设得相当不错，一座座高楼拔地而起，绿树鲜花景色秀丽。说实话，梁子来这座小城打拼，就是干建筑盖楼搬砖和灰，算起来已有十几年的时间了，但梁子还从未专门围着城市转转、看看，因为没时间。梁子每天两点一线，家、建筑工地。每天都是匆匆地来，匆匆地回。来时天还不明，回时繁星满天。

　　虽然没有围着城市转过，但梁子对这座小城却很熟悉，特别是这座小城里每一个新建的小区，几乎每一个小区里新建的楼房，不能说每一栋楼房梁子都参加盖过，但至少有一两栋楼梁子搬过砖、和过灰，爬过架子、支过合子板——流下过梁子的汗水。

　　有不少人买楼，都咨询梁子："哪里的楼好啊？"

　　梁子都是十分热心地给人介绍："你在这个小区买吧，这个小区盖楼用的钢筋都是头号螺纹钢。""这个小区也行，这个小区的楼采光好，都是落地窗。""这个小区的楼也可以，就是有的单元的卫生间没窗户。"

梁子自己也想买楼，本来他已攒够了首付，可娘一场大病，花光了梁子全部的积蓄，还欠了外债，梁子买楼的愿望成了泡影。但梁子不灰心，他想再打拼几年，一定要买上楼，哪怕是小面积的楼，能安下两张床就行，能给自己安下一张床，给娘安下一张床就行。就是买个阁楼也行。

梁子这样想着，在宽阔的大街旁侧的树荫下的甬道上一边走，一边不时地仰脸朝一座座楼房望着。

一个写着"欧式花园"的大门出现在梁子眼前。梁子对这大门内的建筑最熟悉不过了，他曾在这里干了三年。梁子在这里盖楼时曾从十五米高的架子上摔下来过，捡了条命，三根肋骨骨折，一年没能干活儿。

这个小区里的楼，全都是大面积的，没有小于130平方米的，设计也好，全是南北通透的。有几栋楼房的客厅能摆开七八张圆桌坐席。梁子在这儿干活儿时曾想，要是晚上在这么宽敞的高楼上大摆宴席，透窗外望，四周霓虹闪烁，繁星璀璨，那感觉不亚于参加王母娘娘的蟠桃宴吧。

这个小区的前排，还有别墅群，更加使人仰慕眼热了，全是上下三层，一楼一门，一楼一梯，一楼一花园。

梁子看着想着，不由止住了脚步，想进去看看，看看他亲自参加盖起来的高楼和高楼前面的别墅。

梁子朝小区内走去。

"站住，干什么的？"门卫忽然制止梁子说。

梁子打了个愣怔，说："进去看看。"

"看啥，你是这个小区的吗？"门卫走出了警卫室。

梁子说："不是。"

"对不起。"门卫挡在了梁子身前，"小区前天几乎被盗，物业新规，非本小区人员不得入内。"

梁子被卡在了门口，他进也不是，退也不是。他很是尴尬地仰脸望了一眼自己曾搬过砖、和过灰、建筑过的摩天高楼。高楼铮明瓦亮的窗玻璃在阳光的映照下，反射出耀眼的光芒，直刺得梁子睁不开眼。梁子赶紧低下了头，说："好好，我走，我走。"他只好恋恋不舍地往回迈动脚步。

一百元钱

男孩在大街上走，走着走着，忽然看见前面地上有 100 元钱。男孩加快了脚步，想赶过去拾那 100 元钱。

与此同时，一个长发披肩打扮时髦的女子也"吱嘎"一声急刹住了电车。她一边神速地打下电车车撑，一边大声制止男孩说："我先看见的！"

男孩说："我先看见的。"说着弯下腰伸手要拾那钱。就在男孩的手刚触到地上的钱的时候，女子一脚踩住了男孩的手，说："我先看见的！"

男孩被踩住了手，手摁在钱上却拾不起来，辩解道："我先看见的。啊——"他的手被踩得痛呼了一声。

女子望望四周，见有人朝她和男孩走过来，小声以商量的口气说："要不咱俩平分，一人一半。"说着，从皮包里抽出 50 元钱，朝男孩递着："给你 50 元。"

但男孩不干："是我先看见的。"

女子又望了一眼四周，见已有路人快走到他俩面前了。女子进一步商量道："你 60 元我 40 元，这样行了吧？"又抽出一张

10元的，连同那张50元一起朝男孩递着。

男孩还是不干："是我先看见的。"

女子见男孩一点儿商量的余地也没有，火了，说："不行不行，不行算了，这钱咱俩谁也别要了！"她的脚死死地踩在男孩的手上，男孩咧着嘴，不时地"啊啊"地叫着。

这时，几个路人围在了女子和男孩面前，问："怎么回事啊？"

"我先看到地上的100元钱。"男孩带着哭腔，回路人话说，又"啊"了一声。

女子摇头甩了一下秀发，瞪着男孩说："什么你先看见的，我先看见的，我先看见的！"

有人望望杏眼圆瞪的女子，再望望双膝跪在地上眼里含着泪的男孩，对女子说："不就是100元钱吗，你和孩子争个啥呢。"

"是啊，看你这打扮这气质，哪里也比这孩子值100元钱啊。"

"是啊是啊，这孩子穿的衣服，一看就不是富人家。"

女子在众人的数落下，踩着男孩手的脚松了，不再那么使劲了。但她极力为自己辩解道："我不是在乎这100元钱，这孩子太犟了，太贪心了！"

"嘻，孩子孩子，让给他算了，当可怜他。"

女子终于抬起了踩在男孩手上的脚。

男孩拾起钱，从地上爬起来，带着满膝盖的泥土，踉跄地跑了。

人们的视线追随着男孩，他跑到了十字大街中心，只见他朝十字大街上的岗亭高高地举起了手中的钱。

明 天

杨老师送小孙子去了幼儿园，忙完了家务，洗了筷子、刷了碗，拖了地、擦了桌子，然后，她想去菜市场。其实家里有菜，儿子说吃想水饺，杨老师想买捆韭菜去。

杨老师来到菜市场，挨个找寻着卖韭菜的摊子，看了几份儿，见卖的韭菜不是太好，有的水淋淋的，有的不是秧子韭菜。杨老师接着往里走，她来到一个常年出摊卖菜的摊前，见卖的韭菜挺好，亮鲜鲜的，还是秧子韭菜，就问道："韭菜多钱（一斤）啊？"

卖菜的是一中年妇女，回杨老师话说："两块（一斤）。"

杨老师蹲下身子，挑了一捆递给卖菜的说："给我称一捆。"

卖菜的一称，说："四块一，给我四块就行。"说着，把韭菜装进方便袋里，递给杨老师。

杨老师一手接菜，一手往兜里掏钱，一掏兜，不由"嗐"了一声："嗐，忘拿钱了。"杨老师想放下韭菜，说："先放一边吧，我回去拿钱。"

卖菜的说："没事没事，先拿着韭菜，再来送钱就行。"

杨老师看着卖菜的说："你信着我了？"

卖菜的说："信着了信着了，看你这气质，绝对不会为一捆子韭菜，落个骗子呀，哈哈，说笑话。"

杨老师也不好意思地笑着说："那是，那我先拿着了，然后给你送钱来。"

"拿着吧，没事啊。"

杨老师拿着韭菜往回走，走没多远，迎见一个熟人，是老姊妹。老姊妹是个话匣子，每次见了叨叨起来没完，从昨晚的电视新闻，到前天大前天广场上跳舞的人和事，说起来撒不出耳朵来。杨老师说："不能和你叨叨起来没完了，我得回去拿钱给人家送韭菜钱去。"老姊妹说："还少她的钱啊，下午给她也不晚啊。"杨老师说："晚倒是不晚。"就耐着性子和她有一答无一答地说完话，再到家一看表，已到了接孙子的时间。孙子才上托班，每天在幼儿园只待一个半小时就得去接。杨老师想先接回孙子，等儿子下班回来看着孩子，她再去菜市送钱。

不一会儿，儿子回来了，是带着同事一块儿来的，说要在家吃饭。杨老师记挂着还人家的韭菜钱，就对儿子说："你俩先说着话，刚才买韭菜忘拿钱去了，我给人家把钱送去，回来再做饭。"

儿子说："我和同事赶紧吃了饭出差，你先做饭吧，妈，买的是出常摊的韭菜吧？"

杨老师说："是。"

儿子说："这个，明天给她送钱去也不晚啊。"

杨老师说："晚倒是不晚。"就先做饭，炒好了菜，儿子和同事吃着饭，她想再去还钱。

六月天，孩儿脸，说变就变，刚晴得好好的天，说下雨就下起雨来了，还不小呢。杨老师拿起伞，想打着伞去。儿子制止她道："什么值当的啊，下着雨，等不下了，明天去还她也不晚啊，就是后天给她也不晚啊。"

杨老师说："晚倒是不晚，可别让人家寻思多了。"杨老师放下了伞，她透窗朝外望着雨，还不了人家的钱，心里老觉得不是那回事似的。杨老师可不是说话不落地的人，她教书一辈子，从来没让人说过不是。她想，雨点一住，她就去还人家的钱。

可雨一直下到了黑天。

第二天一早，杨老师刚准备去还钱，儿子忽然说道："妈，今天孩子到了打预防针的时间，你先抱着孩子打预防针去吧。"

杨老师说："去吧，可该人家的韭菜钱还没给人送去呢。"

儿子说："不就是四块钱的韭菜钱吗，明天给她，还少她钱啊。"

杨老师就抱着孙子去打预防针了，也因为是星期六，孙子不上学，下午杨老师又看了一下午孙子。杨老师想抱着孙子去菜市场，但又一想，晚不了，明天吧，主要是担心路上车辆多，就没去。

第二天，杨老师早早地来到菜市场里，却没找到卖菜的中年妇女，她没出摊。杨老师问旁边一个常出摊的卖菜的说："那个中年妇女呢，她怎么没出摊啊？"

卖菜的说："她啊，她昨天突发心脏病去世了。"

"啊——"杨老师惊讶地说，"这事闹得！"

卖菜的说："你找她有事啊？"

杨老师说："我欠她四块钱的韭菜钱没还。"

卖菜的说："这事她昨天没死时还说呢，她说，一个买韭菜的老太太，看着挺干净挺利索，说话挺斯文的，没想到却不值一捆子韭菜钱。"

杨老师听着，脸一下子红到了耳根，只觉得无地自容似的。她不由得埋怨起自己，也埋怨起儿子来，明天明天，我是不值一捆子韭菜钱的人吗？

救　火

　　半夜里，鑫泉睡得正香，忽然被一阵呼救声惊醒："失火了，救火啊——失火了，救火啊——"

　　鑫泉睁开眼，还没完全从睡梦中苏醒过来，接着又听见"梆梆梆"的砸门声："兄弟，兄弟，打开门啊兄弟……"

　　鑫泉一骨碌爬起来，趿拉着鞋，连衣服也没来得及穿，只穿着裤头，便跑出屋门开开了院门："谁啊？"

　　"我啊，兄弟。"说话的是鑫泉的前邻居杨彬，只见杨彬带着哭腔，急不可待地说道："快着快着，你的抽水电机安着没，快插上，我房上着火了。"

　　"没安，安着也不给你使！"鑫泉一看是杨彬，一句话把他噎了回去。

　　杨彬讨了个没趣儿，大失所望地走了。杨彬急得满脸大汗，抬头望望自己的北屋房顶，已经浓烟滚滚，着起明火来了，这火非大水灭不了。可是他家和四邻家都没有压水井，没有电机，都是用自来水管的水。自来水管的水，水流很小，接水救火哪赶趟啊！唯有鑫泉家有抽水井，也有电机，他向鑫泉求助，可鑫泉他……

原来，鑫泉和杨彬有矛盾，好几年了都不说话，走个对个，谁也不搭理谁。就因为鑫泉家的压水机的水。鑫泉从抽水机里抽出水洗完衣服往外放，出了院门要通过杨彬的门前。杨彬嫌是脏水，不让水从他的门前走，为这事两家抬了好几次杠，最后也没解决了。杨彬在自家门前上首挡了个堰，结果是下雨鑫泉家的水一点儿也淌不出去。鑫泉只好从自己院墙根儿下掏了个下水道，往墙外放水，好在他的院墙外就是湾。

平日里，两家别说相互来往了，就是对鑫泉的院门，杨彬也是不屑一顾的。有难处了，向平时不来往的邻居求助，好求吗！杨彬失望地蹲在地上哭了："我的房啊……"

这时，众乡亲都跑来了，人们上房的上房，接水的接水，把一桶接一桶清凉的井水，接连不断地朝火上泼去。

水，正是从鑫泉的抽水井里抽上来的。鑫泉一句话把杨彬噎走，却转身奔回院里，麻利地插上了自己的电机。然后接着跑到屋里，拎起一只水桶，大声问媳妇秀花道："那只水桶呢？那只水桶呢？"

鑫泉的媳妇秀花也已经起来了，衣服还没穿利索，一边系着扣子，一边往里屋里跑着道："我拿去我拿去。"跑进里屋把盛着半桶面子的水桶"哗"往地上一倒，转身递给鑫泉："给你水桶。"

鑫泉接过水桶，飞速地加入救火的人群中。

杨彬家的火灾，由于乡亲们来得及时，接水也很及时，很快便被扑灭了。众人见没事了，都陆续散去了。鑫泉也带着满身泥水回到屋里。一回到屋里，鑫泉忽然又气不打一处似的说："真不该帮他救火！"

媳妇看着他救火弄得灰头土脸，说："别给人家救完火了，费力不讨好。"

话未落地，杨彬来了，手里提着两瓶酒。杨彬进门便一迭连声地说："鑫泉兄弟，多亏你了，多亏你了！"说着把酒放到桌子上又道："夜里超市不开门，也没单独买去，家里就数这两瓶酒好了。"

鑫泉没好气地说："谁稀罕你的酒啊，你的酒喜喝吗！"

杨彬赔不是道："兄弟，这些年怪我，都怪我，你放心，明天我就把门前的堰平了去。"说着朝鑫泉伸出了双手意欲和好："兄弟，一扎不如四指近，远亲不如近邻，咱看以后的，咱看以后的。"

鑫泉仍转不过弯来，不怎么搭理杨彬。媳妇秀花对他说道："行了行了，人家大哥哥话说到这份儿上了，看以后的吧。"

鑫泉终于朝杨彬伸出了手去。

鑫泉和杨彬，两双大手，紧紧地握在了一起。

和良叔还账

和良叔叫了脱粒机，把几亩地的玉米脱了，接着卖给收粮食的，把卖的钱点了两遍，没往抽屉里放，直接装进了衣兜里。第二天一早，便骑上电动车朝街店上走去。

他是要还人家小张子的钱去。

小张子在街上开了个化肥种子农药门市，生意挺红火。除了在门市上销售外，每年两季还开着车，拉着货串乡卖。四外八乡的村里，不论谁，有钱的拿现钱，没钱的赊着。小张子只是年底要一次账，有钱就给，还不了的小张子也不说别的，明年用化肥还照样给赊。当然，个别户除外。

和良叔是赊小张子化肥的常户。和良叔日子紧，他供着两个大学生念书，地里打的那点粮食和他闲时打工挣的那俩钱，全给了两个念书的去了。和良叔种地，上化肥用种子经常在小张子门市上赊。有时今年攥上年的，还不了人家。但和良叔绝对不赖账，他有了钱，都想着及时还。

今天是街上大集，和良叔来得早，集上还没大上人。

"赶集来这么早啊，办啥事啊？"一个熟人同和良叔走了个对面，问和良叔话。

和良叔说："也没啥事，我来还人家小张子化肥的账。"

"还小张子化肥的账？"熟人瞪大了眼睛说，"你傻啊，没听说小张子的账本子都没了，还他账？"

和良叔不解地说："小张子什么账本子没了？"

熟人说："就是他记的人们欠他的化肥种子的账本子，找不着了，小张子自己都说，账没法要了，只好认倒霉了。"

和良叔说："人家的账本没了，碍咱什么事，人不死债不烂，咱不能不还人家了，哪能那么办呢！"

熟人说："这怨不着咱，这些年他赚咱的钱赚大发了，我该他2000多块，当这些年他没赚我的钱吧。"熟人说着这话，诡秘地笑了。

和良叔看着熟人说："人家干买卖也不容易，不赚钱白给你忙活啊。"说着，顾自朝小张子门市部走去。

和良叔来到小张子的门市部里，只见小张子一脸的愁容，正坐在椅子上发呆。和良叔进门他都没听见，和良叔走到他跟前了，他才焉头耷耳地问和良叔："大叔，你来……"

和良叔说："我来还你的账。"

一听还账，小张子有了些许精神，但他没账本了，自己已记不清和良叔具体该他多少钱了，又怕说出自己没账本了和良叔会不认账，或者和良叔把该他的钱往少里说，就试探地说："大叔，你该我……"

和良叔说："我知道你的账本子没了，你的心里没数吗？"

小张子一听和良叔知道他的账本没了,心里不由"咯噔"一下,毫无底气地说:"具体我真记不清了。"

和良叔一点儿也不打艮地说:"我一共该你6989块,对吧?"

"啊对,对对。"小张子万分激动地说,"谢谢你大叔,知道我的账本没了,还来还我钱,要不,我死的心都有了。"

和良叔说:"你的账本没了,我的账本不能也没了啊,你当时救我急了,人做事得凭良心。"和良叔又接着说:"小张,我带的钱不够,先还你4000块,剩下的我再给你打个欠条,行吧?"

"不用不用,"小张子十分信赖地说:"钱我留下,谢谢你了大叔。欠条就不用打了,别着急,几时有了再还我。"

和良叔说:"还是打个欠条吧,万一到时闹混了呢。"

小张子说:"就是有欠条,有的也说过胡的,大叔,我从你身上,我真正明白了那句老话,无论到什么时候,账不浑人,只有人浑账。"

丝 瓜

　　二婶在院内种了两棵丝瓜，长得很旺盛，瓜秧爬上了墙头，从墙头耷拉到墙外，结了两根丝瓜。丝瓜又鲜又嫩，瓜头上还顶着花。二婶舍不得摘，只是每天站在丝瓜前看，越看越喜欢，就像欣赏风景似的。

　　二婶没舍得摘丝瓜，别人却替她摘了。二婶锁门赶集的工夫，回来再一看丝瓜，没了。二婶看着刚刚被人摘了丝瓜的瓜把，心疼得了不得。她犯开寻思了，是谁偷了她的丝瓜呢？二婶的院在庄头上，墙外又不是大道，很少有人从这儿走。二婶思来想去，就想到了王婆，王婆经常围着庄拾破烂，曾在这里走过；再说，以前王婆曾做过这种事，那年二婶种了两棵吊瓜，瓜秧也是爬到了墙外，结了一个大吊瓜。二婶想等吊瓜再长两天，摘下来包包子吃，可没等吊瓜再长两天，吊瓜竟被人摘去了。有人看见了跟二婶说，是王婆摘的。还有一次，二婶院外的一棵枣树结的枣才想红，王婆跷着脚够枣吃，把一个大树枝子都给拽折了。二婶气得没鼻子带脸地说了王婆一顿。

　　这丝瓜可能是王婆摘的，二婶这样一想，就找王婆去了。

进了王婆的家，二婶试探地问王婆说："王大嫂子，你摘我的丝瓜了吗？"

王婆先是一愣，接着变了脸色道："俺什么时候摘你的丝瓜了，俺见过你的丝瓜吗？"

二婶见王婆涨红了脸地辩白，心想：这回可能不是她摘的，纳闷儿地说道："挺好的两根丝瓜，不知谁给摘去了。"

王婆不让了："你没了丝瓜就来赖俺吗，俺眼里有孙啊，没人啊你是！"

二婶解释道："不是赖你，我是挨着问问。"说着，退出王婆的屋门往外走。

王婆紧追着二婶仍不依不饶地说："你可问好了啊，找不着偷你丝瓜的人俺不让你！"王婆越说火气越大，她追出院门到大街上，见了人便白话起二婶来："她老二家什么人啊，没了丝瓜赖俺，俺好欺负啊。"

别人说："不是你摘的，你给她说你没摘不就行了。"

王婆说："不行，她这是给俺眼里插棒槌，我和她没完！"王婆又见了别人继续说："她老二家什么人啊，往俺头上扣屎盆子，俺稀罕她那两根丝瓜吗？"

别人说："不就是两根丝瓜吗，她说是你摘的，你说就是你摘的，她能怎么着你？"

王婆说："你说得好，她臭俺名声，这回我一定让全村知道，是她诬赖好人。"

几天后，庄里有娶媳妇的，守着全庄帮忙的和看热闹的人，王婆又冲着二婶发火道："你找着偷你丝瓜的人了吗，谁偷你的丝瓜去了，你赖人不是这样赖法！"

二婶赶紧漾着笑脸给王婆赔不是道："怨我怨我，不是你，对不起，行了吧？"

"不行。"王婆越说越长气，"你话怎么说的，必须怎么收回去。"

二婶说："给你说好的了，不行还怎么着？"

王婆说："你必须在众人面前给俺恢复名誉！"

"名誉？"这时，有人见王婆为这点小事嚷嚷起来没完了，愤愤不平地说："不论你摘没摘丝瓜，可是你以前摘过人家的吊瓜，要不，全庄这么多人，二婶咋不问别人呢？"

"你说这个吗，你说这个吗！"王婆的脸胀得像紫茄子，哭了。

"自找的。"不知谁一点儿也不同情地小声说。

借　钱

这次发了工资，如何向妻子交代，他真动了脑子。头半月里，妻子就说，等他发了工资，要他再向他的同事借点儿，凑够了给他岳母看病的钱和发丧费的钱。

岳母娘的看病钱和发丧费的钱，他是同两个大舅哥均摊的。他对这事有意见，他从心底里不愿意拿这钱。岳母一个闺女两个儿子，按着农村的风俗，只要有儿子，看病的钱和发丧费的钱，是不应该让当女婿的平摊的；再说，岳母的两个儿子又不是拿不起，而且都挺趁钱。这钱他不该拿，他拿不着，他想。

但是妻子却满口应了下来，并说当老的看病和发丧的钱她该拿。妻子说，尽孝，她当女儿的，和当儿子的一样，爹娘把她拽大了，养育之恩她就得报答。

为了不抬杠，他没和妻子犟嘴，但他极不情愿拿这钱。没发工资前，他就想好了，他想对妻子说："我没借着钱，几个不错的同事近来家里都有事，买楼的买楼，买车的买车，都没有富余的钱。"

他只带着自己的工资回了家。如果妻子一定要拿这均摊的钱的话，他就这些——一个月的工资。

当他一踏进屋门的时候，却被眼前的一幕打乱了他的计划。他一眼望见妻子正在给老爹换纸尿裤，瘫痪的老爹不知什么时候轮到他家里来了。只见妻子从父亲身下扯出纸尿裤，纸尿裤上连屎带尿，妻子将它放到垃圾篓里，接着用卫生纸很仔细地给父亲擦拭身体，又用湿巾给父亲擦了一遍，完后为父亲提上了裤头。

父亲的身子不能动，嘴不能说话，但父亲瞪着满含泪水的双眼，嘴唇一股劲儿地翕动着，翕动得直打战。

儿媳似乎明白老公公的意思，笑着对父亲说："爸，这有啥不好意思的，儿媳伺候你，是应该的啊。"

父亲老泪纵横，嘴哆嗦成一块。

他被这眼前的情景感动了，一股敬意和愧疚之情涌上心头，他想对妻子真诚地道一声，贤妻，你辛苦了！但嘴张了好几张没说出口。他几步奔出屋外，掏出手机，拨通了同事的电话："喂，你发的工资呢，借我 3000 块。"

要　账

新春的女儿考上了大学，因为凑不齐学费钱，这几天新春吃饭不香，睡觉难眠。

新春媳妇说："小喜儿不是该咱10000块钱吗，和他要来，闺女的学费不就凑起来了。"

新春说："你说得好，和小喜儿挺不孬的，哪好意思张嘴给他要啊！"

新春媳妇说："这个怎么不好意思的，给他当了急了，咱用钱了；再说，他又不是没钱。"

新春媳妇说的小喜儿欠的钱，是前年小喜儿建鸭棚时，向新春借的钱。这钱借给他二年了，小喜儿已养好几批鸭子了。特别是今年，鸭子价格一直上涨，听说，小喜儿上一批鸭子净赚了30000多块呢。可张嘴向小喜儿要账，新春觉得抹不开面。

"要不，"新春对媳妇说，"你去问问他去吧？"

新春媳妇说："他借钱时是你借给他的，要账了叫俺去，俺不去，你爱去不去。"

新春寻思了好一阵子，才硬着头皮朝小喜儿家走去。

新春来到小喜儿家的院门前，见院门关着，抬起手想敲门，可抬起手来，接着又把手放下了。放下后又抬起来，照量了好儿照量，才敲响了小喜儿的院门。"砰砰！"敲响了门后，不知怎的，新春忽然抬腿往回走去，他想赶紧离开小喜儿的家。

"谁啊？"小喜儿的女人开门追了出来，"你敲门啊，大哥哥？"

"啊，啊。"新春像偷了人家什么东西似的，脸涨得通红，很是不自在地转回身来："是我敲门。""有事啊，大哥哥？"小喜儿的女人问。

"啊，没事，没事，我找喜子玩儿。"

"他在鸭棚里呢。"小喜儿的女人说。

"那好，我去鸭棚找他。"新春说着，又来到小喜儿的鸭子棚里。

鸭子棚里，小喜儿正和几个人打扑克，打得正火热。小喜儿一见新春进了鸭棚，立刻亲热地说："哟，春哥来了，正好，来来，打一把儿。"说着站起来，将手里的扑克往新春手里塞。

"不不，我站不住，我站不住。"新春推着小喜儿递过来的扑克，毫无兴趣地说，"我站不住。"

小喜儿说："先替我打一会儿，我给鸭子添添料去。"不容新春再推辞，便把扑克塞在了他的手里。新春只好接过扑克，坐了下来。可他哪有心情打扑克啊，手中的牌常出错了。好不容易等小喜儿给鸭子添完了料，随着把扑克还给了他。

小喜儿接着扑克，随口问了句："春哥，你有事啊？"

"啊，没，没事。"新春本想说"我来问问你手底下有钱吗"，话到了嘴边却变成了，"我来看看。"

"看打扑克啊，那边有坐杌，看吧。"小喜儿说完顾自打起扑克来。

新春眼望着小喜儿打扑克，心里寻思着要账话该怎么张口。他经过再三斟酌，试探地问小喜儿道："这批鸭子价格行了吧？"

"行了行了。"小喜儿甩出一张扑克，回新春话说，"我准备再扩大鸭棚，先不还你的钱，你不等着花吧，春哥？"

"啊，没事，你花吧。"新春这话一出口，要账的道自己便堵死了。他心不在焉地望了一眼小喜儿打扑克，便告辞道："你打吧，我走了。"

"不送了，春哥。"

新春离开小喜儿的鸭棚，心里有所后悔，直埋怨自己："我这嘴，咋就这么笨呢。"他迈着步子往回走，腿像灌了铅，他不知回家如何向媳妇交代。

走着走着，他又想起来，还有两户也该他钱，但都不多，都是千儿八百的。可……他越过了一家院门，敲响了另一家院门。

一会儿后，新春从一家院门里出来，回了自己的家。到家后，新春把一沓钱放到桌子上，对媳妇说："够了够了，女儿的学费够了。"

媳妇望着钱说："账要来了。"

新春说："哪是啊，我跟李家三叔借的钱。"

媳妇不解地看着他说："怎么，你没去找小喜儿要啊？"

新春说："去了，我没开得了口，要账，还不如借钱好张嘴呢。"

捐　款

　　村里大喇叭号召说，霍三爷爷病了，住进医院里，急需手术费，希望大伙为他捐款。

　　霍三爷爷无儿无女，是个干巴绝户，就老两口，靠吃低保生活。霍三奶奶又得过脑血栓，半身不遂。要是霍三爷爷有个好歹，霍三奶奶很难再往下活。

　　乔七叔听到广播，赶紧咽下一口饭，对乔七婶说："这款咱得捐啊！"

　　乔七婶说："可是的，该捐。"继而乔七婶又有所为难地说："可咱拿什么捐呢？这个月领的养老保险钱，除了拿药和零碎花销，就还有20块钱。"乔七婶说着，从炕头的褥子底下拿出了两张10块的钱，一边向乔七叔递着，一边语气寒酸地说："20块钱，能拿出门儿去吗？"

　　乔七叔接着钱说："就是再没有，咱也得表达心意。再说，不是有那钱吗！"乔七叔说着，朝炕那头的褥子底下努了努嘴。

　　乔七婶说："那个钱，你不是说存起来，不花吗？"

　　乔七叔说："存起来是以备急用，这不正派上用场吗！"

乔七婶就把褥子底下的钱拿了出来，是一个硬纸袋："给你吧。"

乔七叔接过，把那 20 元也装进纸袋里，往桌子里边推了推没喝净的半碗黏粥，便抬脚朝支书家走去。

乔七婶跟出门追了句："加小心，你慢点儿啊。"

乔七叔来到支书家里，捐款的人真多，男的女的，把支书的两间宽房大屋围水得泄不通。乔七叔的体格弱，不敢往前挤，只好等别人都捐完，走了，他才走到支书面前道："我也捐款。"

支书一见是乔七叔，说："七叔你这情况，大伙都了解，这款你就不用捐了。"

乔七叔说："你说得好，谁不捐我也得捐啊。"

支书说："可你有钱吗？"

乔七叔说："有，这些，都捐上。"说着，把手里的纸袋放到了桌子上。支书从纸袋里掏出钱，一看，惊异地道："这么多啊，莫不是你把你的家底都倾出来了？"

乔七叔说："我哪有什么家底啊，这里面的钱，我自己的就 20 块钱，其他的 1000 多块，不是我的钱。"

支书不解地说："你手里的钱，不是你的，是谁的钱？"

乔七叔说："是我住院没花完，庄乡兄弟爷儿们捐给我的钱。"

一句话

男人骑电动车驮着女人在公路上急驶。

当经过一个村头时，一下子撞上正上公路的脚蹬三轮车。三轮车被撞翻，骑车的老人被撞趴在了地上。男人闸住车，望了望老人，又望了望四周，见四周没人，朝下了车的女人使了个眼色，示意女人上车。女人望着倒在地上的老人，有些不忍心。男人扯了女人一把："上车，快！"

男人说着，又斜睨了老人一眼。老人强撑着身子坐起来，一手捂着头，一手高高举着大声喊起话来。

老人话一出口，男人心里咯噔一下，他打开电动车的钥匙了，又把钥匙拔了下来，同时下了车，走到老人跟前，关切地问道："大叔，你没事吧？"

老人手捂着额头，额头被磕破了层皮，已往外渗血。女人赶紧掏出纸巾，为老人擦拭着额头上的血。男人再次问老人说："我打120啊，大叔？"

"不用。"老人制止说，"给你说，俺儿这就来了。"

正说着，一个膀大腰圆的小伙从庄里跑了过来。小伙子关心地看看老人，又老大不悦地看看男人，带了气说道："不说别的了，上医院吧。"

到医院一查，老人的头骨骨折，需住院，交押金 10000 元。

男人无可奈何地说："好，我去拿钱。"可他哪有钱啊，只有找熟人借。

熟人说："借钱干啥？"

他把撞了老人的事说了一遍。

熟人说："遇到这种事认倒霉，别跑，跑就不对了。"

他说："不瞒你说，当时真想跑，可老人的一句话，我跑不动了，怕遭天谴。"

熟人说："老人的一句什么话，使你跑不动了？"

他说："老人从地上爬起来，一手捂着头，一手高高举起，朝我挥着说，'走吧走吧，快走！走得慢了，俺儿来了，你俩就走不了'。"

王叔买车

天近晌午时，村西头忽然传出"噼里啪啦"的爆竹声。爆竹声惊动了全庄，大人孩子都朝村西头跑去。

村西头，王叔的院门前，黑压压地围满了人。人群中间，王叔喜得快戴不住帽子了。他买车了，是一辆四个轱辘的白色奥拓。王叔干买卖，挺能挣钱。王叔是村里第一个把汽车开回庄的。人们看西洋景似的，争着挤着，瞪大眼睛往里瞅着。惊奇声羡慕声不绝于耳："好，买车了吗，厉害！""这不是小轿车吗，瞧瞧瞧瞧……"

有人瞅了瞅王叔，伸出手在奥拓上摸了又摸，有的人打开车门探进身坐了坐，颤了颤，这一坐，只觉得是从未有过的享受。

"这得多少钱啊？"有人问王叔说。

王叔先是伸出两个手指，接着又伸出一个手指，道："两万一。"

"两万一！"有人咂嘴，有人直吐舌头。这价格对当时村里大多数人来说，可是天价，是遥不可及的价。

王叔买了车，并不是为了炫富，他致富不忘乡亲。王叔大着嗓门儿对村人说："兄弟爷儿们的，有用车的时候言语声，尽管找我。"王叔说到做到，不论哪家娶媳妇嫁闺女，或者是有急事进城，求着王叔就是一声。王叔开车也不图收钱，让得紧了只留个油钱，再穷的户找到王叔，没有合不煞嘴过。连外村的人也经常找王叔用车。外村人说起话来，有的人不提王叔的名字，而是说"你庄儿有车的户家"。一提"你村有车的户家"，就知道说的是王叔。

在俺村，"你庄儿有车的户家"这称呼，王叔被叫了有好多年吧？

后来，再提"你庄儿有车的户家"，人们就不知道叫的是谁了，因为有车的多了，不只是王叔有车了。王叔"你庄儿有车的户家"的代号再没人叫了。

又是一天快晌午时，王叔又在门前点燃了一挂2000头的"落地红"。"噼里啪啦"的爆竹声惊动了村人，大家都跑出院门搭眼朝西望，一看是王叔的门前——王叔又买了车了。有人甚是寻常地说了声："啊，买车了啊。"接着把身子缩了回去。有人有些被忽悠了似的道了声："这个啊，我寻思啥事呢。"转身回院里去了。

王叔买了新车没引来人看，王叔仍不灰心，他每天把车停在院门外，站在车旁，专瞅着来去的路人，但是有人从王叔门前走也没有特意看他的车。王叔主动和别人说话道："看看，我又买了辆新车，宝马，看看怎么样啊？"

人家脚步不停地瞄了王叔的车一眼说："宝马啊，见过，咱村买好几辆了。"

王叔听了这话，脸有些羞涩，忽然想起来，村里已买的那几辆宝马，有的比他才买的这新车还豪华呢。

孟叔和大雁

孟叔逮住过大雁，这事村人都知道。我亲耳听孟叔自己讲他逮大雁的故事，就有两回了。不，是三回了。

那年，秋收秋种完事后，田野上空旷无际，一望老远。孟叔背着筐在刚刚长出麦苗的地里拾柴火即"茬子头"，确切地说，就是玉米秸的根部。孟叔拾了半筐柴火回家时，天已黑了。他还没走出地头，忽然听见头上里"啊，啊"的雁叫声。孟叔抬头一看，只见一群大雁排成个一字"啊，啊"地叫着由北往南飞，飞得不是很快。孟叔的眼神追随着大雁飞出不远，也就几十米吧，雁群竟然落了下来，紧紧地围在了一起。唯独一只大雁离得较远，有二三十步的距离。上百只从天上落下来的大雁简直把孟叔看呆了，洁白的羽毛、长长的脖颈、高跷的腿，比画上的还好看。鲁北平原上，能这么近距离地看到真实的大雁非常难得，因为大雁既不在这儿繁衍生息，又不在这儿过冬，只是从这儿的天空飞过。今儿这雁群看来是要在这里过夜歇息了，孟叔想。他望着雁群，不仅大饱了眼福，也一阵窃喜起来。俗话说，北方吃蛋，南方吃雁，当中间儿里干瞪眼看。天上掉馅饼，何不逮他几只，开开荤，或卖俩钱儿花。但孟叔知道，大雁夜里歇息，是十分灵性的，有站岗放哨的。那只离得较远的大雁很可能就是站岗的大雁。孟叔听人说过，逮大雁，首先要逮住放哨的大雁，因为雁群在歇息的时候，放哨的大雁是不睡觉的，十分警觉，一有动静，它会立即向雁群发出鸣叫。逮大雁，得要夜黑以后。

孟叔想到这里，背着筐匆匆地回到家，好歹吃了口饭。等入夜后，孟叔扯了根化肥带子，拿着簸箕，悄没声息地朝白天拾柴火的地里走去。这是一方孟叔年年月月日日劳作的田地，闭着眼，孟叔数着步子也知道到了田地的哪里了。他照直朝站岗的大雁走去。在离着大雁不远以后，孟叔用簸箕遮着脸，蹲下身子，悄悄地，慢慢地向前挪动。由于是漆黑的夜晚，又由于孟叔用簸箕遮着脸，机警的大雁竟没看出有人已来到它的面前。在离大雁几步远时，孟叔猛地俯身一把抓住了大雁，大雁由于被抓住了喉头，想叫却没叫出声来。

"好重啊，这大雁。"孟叔说，"得有七八斤，十来斤，哈哈……"孟叔说到这里停住了声，不言语了。

我刨根问底道："你逮住大雁是怎么处理的，吃了，卖了？"

孟叔说："也没吃，也没卖，接着又放了。"

我不解："怎么又接着放了？"

孟叔说："和人学，咱不做缺德的事，这是一只受伤的大雁。"

我说："你怎么知道这是一只受伤的大雁？"

孟叔说："有人给大雁的腿上缠了绷带和药棉。"

贺　礼

何贵春娶儿媳妇，准备大贺。因为他就一个儿子，亲戚多，朋友多，关系不错的人也多。庄里院里有事，不论是娶媳妇的，嫁闺女的，还是老人的，何贵春都随礼。连左邻右舍前庄后院的有人孩子满月娘生日，何贵春也都凑前祝贺。还有谁碰着磕着，生病长灾住院的，何贵都去看望、都花钱。何贵春看病人从不拿鸡蛋牛奶什么的，都是拿钱，给人家留个一百二百的，说："我也没买什么来，病人愿意吃点儿什么给他买点儿什么吧。"

何贵春为人很是不错。

遇到何贵春有事了，娶儿媳妇了，前来祝贺的也一定少不了。起码何贵春随出去的礼得给人家回来吧。

何贵春一下子准备了十五席。谁知十八席还坐不下，幸亏厨长多预备了两席，但还是有一席做了难。尽管七凑八凑地把席圆了起来，厨长对何贵春好一顿埋怨："你计划的这席，是你心里没数，还是怨我这当厨长的掌勺没把握？"

何贵春说："计划漏了，真没想到能来这么多客。"

何贵春不但没想到来这么多客，他也没想到能折这么多钱。

招待完了客人后，记账的给何贵春报账说："你的事上折的钱，在咱庄数着了。"

何贵春说："折多钱啊，我？"

记账的说："47800 块。"

何贵春压根儿没想到地说："折这么多？"

记账的说："你的大人情多啊，光 2000 块的就 10 个。"

何贵春说："不对吧，我随过的 2000 块的，只有 9 个。"

记账的说："10 个，10 个，我还能记差了吗？"说着递过账本子："你自己看看。"

何贵春接过账本看了又看，数了又数，确实是 10 个。可他记得，他随过的 2000 块的人情，只有 9 个啊。多出来的那一个随他 2000 块的，是谁呢？何贵春挨个仔细地看起人名来。看着看着，他忽然盯着一个人的名字愣了起来。记账的见他直望着一个人的名字发愣，也探过头瞅着，说："你叔伯兄弟们这回真不孬，没想到这回他这么出血，以前他可是不大随人情的。"

何贵春说："你是不是记差了，是他也随了 2000 块吗？"

记账的说："是他，是他，村里红白事我记了好几十年的账，能记差了吗？"

"这就怪了。"何贵春说。何贵春是最了解他的叔伯兄弟们的，他的叔伯兄弟们人情往来很少，庄里院里有事不随，自己一家人家也没大人情。何贵春的闺女生孩子，他都不愿意去。他说，俺没有闺女，随出去的钱还不回来。人们强说着，他去了，只拿了 50 个鸡蛋、二斤红糖。何贵春很生他的气，现在随人情，谁还拿鸡蛋啊！

蓦地，何贵春恍然大悟地一拍桌子道："小心眼子，耍小心眼子，他。"

记账的说："怎么了？"

何贵春说："他的两个儿子都到了说媳妇的年龄了。"

抢头车

在农村，经常有两家娶媳妇赶一天的时候。一个村里，有一天有两家娶媳妇的，都抢头车，就是抢先把媳妇娶进村。谁如果抢了头车，谁将来的日子会顺顺当当、大富大贵。而谁要是抢了二车，谁的日子会不如抢头车的一家，甚至夫妻有不到头的婚姻，这是我听老人们说的。我就亲眼见过俺村有两家娶媳妇的赶一天了，是于家和徐家。

于家在商量如何抢到头车时，有人说："咱的亲戚道远，徐家的亲戚道近，要想抢到头车，必须得早走，鸡叫头遍娶亲的就得出庄。"

有的说："不可，天不明娶亲，那是娶后婚。咱娶的是黄花闺女，起码娶亲的车赶到女家门时，天得东放亮。"

于老大是新郎他爹，于老大说："你说的这个不行，天放亮太晚了，宁可落个娶后婚，也得抢到头车。"

于老大这主家发话了，管事的办事的就得依从，就得按于老大说的话办。于是，头天晚上便做好了娶亲的准备。所有娶亲的车辆都开来，停在于老大门前；所有陪同娶亲的人员都定好了点，有的人夜里睡觉连衣服也没脱，怕起晚了误了时间。于老大一宿没睡，他一连跑了好几趟去徐家门口探听动静，想听听徐家的人是怎样安排的时间。但徐家早早地关了门、熄了灯，也不见娶亲的车辆在门前等候，就像没事似的。

天不亮，于老大就催促娶亲的车辆出村了，而且是悄没声息的。于老大再三嘱咐陪娶的人说："酒少喝最好不喝，回来我管你够，快去快回，越早越好。"

陪娶的人按照于老大的嘱咐，在女家催着上菜、催着上饭、催着新媳妇上车，连去带往回走，还不到两个小时，一路上直催得车行如飞。本来是跟随有吹的，但一声也没让吹，怕闹出动静传到徐家。

车行如飞，但陪娶的人接了一个于老大的电话，仍催司机："快点儿，再快点儿！"

司机猛踏油门，可没打稳方向盘，稍一偏，车一下子滑进了道旁的地里，地里很暄，无论再怎么加大油门，车就是开不出不来了，车轱辘越陷越深。司机急得满头大汗，陪娶的人急得直跺脚。车上的人都下来，也赶也推也扛，但不起作用，折腾得天放亮了，车子仍开不出地来。陪娶的人只好回村叫了拖拉机来，挂上钢丝绳，把车拖上了道。这时太阳已老高了。

在家等着娶回儿媳妇的于老大听说车陷住了，急得似热锅上的蚂蚁，抓耳挠腮、坐立不安，还大发雷霆："这是雇了个什么开车的啊，完了完了，这回头车是抢不到了，唉……"

于老大说的话没错，当于家娶亲的车快开到村口时，远远就看见了徐家娶亲的车已到了村口。

　　就在于老太太大失所望的时候，却见徐家的车队开到庄头上停住了。只见徐老大迎过来，对于老大说："今儿个咱同喜，两家一起进庄，于哥你同意不？"

　　"啊，同——意，同意，同意。"于老大转忧为喜，笑了，但他笑得一点儿也不自然。于老大很是羞愧地对徐老大说："谢谢你大兄弟，你不抢头车进庄。"

　　徐老大说："什么年代了，徐哥你还信老俗套啊，今儿咱两家喜事赶一天了，双喜临门，还有比这日子吉祥的吗！哈哈哈……"

　　"对对，双喜临门，喜上加喜，哈哈哈哈……"于老大笑得两眼眯成了线，他把抢头车的事忘了。

扫　码

　　离小区不远，道旁有一修车的常摊。修车的是一个老人，老人脾气挺好，干的活儿很好。经他修过的自行车电动车，好骑耐用。周围的人，遇到车子扎了带，断了条，坏了闸，都找他修。老人的活儿挺忙。

　　老人修车收费有两种方法：一是收现钱，二是可以扫码。他的微信二维码就挂在他身旁的三轮车上，有用微信付款的，老人都是让顾客自己扫，他连看都不看。等人家扫完了码，告诉他说："付上了，你看看吧大爷。"

　　老人手里干着活儿，连起身也不动地说："好好，不用看，谁还糊弄我吗！"

　　是啊，修个车，十块八块的，老人这么大岁数了，谁好意思不付钱呢？

　　就有贪心的人，瞅机会占小便宜的。

　　这天，一个男人前来修车，是破了后带。老人扒下他的后带一看说："你的后带坏了，该换新的了。"

　　男人说："换根新带多少钱啊？"

老人说："35 块。"

男人说："换吧。"

老人从三轮车上拿出一挂新带，时间不长便给男人换到了车上。

男人是用微信付款。当他掏出手机想扫码时，他拿眼斜睨了一眼老人，见老人正专心地低头干起另一人的活儿。男人的眼神竟变得异样起来，他没开机便将手机对向老人的微信。

"哎，先别刷。"忽然，老人发话了，"我看着你挺面熟，咱是一个小区的吧。赚头我不要你的了，给我 30 元就行。"

老人的话吓了男人的一跳，他的脸腾地红了："不不，你这么大岁数了大爷，哪能白忙活呢！"他点开手机，一分不少地刷上了 35 元钱，连头也不敢抬地推着车走了。

活 着

天有不测风云，人有旦夕福祸。红子活蹦乱跳一杠子打不倒的壮小伙子，说个死，跌个跟头就不行了。救护车赶到的时候，人已经死透了。

红子才三十来岁，去年刚离了婚。他的死大概与心里不痛快有关。当单位上的人把红子的尸体运回老家时，他的母亲刘婶正在地里干着活儿呢。小苗子没膝高的玉米地里，刘婶正背着喷雾器打灭草剂。热汗直流的刘婶，后背上不知是汗水还是喷雾器里洒出来的药液，顺着刘婶的小褂子往下淌。

刘婶自年轻时丈夫就死了，那时，她的儿子红子才三岁。刘婶含辛茹苦地把儿子拉扯大，给儿子娶了媳妇。谁知两个人闹不上堆儿，去年离了。连结婚带离婚，拉了一屁股账。本已苦尽甜来，该享清福的刘婶，又扛起了家庭的重担，养羊、喂猪、种地、背喷雾器打药、拾掇棉花。她拼命地忙活，想帮儿子还上欠人家的账。

"打药来啊，婶子？"忽然，有人来到刘婶干活儿的地头，和刘婶说话。

刘婶一手仍握着喷雾器打气柄，一手抓着喷杆打着药，回话道："啊，打灭草剂。"

人家说："婶子，你停一下，我和你说个话。"

刘婶这才关了喷雾器，来到地头上，带着满脸汗水问道："什么事啊？"

人家说："婶子，你还记着那年咱村七叔他闺女的死吧，七叔就一个闺女，七叔一头撞在棺材上跟闺女去了。"

刘婶接话道："你咋想起和我说这事来了，怎么没想着啊，这种事搁谁身上谁受得了啊！"

人家顿了顿说："婶子，假如，我是说假如，假如你摊上这事，你可得挺住啊，婶子。"

刘婶一愣，加大了声音："你说啥？你说的啥啊？"

人家忍不住满眼泪水地道："婶子，红子他，他突发心脏病，尸体被人送回来了。"

"啊——"刘婶一下子昏了过去，倒在了地上。过了好一会儿，她才醒过来。醒过来的刘婶，两眼呆滞，傻了似的，嘴唇抖动成一块儿。她急于张大嘴巴想哭，却哭不出声来。

人家给刘婶擦着泪说："婶子，你想哭就哭吧，哭出来会好受些。"

刘婶真想放声大哭，但她紧紧咬着牙关，没哭出来。

蓦地，刘婶强忍悲痛，一手拄地，一手扶着喷雾器，艰难地站了起来："不哭，我不能哭，我得好好活着。"

"对。"人家说："人死不能复生，你节哀，好好活着。"

刘婶说："他没尽完的义务，我得替他。"

人家开导刘婶说："他不孝顺你了，你白发人送了他黑发人，还替他啥？"

刘婶拢了额前泪湿的白发，望着不远处的村小学说："俺孙子还未长大。"

水饺的故事

老同学李鑫打电话说来玩儿，我很喜欢。我说："早就怪想你的，有几十年没见面了吧。这回你来了，咱下饭店，进雅间。"李鑫说："可别的，鸡鸭鱼肉的吃腻了；再说，也不敢吃了，我血压高血脂高血糖高，不该高的都高，可别上饭店了，在家吃顿便饭就行。"我说："行，那就多闹青菜。"李鑫说："也别闹青菜了，给嫂子说，我要求个饭，光包水饺吧。"我说："那不太冷淡了你吗！"李鑫说："现在谁还讲究吃喝啊，为的是到一块儿叙叙，就按我说的办吧。"我说："行，你吃什么馅的，羊肉的、牛肉大葱的，还是三鲜馅的？"李鑫说："什么肉也别放，包素馅的，并且不想吃韭菜，不想吃芹菜，也不想吃茴香，最想吃野菜的。"我说："野菜也有，你想吃哪种野菜的？"李鑫说："就包那年我头一次上你家去时吃的那种野菜吧，那回的水饺真好吃，我都没吃够。"我说："那回吃的是什么野菜？"李鑫说："啥野菜我忘了，只是想着那次的水饺特别好吃。"我说："你忘了，我更不知道了，到底是什么野菜啊？"李鑫说："笑话，你家包的水饺，啥叫'我忘了，你更不知道了'。"

听了老同学的话，我心里不由得一阵酸楚。李鑫头一次来我家时吃的那顿水饺，我是多么不为人啊！

我和李鑫一块儿念高中时，是同桌——很要好。学习上互相帮助，生活上相互体贴照顾。我家穷，他经常给我二斤三斤的饭票，有时直接给我打个窝头、买份咸菜，我俩情同手足。

上学时，趁星期天，李鑫好几次叫我上他家去玩。每次去了，热心的大娘不是为我包水饺，就是炸藕饸、炸鸡蛋葱花丸子，有时，临走还给我带着些。大娘说，我没了母亲，父亲一个爷儿们家煎煎炸炸的好嫌烦，我家肯定不经常做。实际上，我家不经常做并非父亲嫌烦，而是父亲想做却没什么可做。

我上李鑫家去好几回了，还一次没邀请过他。这天，李鑫说："明天星期天我上你家去玩儿。"我说："去吧。"我满心欢喜同学去我家。

李鑫到了我家，父亲热情地欢迎他，可偷着使眼色把我叫到门外说："做啥饭呢？"不等我说话，父亲接着说："去，上你大娘家去问问，问问你大娘还有面吗？"

我来到大娘家一说，大娘说："问面干什么？"我说："我的同学来了。"大娘脸上忽然显出为难的样子说："你这孩子，这么不懂事，咱家什么也没有，你把同学领家来，拿什么招待人家啊！"说着，大娘刮了刮面瓮子，只有一碗面了。大娘说："甭管了，我给你包两碗饺子吧，你先和你同学玩去吧，熟了我叫你。"

我和父亲陪着李鑫说着话，大娘把水饺下出来了，隔着墙头招呼我过去端饺子。

我进了大娘的门，大娘已把饺子盛到碗里了，尖尖两大碗。我端着碗刚想出门，大娘又叫住我说，两碗饺子不好看。大娘又拿出两个碗，把饺子匀到了四个碗里，对我说："先叫你爹陪着你同学吃，剩下的你再吃，你也陪着吃怕不够。"

我答应着，把饺子端到李鑫和父亲的面前。李鑫让我坐下一块儿吃，我说："你吃吧，我回婶子家吃。"

李鑫和父亲在里屋吃着水饺，我在外屋等着。当父亲喊我把碗端了，我进去端碗时，只剩下四个空碗了，一个饺子也没有了。

那顿饭，我吃的是高粱饼子就咸菜。

时光如梭，转眼几十年过去了，我已过花甲之年，日子是没说的了，对老同学的造访，我高兴万分，别说老同学要求吃水饺，就是吃山珍海味、珍稀佳肴，只要有卖的，我就有钱买。可对李鑫提的那顿不知名的野菜水饺，真是把我难住了。那顿水饺，我压根儿没尝啊，去问大娘，大娘已经去世了，父亲也不在了。

那次的水饺是什么馅儿呢？我问天。

门前喜鹊叫

邱婶的院门前有一棵大槐树，大槐树上经常有喜鹊叫。邱婶说："只要喜鹊一叫，必有喜事到。"要问邱婶这事准不准啊，邱婶说："准，准得很呢。"

比如，每月的月头上，喜鹊都在邱婶门前的大槐树上叫。邱婶心里早有数，她就喜着忙着准备着，不是包饺子，就是炖鱼。因为邱婶知道，闺女要来了。闺女最爱吃水饺和邱婶炖的鱼了。闺女是在刚出生没几天时邱婶从道旁的小褥子里捡来的。闺女没忘了邱婶的养育之恩，每月最少回娘家看她一次。闺女人还没进门，就冲院里里亲昵地喊："娘，我来了。"

邱婶喜着迎接着闺女，指指门前的大槐树说："俺知道俺知道，你早给我报信儿了。"闺女的小名叫喜鹊。

去年有一天，一大早，门前树上的喜鹊就"喳喳"地叫，邱婶想，闺女不到来的日子，今儿喜鹊这是叫的啥呢？但喜鹊叫的确有喜事，半头晌午时，县电视台的来了，说是要给邱婶录像，要采访邱婶。几天前，五保户刘老头病了住院，村里动员村民捐款，邱婶手里没钱，她现卖了一头羊，全部捐给了刘老头看病。

当记者把摄像机对着邱婶的时候，邱婶还真有些扭捏，她头一回照这样的相。

"我说一大早喜鹊就喳喳叫呢。"邱婶不好意思地对记者说。

邱婶的邻居花婶门前也有一棵大槐树，树上也经常有喜鹊叫。然而花婶不信，花婶说："这喳喳子叫得不准。"

花婶是有经验的人。有一天，喜鹊在花婶的门前叫，花婶认为有啥好事呢。可能有好事啊，花婶这样寻思着，她去赶集买菜。买的是9块钱的韭菜，花婶给卖菜的10元钱找零，卖菜的又找给了她41块。花婶一阵窃喜，心咚咚地跳着，急忙把钱装进了衣兜里走开了。花婶心想：怪不得喜鹊在门前叫呢，今天白捡了一大捆子韭菜，又赚了30多块钱，真是喜鹊门前叫，必有好事到。花婶到家想掏出钱来再数数，再看看，可一掏兜空了，慌急中她连钱带钱夹装漏了。花婶那个懊恼啊："什么丧门喳喳子叫，不准。"

还有一回，喜鹊在花婶的门前叫，花婶想，又叫的啥呢，但愿有什么好事吧。这样想着，花婶去赶集，她出了门在大街上走，走着走着，眼前一亮，地上有一个大屏的新手机。花婶哈腰拾了起来，也不去赶集了，匆匆返回了家。花婶想打开手机看看，可刚一打开，有人进门找她来了："花婶，你拾着手机了吗？我不会让你白拾的。"

花婶把手机往身后一藏说："没有，俺没拾着手机。"但她话没说完，身后的手机却响起来了，是找她的人用别的手机打的："你手里的手机是谁的啊？"花婶连嘴也张不开，她只好把手机还给了人家。

花婶空喜欢一场，从此，她的门前再有喜鹊叫时，她就烦，就拾砖头投、撵。

邱婶看见了，说花婶："喜鹊是报喜的鸟，你撵它干什么呢？"

花婶说："什么报喜的鸟啊，我烦恶这喳喳子叫唤。"

邱婶和花婶对喜鹊叫各有看法，一个信，一个不信。

后来一次，喜鹊在花婶的门前叫时，花婶信了。这天，喜鹊先是在邱婶的门前叫了一阵，又飞到花婶的门前叫了一阵子。邱婶对花婶说："今天可能咱两家都有喜事。"

花婶说："做梦的喜事啊？"

邱婶和花婶这话撂下不一会儿，一辆轿车忽然开过来，在邱婶和花婶的门前停住了。一位女士从车上下来，一手各提着一箱牛奶和水果，先是给了邱婶一箱一提兜，连声地说着："谢谢，谢谢大婶。"接着又给了花婶一箱一提兜，仍连声地说着："谢谢，谢谢大婶了！"

花婶接着牛奶和水果，不明就里地说："你这是？"

邱婶截话说："你忘了，大前天，我领着人找你家借拖拉机了，有个下乡干买卖的车在咱村里陷住了，就是她男人的。"

帮　扶

　　国家扶贫，是扶助那些还没有脱贫的人，或是帮助他们找个合适的工作，或是发挥他们的一技之长，寻找致富门路。当然，这主要是对那些有一定劳动能力的人来说的，而对那些七老八十、上了岁数的老头老妪，就只能是拿钱拿物养他们老了。像这种情况的，俺村就有四户。他们分别是吴老头、刘老头、修老头和李老太太。这四户都是无儿无女、孤身一人，年龄最小的也已过古稀，岁数最大的是李老太太，已经84岁了。他们几个都无儿无女，无依无靠。吴老头早在多年前就曾断言自己："像俺这户的，也就活个年轻吧，到老了，瞧有多难吧。"但是吴老头的预言不准，他老来了，不但不难，而且成了村人都羡慕的有福的人。吴老头、刘老头、修老头和李老太太，国家全都给他们盖起了新房，办了低保。再加上他们各自的农村养老保险，每人每月都能领到六七百元，满够花的；再说，他们有病吃药输水基本还不花钱。他们几个不愁吃不愁住，比有儿有女的人活得还滋润呢。

　　吴老头、修老头、刘老头、李老太太，都不种地里了，也不干活儿了，吃饱了饭没事，就凑在一起打牌。李老太太家拾掇得干净利索，又是大辈儿，吴老头还叫李老太太老奶奶呢。吴老头、修老头、刘老头就每天来李老太太家打牌。他们打着牌有说有笑，热闹非凡。

这天，几个老人正打着牌，忽然听见李老太太隔壁曲元叔家传来争执声，只听曲元婶说："你胳膊这个样儿的，别扒了。"

曲元叔说："不扒，棒堆里面的棒粒都发霉了，变颜色了。"

原来，曲元叔的儿子儿媳常年在外打工，孙子在外念书，家里就曲元叔老两口，种着几亩地。曲元婶手腕子疼，有腱鞘炎，不能干重活儿，只能在家拾拾掇掇，做个饭。曲元叔原本身体还算硬朗，下力的活儿还能干，可今年过秋时碰着了胳膊，疼得抬不起来，求人帮忙把几亩地的棒槌子拉回家，堆在了院门外。好几天了，棒槌子上带着的棒窝子一直没空扒，他胳膊疼，不能扒。

"不行，咱拿钱雇人扒吧，邻村不是有专干劳务的人吗？"曲元婶对曲元叔说。

"今年这棒子只能花钱雇人扒了。"曲元叔说。

话传到了李老太太家打牌的几个人耳朵里，李老太太把牌一推，对吴老头、修老头、刘老头说："不打了不打了，人家三秋大忙，咱几个吃着国家的、住着国家的，为国家却一点儿也做不了事，一帮无用。咱得积点儿德，帮庄里兄弟爷儿们姊妹娘儿们做点儿事，走，咱帮着曲元扒扒棒子去。"

李老太太的提议得到了三个老头的同意，他们都放下牌，出门朝曲元叔家走去。

四个老人来到曲元叔家一说给他扒棒子，曲元叔曲元婶喜得不得了："那感情好了，你们都这么大岁数了，俺不能让你们白干，按帮工给工钱。"

"说好了，我们是给你帮忙，不要工钱。"李老太太说。说着，几个老人便坐下来说着笑着扒起棒子来。曲元叔一共三亩多地的棒子，四个人扒，天才近午，就扒完了。曲元叔拿出300元钱对李老太太说："现在求人干活儿一天一人最少100元，这样吧，我给你们300元，你们自己分去吧。"

李老太太推搡着曲元叔递过来的钱说："给啥钱啊，给钱就不给你扒了。"李老太太几个人说啥也都不要，曲元叔过意不去，说啥也要给。最后，李老太太说："你实在过意不去，这样吧，不到一头晌午的活儿，俺几个收你100元，行了吧，再让和你急啊。"

李老太太代表三个老头收了曲元叔100元钱，往回走的道上，又提出一个建议："咱几个闲着也是闲着，我看，不如咱成立个帮工组。"

修老头说："帮人干活儿要不要工钱啊？"

李老太太说："要，有劳动就应有报酬，这不过分，要工钱。只是，咱比别的劳务队要的工钱要少。你们几个看这样行吧？"

"行，行。"吴老头、修老头、刘老头都同意道。

李老太太等人帮工组的消息一传出，用工的还真不少，请他们扒棒子的，来了脱粒机请他们帮着搓棒子的，他们一直干了10多天，直到过完了秋。这一秋，吴老头、修老头、刘老头、李老太太一共挣了 2880 块钱。吴老头说："这钱咱几个二一添作五分吧。"

李老太太白了他一眼，说："分，分，你就知道分。国家拿出这么好的政策对咱，咱也得想想拿什么回报国家。"

吴老头说："我也不是光看到的是钱，那你说这钱怎么办？"

李老太太说："西头邱老大得了场大病，花钱不少，他儿子念大学，生活费靠星期天打工。我看，咱把这 2880 块钱接济给他，起码能解决他儿子仨月的生活费。"

吴老头、修老头、刘老头都说："行。"

"我同意。"

"我同意。"

四个老人说着笑着，朝邱老大家走去。身后的风，荡起一股玉米香的甜味。

卖　瓜

中伏是一年四季最热的时节，天气又闷又热。为了消暑解渴，家家户户每天都少不了买个西瓜，而这时节，也正是西瓜上大市的时候。集市上、大街上，随处都见有卖西瓜的摊子出现。

这天，是城里大集，集上卖西瓜的地摊，几乎一家挨着一家。装满西瓜的大小车辆鳞次栉比："西瓜，西瓜，纯沙河辛的大西瓜，红瓤、起沙保甜，不好吃不要钱。"此起彼伏的吆呼声、叫卖声，不绝于耳，使人目不暇接。

在众多的卖西瓜的车辆中，有一辆三轮和拖拉机紧靠着，车上都装满着西瓜。两辆车上的瓜，全都色泽亮鲜，个大、匀称，分量也差不多重。这两辆车是一个庄的，是亲哥儿俩，姓牟。种的西瓜也是同一个品种，瓜地挨靠着。

"你这瓜多钱啊？"有人走近拖拉机前，问牟大哥话。

"5毛。"牟大哥回答。

"是沙河辛的吗？"

"不是。和沙河辛庄靠着，土质是一样的。"

买瓜人犹豫了一霎，扭头朝三轮车一转身道："你的呢，多钱？"

牟二哥和颜悦色喜迎宾客地道："不多要价，一样钱。"

买瓜人又问道："是沙河辛的吗？"

牟二哥毫不打艮地道："沙河辛的，纯沙河辛的，不信你尝尝。"牟二哥说着，拿刀切下一角西瓜朝买瓜人递着。

"给我挑上两个，要大的。"买瓜人没接递过来的西瓜尝，直接对牟二哥说。

"好了。"牟二哥挑了两个大瓜过了秤，给了买瓜人，收了钱。

牟二哥这一开秤，引来了买卖，许多人都围了过来，这个要俩，那个要仨，不一会儿，一三轮车西瓜就卖完了。

牟二哥擦擦因忙碌满脸的汗水，对牟大哥说道："哥，给你说的你怎么不听呢，再有人问，你记着说沙河辛的！我先回去了。"

牟大哥看着早早卖完瓜回家的弟弟，心里有什么话想说，但张张嘴没说出来。他仍热汗淋漓地站在车前守着他的瓜摊。

可直到晌午散集了，他的瓜也没卖多少。

"你这瓜多钱啊，大叔？"一位年轻女士问牟大哥道。

"5毛。"

"是沙河辛的吗？"

"不是，是牟庄的。"牟大哥没按兄弟嘱咐的话说。

"牟庄的瓜也不错，我买过，给我称两个。"女士看着瓜说。

"好好。"牟大哥按女士的手指着的，称了瓜。

"大叔，你这瓜这么好，我告诉你个地方，下午5点后去俺厂子大门口卖，俺厂里工人多，经常有卖瓜的在门前卖，卖得很快，有时都不够卖的。”

“是吗，谢谢你了闺女。”牟大哥记着女士的话，按着女士说给他的地址，下午5点前把车开到了一个工厂大门口旁。牟大哥刚点上一支烟还未抽完，工厂大门开了，下班的工人可着大门往外走。

“哎，大家买西瓜了，这大叔的瓜很好吃，起沙香甜。”给牟大哥指路的女士站在车前向工友们做起了介绍。

“是沙河辛的吗？”有人问。

女士替牟大哥回话：“不是沙河辛的，但绝不亚于沙河辛的，比有的沙河辛的瓜还好吃呢，买错了找我。”

女士这一解说，工人们一下子便把车围了起来，这个要俩，那个要一袋子，还有的人说：“给俺婆婆也买几个。”牟大哥的大半车瓜，霎时就卖完了。

牟大哥又高兴又激动地对女士说：“谢谢你了闺女，要不是你，我这车瓜得拉回一多半去。”

女士说：“大叔，你这瓜，一点儿也不比沙河辛的瓜差，你为什么不说是沙河辛的呢，你要是早说是沙河辛的，那就早卖完了吧。”

牟大哥摇了摇头说：“我是卖瓜，又不是地方。”

女士笑着说：“我就喜欢大叔卖瓜这股倔劲儿，有点儿像我爹……”

女孩笑着笑着，眼泪就出来了。

好心人是谁

娟子早起一开门，楼门口一只小狗，还是一只名狗呢——金毛。这是谁家的小狗呢？娟子正纳闷儿，小狗"嗖"一下蹿到她家里来了。

娘看见了，娘说："谁的小狗啊？"

娟子说："谁知道啊，不是咱楼上的，咱楼上只有两户养狗的，但都是大狗。"

儿子听见了，从床上一蹦老高地跑了过来："有小狗了！"儿子最喜欢狗了，娟子每次带着他出去玩儿，他不要吃的不要玩具，就稀罕狗。见了遛狗的，不论是大狗还是小狗，他都要凑跟前瞧瞧、逗逗。再大的狗他都不害怕，要是遇上那种小巧玲珑的小宠物狗，他都想过去抱抱、亲亲。儿子早就求娟子给他买只小狗，可娟子手里钱紧，一直没给他买。今天，儿子以为这小狗是娟子给他买的呢，可把他高兴坏了。他蹲下来又摸又抱，还拿出自己最爱吃的巧克力喂它。

"谢谢妈妈！"儿子对娟子说。

娟子说："儿子，这小狗不是咱的，得给人家送回去。看人家着急。"

儿子一听狗不是妈妈给他买的，还要给人送去，急了："不，不，我要我要！"

娘说："不知是谁的，上哪儿送啊，孩子稀罕，就让他玩玩儿吧，有人找就给他的，没人找就养着它，又不是咱偷来的！"

娟子说："那怎么行，人家没了狗不知有多着急呢，必须给人家送去。"

娘说："不知名不知户的，给谁送啊？"

娟子说："我送门岗上去，门岗来往的人多。"说着，娟子牵起"金毛"脖子上的半截小链子，就要往外走。

儿子紧紧抱住狗不放："不给，不给，我要！"

"听话！"娟子使劲掰开儿子的手，抱起狗走了出去。身后儿子"哇"一声哭了。直到娟子把狗送门岗回来，儿子还在一直哭呢。

"别哭别哭儿子，妈妈有了钱一定给你买一只小狗，买一只你最喜欢的狗。"

"妈妈你骗人，不听不听！"儿子一天没理娟子。

"不是咱的东西咱不能要，要拾金不昧，知道吗！"娟子一天做了好几遍儿子的思想工作。

第二天一早，娟子去上班，走出小区门口不远，遇到一位牵着一只小狗遛弯儿的女士，她牵着的小狗，正是娟子昨天送门岗上的那只小狗。那小狗很灵性似的，它看见了娟子，直往娟子身前蹿，还冲她"汪汪"叫了两声。娟子夸奖小狗道："这小狗真可爱。"

女士说："可是的可是的，没把我急死呢，它差一点儿丢了，多亏了好心人拾着送到门岗上去。我直埋怨门岗，'怎么不问问人家姓什名谁，在几号楼住啊，咱得好好谢谢人家啊'。"

娟子张张口想说是我送门岗上去的，可话到了嘴边却说成："是啊是啊，谁的谁不着急啊！"

女士说："不知名不知姓的，没法当面谢人家，祝好人一生平安吧。"

娟子心里一热，她默默地接受了女士的祝福，笑着上班去了。

娘

　　三子打开手机，他想给哥哥和姐姐打电话，商量伺候娘的事。三子兄妹三个，一个哥哥，一个姐姐。哥哥和姐姐都在城市里工作，都在城市住，只有三子守着娘在乡下过。娘没病时还行，娘和三子在一起，哥和姐管着给娘零钱花，娘也能帮三子干些力所能及的活儿。可娘病了，娘偏瘫了，走道都走不利索了，离不了人伺候了，三子就感到负担重了，他想让哥和姐分担一些。三子先拨通了哥的电话："哥，你回来一趟吧。"

　　哥说："有事啊？"

　　三子说："回来商量商量伺候咱娘的事。"

　　哥说："商量什么，我和你嫂子都上着班，没时间，还是你伺候吧，我拿钱。"

　　三子说："钱算什么，你伺候，我拿钱。"

　　三子又给姐打电话说："姐，你回来一趟吧。"

　　姐说："有事啊？"

　　三子说："回来商量商量伺候咱娘的事。"

　　姐说："商量什么，我的楼不是电梯的，咱娘的腿脚的上下楼不方便，还是你伺候吧，我拿钱。"

三子说："钱算什么，你伺候，我拿钱。"

三子打电话把哥和姐都叫了回来，商量伺候娘的事，商量来商量去，轮流伺候，一人伺候一个月的。

哥是老大，哥先开始。可娘跟三子在一块儿习惯了，不愿意跟大儿子去，却又说不出口，便望着三子说："真羡慕你大娘。"

三子说："我大娘两个闺女都远嫁他乡，和一个傻儿过日子，你羡慕她啥？"

娘说："你大娘两个闺女每次来叫你大娘去帮着做做针线活儿去，俺侄儿都不让去，'娘，你去了，谁给我做饭啊？'"

答 情

    徐大婶子家来了两个年轻的亲戚，男的二十五六，女的二十多岁。徐大婶子家来的这两个亲戚，村人都不认得，都没见过。徐大婶子自己也不认识，也没见过。当年轻的小伙子进了门叫大婶子姨的时候，把大婶子叫蒙了："你是？"

    小伙子说："我是小军啊，姨。"

    "小军？"大婶子还是不认得。

    小军说："我妈是秋梅。"

    "秋梅啊。"大婶子想起来了，是有个叫秋梅的妹妹。不过不是亲妹妹，是大婶子两姨姐的小姑子。早年的时候，大婶子上两姨姐家去，经常见到她，在一起吃过饭。但是自从秋梅出嫁后，再没见过她。一晃几十年了，秋梅的儿子都这么大了。大婶子对秋梅的印象已淡忘了，面对这突如其来的客人，大婶子有所不解："你们这是从哪来啊？"

    小军说："我从东北来。是这样，姨，我和小莲处对象。"小军说着指了指身旁的姑娘又说："她妈不同意，俺俩先是躲到我舅家，她被她妈找回去了；俺俩又藏到我姑家，她又被她妈找回去了。她妈说，她要是再跟我跑，逮回去把她腿敲折。这回，她是半夜里爬墙出来的。俺妈说，你俩去到关里你徐姨家待一阵子去吧，小莲她妈不知道咱关里有这么个亲戚。"

"哦。"大婶子听明白了，她望了望小军，又看了看小莲，说："现在年轻人都兴自由恋爱，你妈也是，孩子自己愿意，挡啥呢，还是老思想。"顿了顿，大婶子又说："你俩可都是真心相爱，都愿意啊？"

小军说："是。"

小莲没言语，眼里含着泪。

大婶子问她道："你也是真心愿意啊，孩子？"

小莲点了点头。

大婶子说："这就好，行，在我这里待两天吧。"大婶子就收留了小军和小莲。

第一顿饭，大婶子像招待贵客似的，订的饭店给送的，鸡鸭鱼肉，好酒好菜，拿出关里人最丰盛的待客之情。吃着饭，大婶子一个劲儿地往小军小莲的碗里夹菜，直让得两个年轻人怪不好意思的。

接下来的一日三餐，大婶子每顿饭都是好几个菜。虽然大婶子的日子在庄里不是太好，她两个儿子都分家过，只有大婶子和她老伴儿徐大叔，种着几亩地生活。她手里没多少余钱，这样招待了两个才认识的亲戚几天，再花钱就靠卖粮食了。头一回卖了两袋子麦子，不到十天又卖了两袋子麦子。

大婶子的两个儿子对大婶子这样招待陌生的亲戚有所不满，

大儿子对大婶子说："娘，个扯拉子亲戚，又不是一天两天，你这样花钱，可别把那点儿粮食都折腾光了啊。"

大婶子说："两个孩子从东北大老远地投奔我来了，能待多长时间啊。"

小儿子干脆直接对小军说："你年轻力壮的，也多少地帮着干点儿活，俺娘也是小六十的人了。"

大婶子嗔怪小儿子道："人家是客，叫人家干啥活儿啊！"

小军说："姨，从明天开始，我和你一起下地干活儿。"

大婶子说："可别，你在家好好守着你对象吧，她不是已有身孕了吗？"

小莲说："姨，在家怪闷得慌，我也想跟你去地里看看。"

大婶子略一想说："也好，出去活动活动，对胎儿有好处。"

大婶子再上地时，小莲就在她身旁跟着，看她干活儿。小军呢，就帮着徐大叔干些体力稍重的活儿。其实，大婶子也没多少活儿，老两口三亩地，就是徐大叔自己干，也有闲着的时候。

几个月后。

东北来信了，小军的妈秋梅让他俩回去，说小莲她妈想通了，同意这门亲事了。

两个孩子要走了，大婶子竟有些舍不得，日久生情啊。她手底下就只有几十块钱，跟人借了100多块，给小军小莲做路费。临别时，大婶子眼里泪湿湿的。

小军说："姨，你回去吧，别送了，我会来看你的。"

小军和小莲回到东北，接着举行了婚礼。喜宴上，有人对喜得合不拢嘴的小军妈说："你这门亲事能成了，多亏了你关里的远房亲戚，这好几个月，麻烦的人家不轻是吧？"

小军妈脸色却晴转阴地说："也没白吃白喝她的啊，两个孩子给她干了小半年活儿，回来只给了 200 块钱的路费。"

门　卫

　　她很漂亮，她男人在外打工，她自己在家。最不放心她的，是她70多岁的老公公。老公公每天有事没事都要来她门前站站、转转。每天天刚一擦黑，老公公就催促她关门，她一关门晚了，老公公便进屋说她："还不关门啊，想着，一黑天赶紧把门关上。"

　　她对老公公有些反感，多余地操心。老公公得过脑血栓，走道都不利索，管好你自己就行了，她想。

　　但不管她对老公公咋想，老公公仍旧不放心她似的，特别是月黑天，老公公一定会来她门上瞧瞧、看看。一天夜里，她听见外面狗咬，起来开门一看，只见老公公喘着粗气奔到她院门旁站住了。她奇怪地问老公公说："爹，你有事啊？"

　　老公公说："啊，没事，我拿把柴火烧烧炕，你歇着去吧。"

　　她对老公公的话有所不太相信，谁家半宿拉夜的还拿柴火烧炕啊。

　　第二天，邻居很是神秘地对她说："夜里你老公公在你门外站了半宿，你知道吗？"

　　她不解地说："他在我门外站了半宿干什么？"

邻居诡秘地笑着说："不放心你，哈哈……"

她一阵脸红道："没把心放正，他把儿媳妇当什么人了，真是。"

为了验证邻居的话，半夜里她起了床，悄悄地打开了院门，探头朝门旁一瞅，果然见老公公在墙根下站着呢。她火气一下子就上来了，她真想上前狠吼他几句。但她一想又忍下了。再等天黑的时候，她提了两大桶水"哗"地泼在了院门旁。她想，泼地上水打滑，看你往哪里站。

熄灯后，她刚躺下，忽然听见门外"啊"一声，是老公公的声音。她起身来到门外一看，老公公摔倒在泥地上，正痛苦地呻吟。

她强压火气叫人把老公公送去了医院，一检查，是骨折。她打电话把在外打工的男人叫了回来，陪老公公住进了医院里。

她在怨恨老公公的同时，也觉得自己做得有些过火，他这么大岁数了，毕竟是自己的老公公啊。她想改天到医院里看看她的老公公去。

可天亮，她一开门"噢"的一声哭了，她喂的两只大母羊被盗了。她心疼地去派出所报案，凑巧的是，小偷已被捉住了，民警正在审呢。

民警审小偷道："说，是初犯还是几次作案了？"

小偷供认不讳地说："是第二次了，第一次没偷成，一个老头儿看见了，撵出老远。"

二 孬

　　乔二少儿无女，光棍儿一条。他好吃懒做，正事不干，偷鸡摸狗，发孬使坏，没少干坏事。人们给他起了个外号，都叫他"二孬"。

　　二孬没少祸害了人。他邻居家墙外有一棵大枣树，每年枣子才刚红，他就偷摘着吃。有一回，他为了够一个大红枣，抓着树枝使劲往下搋，把人家一个大树枝子给搋折了。邻居心疼得堵着他的门骂了一早晨。

　　二孬是记吃不记骂，他常去庄西头乔七叔家打牌，七叔是个热心肠人，掌灯熬油供人们在他家打牌，自己却早早地躺下睡觉，只是提醒人们临走从外面给他虚掩上门。这晚二孬打完牌走时，听见鸡叫声，他掐住鸡脖，把七叔唯一依靠这只下蛋卖钱打咸盐的老母鸡提回家去了。乔七叔第二天早起一看老母鸡不见了，四处寻找却怎么也找不着，七叔忽然想到了二孬，就找到二孬家想去问问。进门，他看见二孬正抓着鸡腿啃呢。

　　"你！"七叔背起二孬半袋子粮食走了，当了他的鸡钱。

　　这事二孬记恨在心，过去好几年了，过麦时，七叔赶着牛车往家拉麦子。七叔干活儿是个起早贪黑的人，都掌灯了，天漆黑漆黑的，七叔还在拉一车麦子，走着走着，猛地被二孬早预谋好、扔在道中间的砖块石头一绊，翻了车。七叔明知是二孬干的，气恼地真想找他理论，但一想又忍下了，和这户人置气，论不出个一二三来，只能是气上加气。

二孬不但记恨人，还讹人。那年前头，吴老大种了一亩西瓜，西瓜刚熟，吴老大还没开摘。二孬便扒了裤子，把两个裤腿系死，光溜着身子爬进瓜地，偷偷摘了两裤腿西瓜。

次日吴老大一看明显地少了好几个西瓜，直接找了二孬去。二孬正在大口大口地吃西瓜呢。吴老大气得上去给了二孬一捶。不料这一捶不要紧，二孬咽下一口西瓜，满嘴流着瓜水"哎哟"开了："哎哟——哎哟……你把我的肋条给我捶折了，不行，你得给我看看去。"直"哎哟"得吴老大心里一揪，寻思算了吧，搭上几个瓜，不和他计较了。哪知二孬不依不饶起来，说啥也讹着吴老大带他上医院去看。吴老大只好带着他去了医院，拍了片，没事。二孬仍喊肋叉子疼，要住院，没办法，通过人情说合，吴老大给了二孬200块钱才算了事。

二孬是个祸害，村人都恨他不死。可二孬活得却很旺相，直到上了岁数，偷东西使坏的毛病才少了些。

这年，二孬大病了一场，住了半月院。出院后的二孬不知是再没有力气偷摸使坏了，还是良心发现，他竟一改常态，做起好事来。每天早晨，他都拿着扫帚打扫大街上的垃圾，拾街道上的砖头瓦块。老远见一个老年妇女骑电动三轮送孩子上学，二孬大声招呼道："慢点儿慢点儿，现在车辆这么多，小心出事了。"

老年妇女也不理他，自顾骑车走了。

乔二做得最令众人赞叹的一件事是，刘家的小孙子在湾里滑冰玩儿，踩漏了，掉进冰窟里。乔二正好赶上看见，穿着棉裤棉袄就下到冰窟里，把小孩抱了上来。刘家大人拿出钱答谢他。乔二却高低不要。

有人半嘲弄地夸赞乔二道："乔二，太阳咋从西边出了呢？"

乔二一翻白眼道："你家太阳才从西边出呢！国家给我报销了药费，盖了新房，办了低保，我再不积点儿阴德，咋去见祖宗，还是中国人吗！"

家有母亲

这是一座高大而又宽敞的院门，院门有两层楼高，宽敞得能进出汽车。院门的墙壁上贴着瓷瓦，门楣上雕刻着飞舞的双龙，双龙中间镶嵌着亮光闪闪的镏金大字"家和万事兴"。

这院门轻易不开，常年铁将军把门——锁着。经常关注这院门的是一位年过七十的老太太。老太太在这院门的后院住，旧的小角门、低矮的两间小房。老太太每天都会从小角门里出来，到前面这高大的门楼前看看、站站，或者坐上一会儿。

有一个星期天，几个不上学的孩子拿着粉笔，在院门上又写又画。老太太看见了、急了，老太太很是生气地呵斥小孩道："去去，去！在人家的院门上糟践啥！"老太太不容分说把几个小孩撵跑了。

接下来，老太太俯身在用砖铺起来的地面上，一点点地用手捏着，拔起砖缝里刚刚冒出的小草。砖缝里不断长出杂草，但老太太随长随拔，从没让小草长起来过。拔完草后，老太太又拿扫帚把门前仔细地打扫了一遍。

有人从门前走，夸赞老太太说："你是真干净啊，把你儿的门前打扫得像猫舔的似的。"

老太太说："老了，不中用了，也就这点用处了。"

冬天，一天夜里，半宿多了，睡梦中的老太太忽然听见，前院门前狗叫不是好声。老太太披着棉袄，趿垃着鞋，便跑到前院门前看，见院门没什么异样，用手摸了摸门锁，一切安好，仍警觉地搭眼朝四周望了望，狗冲远处叫去了。老太太这才松了口气，弯腰提上了鞋，回到了自己的小屋。再躺下后，老太太却怎么也睡不着了，她老是记挂着前院，后半夜再也没睡着。

第二天，老太太在外打工的儿子接到同庄一个电话："你知道了吗，听说咱村昨晚进贼了，我想回去看看。"

老太太的儿子说："你放心，俺家没事，有俺母亲。"

锁

他和媳妇长年在外打工，过年经常不回来。他的家，一年365天铁将军把门——锁着。

他出外打工临走时，找了看家的，是他的后邻居李家三哥。他把他院门上的钥匙留给了邻居李家三哥。

邻居不大愿意接，说："你姓刘我姓李，我和你靠着又远，你的对门就是你亲哥，你该把钥匙留给你哥。"

他一拧头说："留给谁我也不留给他，你又不是不知道，俺兄弟俩不啦呱。"

邻居说："可……"

他不等邻居再说什么，放下钥匙就走了，打工去了。他临出门留下一句话："拜托你了三哥，谁叫咱是邻居呢，远亲不如近邻，我信着你了。"

他在外打着工，时常给邻居来电话。下雨了，他给邻居打电话，让邻居打开他的院门，看看他院里的水放出来了吗；春天了，他给邻居打电话，让邻居打开他的院门，看看他的院里长出草来了吗，让邻居替他打灭草剂，药钱和工钱他说他回来一块儿算。

然而邻居每次开他的院门，就像做贼似的，还经常碰见他亲哥。邻居都心虚地对他亲哥说："是你兄弟让我打开他的院门……"

他亲哥说："开吧，你开啊，我不管。"

虽然他亲哥这样说，可邻居总觉得亏欠了他亲哥什么似的。

这不，又过年了，他打电话说，又不回来了。他让邻居把他的院里院外打扫打扫，邻居按他说的做了。

这是年三十的傍晚，家家户户都放起了爆竹，燃起了冲天的烟花。

烟花过后，邻居李家三哥刚想进屋吃饭，一抬头忽然看见他前邻的院里冒起了黑烟，并且蹿起了火苗。

不好，谁家放烟花落在了他前邻的院里，引起火了。前邻的院里，靠房根下，堆着一垛檩梁木头，还有些干树枝子。李家三哥赶紧找钥匙开门救火。但越是着急越忘了把钥匙放哪儿了，李家三哥把自家的桌子上、抽屉里、橱子里，经常挂钥匙的墙上的钉子上，都找遍了，就是找不着了。

眼看前邻家的火势越着越大，李家三哥只好一边大声招呼来人救火，一边给在外打工的他打电话。李家三哥想和他商量，把他的锁砸开。可电话那头回音说："你拨打的电话无人接听。"

等他给李家三哥打回电话问什么事时，他的锁已被砸开，火已被救灭了。

他火急地赶了回来，一看还好，他的家损失不大。他十二分地感激邻居李家三哥，说不尽的好话："多亏了你三哥，要不我这家就毁了。"

李家三哥愧疚地说："怪我没把你的家看好，钥匙找不着了，只好把锁砸坏了。"

他安慰李家三哥说："没事没事三哥，别说是把锁砸坏了，就是把门砸坏了，我也不会埋怨你的，只有自己人、信得过的人，才能做主砸锁啊，谢谢你了三哥。"

李家三哥自愧不如地一摆手说："你别谢我，我可不敢擅作主张砸你的锁，当立机断、一锤子砸开锁的是你哥。"

表　嫂

　　亲戚不在近远，在走。这话一点儿不假。

　　比如俺家，和五服上的表嫂家，走得就很亲近，而且不是一般的亲近。特别是俺娘，拿着远房的表嫂，就像亲闺女似的。

　　在早，俺家和这一远房亲戚是不走动的，只是双方谁家老了人，陪着吊个丧，但不随人情。是从娶了表嫂后，才开始走动的。表嫂头一年来给我院中的大娘拜年。吃了午饭后，大娘领着表嫂来给我娘拜年。当表嫂进了门在大娘的介绍下，喊了声"妗子"想给我娘磕头时，娘赶紧拽住表嫂没让表嫂往地上磕。娘激动得什么似的，不错眼神地望着表嫂，直望得表嫂怪不好意思的。可娘的眼珠仍离不开表嫂的面庞，直到大娘要领着表嫂走了，娘才回过神来。"别走别走，"娘说着从褥子底下摸出 200 块钱来，塞在表嫂手里说，"见面礼，给孩子个见面礼。"

　　表嫂不好意思接，大娘也说："她妗子，你拿一张就行了，我才给了她 100 块。"

　　娘说："不多不多，手底下就还有这些，要是有，就多给孩子一点儿了。"

就这样，我家和表嫂家走得就亲近了，来往就密切了。表嫂每次来大娘家，都少不了来我家坐坐。

娘和表嫂脾气挺合得来，聊不完的家常、说不完的话。表嫂嘴很甜，一口一声"妗子"叫着，不笑不说话。表嫂还经常帮娘干些家务活，洗洗涮涮，和娘争着干。就连我半身不遂的父亲的内裤，表嫂也不嫌，也用手洗。而娘待表嫂，像招待贵客似的，每次必留表嫂吃饭，包饺子、炖鱼、炸藕饸；每次都不让表嫂空着手走，不是给表嫂几个包子，就是给表嫂一捆子韭菜葱。我给娘的零花钱，娘攥在手里能攥出汗来，舍不得花，娘却经常给表嫂一百二百的。娘对表嫂说，给孩子买个本子钢笔的。表嫂不要，娘就发急，表嫂接了，娘才心满意足了。

前几天，表嫂来大娘家走亲戚，午饭后又到我家来玩儿，和娘说话中透出想买楼的打算。娘听了，立即对我说："去，去把咱存的20000块钱提出来，给你表嫂凑上。"当着表嫂的面，娘命又难违，我只好去银行提了仅存的20000块钱。娘接过钱接着就给了表嫂。

表嫂推让着不接，娘急得面红耳赤的。表嫂接过钱千恩万谢地走了，娘才一块石头落了地似的长出了口气。

我对娘极为不满地说："一个八竿子打不着的远房亲戚，你一下子借给她这么多钱，万一她还不了咱怎么办？"

娘说："还不了就散，你给我记住，无论到什么时候，不准向你表嫂要钱。"

我说："咱不用钱不和她要，咱要是用着钱呢？"

娘说："用着钱也不能要。"

我说："凭啥，咱又不该她不欠她。"

娘说："谁说不该她不欠她，娘该她，娘欠她，娘该她娘欠她的，一辈子也还不完啊。"娘说着，两眼竟湿润起来。

我不解地问娘说："娘，你这话是从哪说起啊？"

娘含着泪说："你这个表嫂是你的亲二姐啊，儿啊。"

我一蒙："娘，你老了，糊涂了吧？"

娘声泪俱下地说："娘没糊涂，娘一点儿也没糊涂，当年，生下你二姐时，"娘说着，拿眼剜着身旁的父亲说，"你爹又嫌是个闺女，当天，就硬从我怀里夺过你姐，抱了出去。"

娘擦了把鼻涕泪说："后来，我下了跪给你爹，问他把你姐抱哪去了，你爹才告诉我说，他用小褥包着你姐，放在了道旁，一旁眼看着邻庄抱走了。"

这时，瘫痪在床的父亲，已经哭成了泪人。

于道明

于道明是早年的县劳动局局长。那时的劳动局局长不同于现在，可吃香了，可有求头了，安排个工人，一句话的事。而那时农家儿女考大学的少，指望升官发财的少，盼望着能当个工人，是人人向往的事。

于道明当上劳动局局长后，找他的人就多了，给他送礼的人也多了。可于道明是个倔子，不好这一套，不吃礼。人家送他一句话，六亲不认。

他的亲外甥找过他，让他给安排个工人，临时工也行。于道明说："等着下来名额，按政策办吧。"他没给外甥安排。他的妻侄儿拿着酒找过他，说是听一工厂招工，让于道明这当姑父的搭句话。于道明说："工厂招工，你自己去看看，按着条件办，我不能搭话。"并且把酒让妻侄拿了回去。

那年，棉纺招收第一批女工，于道明的妻子说："两个闺女，你起码得拽出一个去吧。"于道明说："这个我知道，招工程序是村里报送名额，公社批准上报县劳动局审批。"妻子就找了支书去，支书很是痛快地上报了于道明的大女儿，公社也批了上报劳动局了。但却没能过劳动局于道明这一关。于道明说："有些村，上报的不是支书的闺女，就是大队长的侄女，我于道明的女儿也在这范围之内。"最后，劳动局做出决定，统一报名考试录取。劳动局定的报考基本条件是，村里表现积极、高中毕业的回乡知识青年。而于道明的两个女儿都是初中毕业，别说进城当工人了，连报名考试也未能参加。大闺女眼红地都哭了。

还有一年，县化肥厂招工，于道明的儿子为了进化肥厂，给爱抽烟的父亲买了条"哈达门"，那时的"哈达门"是上讲的好烟了。可于道明没领儿子的孝心，对儿子说："道要自己走，靠拐棍儿走路的，是身残之人。"儿子给他买的烟，他一根也没抽，都放瞎了。

儿子从此恨着他，发誓不认他这个爹了。儿子自己发奋学艺，学修理收音机、焊喇叭，后来修电视，再后来开了自己的电子公司，当了董事长。

于道明对儿子的进步，喜在心里，更是盼在心里。他盼着儿子来他面前，爷儿俩好好谈谈。可儿子不买他的账，过年连头也不给他磕，连他的门也不踏。

直到于道明退休了，老了，病倒在床，儿子也没来他的床前站站。

于道明在弥留之际，紧抓着老伴儿的手留遗言道，他死后丧事从简，所有的亲戚友人，一律不收人情，不收祭奠。但有一样，他儿如果给他摆祭奠，给他烧纸钱的话，他嘱咐老伴儿代他收下。

老伴儿撩起褂子擦眼泪，把衣襟都擦湿了，说："你儿和你一样——倔子，他可能吗？"

于道明合上眼后，老伴儿第一时间给儿子打电话。

儿子听到父亲去世的消息，一下子哭了，毕竟父子连心哪。他一下子想起了这多年对父亲的不敬。为了回报父亲的教养之恩、弥补自己的过错，他开车如飞地往回赶。不过，他没买祭奠，而是买了白纸笔墨，亲笔写了一副挽联：谁言吾父六亲不认，儿孙自豪世代相传。

儿子进家把挽联高挂在父亲的灵前，扑通跪下，声震苍穹地恸哭起来："爸，爸啊——你是对的，你用身正清廉，教育儿怎样做人，是儿不孝，儿不孝啊，爸，爸啊——呜呜呜呜……"

儿子的哭声，惊天地，泣鬼神。仙逝的于老局长，大概听到了吧，你看放在灵前的他的遗像，面带微笑，是那么自然。

想　法

娘查出了癌症，是晚期。不过，医生说："还能手术，手术不一定能治好，但一定能延长老太太的生命。"

两个儿子问医生说："手术得需要多少钱啊？"

医生说："3 万块。"

两个儿子走出医生的办公室，在病房的走廊里商量给娘手术的事。

大儿子叹了口气说："唉，刚凑够了买楼的钱，这一闹，楼就买不成了。"

小儿子也犯愁地说："这几天打算去提车，钱不够，和人家借了 10000 块。"

沉默了一会儿。

大儿子说："这么大岁数了，手术也不一定能治好，医生说。"

小儿子说："闹不好人财两空。"

又沉默了一会儿。

大儿子说："要不，不手术了，住几天院，输输水，打打化疗，回家养着。"

小儿子说："也只好这样了，娘愿意吃点儿什么就给她买点儿什么吃吧。"

两个儿子商量意见统一后，就返回医生的办公室，对医生说了兄弟俩的想法。

医生答应了兄弟俩的想法。

两个儿子离开医生的办公室，回到了病房。一进病房，见娘正半倚半躺在病床上极目朝外望着。两个儿子一进屋，娘就急不可待地说："咱不看了，回家，回家。"

大儿子说："娘，医生说了，你这病没事，住几天院、输输水就好了。"

娘平静地说："娘的病我自己知道，花一个瞎一个，你兄弟俩都挺紧的，别花那冤枉钱了。"刚才，两个儿子在病房外说话，娘听到了些许。娘说着，从贴身的衣兜里掏出了一个布包，布包是几十年前妇女经常用的方手绢。娘解开了手绢，包着一大卷钱。娘把一大卷钱朝两个儿子递着说道："这是我攒的3020块钱，你兄弟俩一个买楼，一个买车，二一添作五分了吧。"

大儿子听了娘的话，心里刺疼了一下。

小儿子望着娘手里虽然不多但却是一大卷的钱，像被刀扎了似的。

两个儿子对看了一眼，不谋而合地出了病房，朝医生的办公室走去。

说句心里话

大爷爷死了，享年 91 岁，是老口了。大爷爷的儿子多、闺女多、外甥闺女多、女婿多，需要穿白大褂子的人多。在商量父亲的丧事时，儿女们的意见基本是一致的。

小儿子说："能活咱爹这岁数的，咱庄不多，是喜丧，咱得大办。"

二儿子说："可是得大办，酒席必须准备最好的，别不为人，别让亲戚笑话咱。"

小儿子和三儿子异口同声说："行，行，订最好的酒席。"

三儿子说："二哥，你和邻村饭店熟，你打电话吧。"

二儿子就拨通了邻村饭店的电话："喂，我是邻村你二哥，明天中午给我准备 10 桌酒席，要最好的。"

"好嘞。"电话那头回话。

订好了酒席，大爷爷的儿女们又商量收祭奠和收人情的事。

还是小儿子先说道："咱爹事上，我看收祭奠也收人情，来者不拒。"

三儿子说："对，咱兄弟姊妹几个随礼随了这些年，随出去的礼该收回来了。"

接下来，就打发帮忙的人挨家亲戚去报丧了。

大爷爷一共四个儿子，还有一个儿子老大不在家，在外地住。当大儿子接到父亲去世的电话赶回来时，已是第二天半头晌午了。

大儿子进门跪下给爹磕了三个响头，被人扶起后，老泪纵横地问兄弟们说："咱爹的丧事是怎么安排的？"

二儿子说："咱爹是前天夜里咽的气，今天出丧，小三天。"

大儿子说："这我知道。还办酒席吗？"

二儿子说："当然办了，订了 10 桌，最好的酒席。"

大儿子说："收礼不？"

二儿子说："当然收了。"

大儿子说："不行，这礼不能收，别让人家亲戚们破费了。"

二儿子说："不收礼，以前咱随出去的礼不是白随了吗？"

大儿子说："咱不能借咱爹去世往回收礼，再说就是收了人情钱，以后亲戚家有事，不是还得随吗？这叫收了人情欠了人情。"

小儿子插言道："也是。"

大儿子说："那就不收礼了。"

三儿子说："咱订了最好的酒席，那不是干赔吗？"

大儿子说："把酒席退了，只管顿便饭，一人一碗菜，馍馍管饱。"

二儿子说："可是酒席已经订了。"

大儿子说："退了。"

二儿子说："我没办法和人家饭店说。"

大儿子说："把电话给我，我退。"

老三不干了："不收礼我没意见，但退酒席我不同意，咱兄弟几个又不是过得不行，穷不起了咋的，让人笑话。"

老大说："做自己的事，让人说去。谁笑话的话来笑话我。"

老三还想说话，老大说："我是大哥，我说了就算了，就这么定了。"说着，向老二要过手机，拨通了饭店的电话，把酒席退了，并答应补偿给饭店1000块钱。

中午，参加大爷爷丧事的亲戚们吃饭，一人一碗菜，馍馍管饱。大爷爷的儿女们和来的亲戚一样，一样的饭菜。吃饭时，却不见了大爷爷的三儿子，他没和众人一起吃饭，而是趴到大爷爷的棂前哭去了。他嫌丢人，怕亲戚笑话，怕亲戚们对他兄弟几人有戳脊梁的评价。

大儿子不怕笑话，他挨席来到吃饭的亲戚面前，磕着头抱歉地说："不好意思了，各位亲朋，招待得不好，要怪怪我。"

"怪啥怪啥，挺好挺好，起来吧。"亲朋们吃着饭，站起身目送着老大。有至亲评价道："说句心里话，有事还是这么办好，省得你随我的多了，我随你的少了，你成的席好了，我成的席孬了，随来随去亲戚间有隔阂了。"

有人紧跟着说道："再说了，现在这人情随得越来越大了，名堂越来越多了，比如婚丧嫁娶了、孩子生日了、他舅他姑上寿了、孩子升学考研究生了、搬新居温锅了、第8次结婚了……这一阵子，我光是随人情，一个月的工资都快随进去了。"

药

这个星期天，飞飞又要回老家看娘去。爹去世早，娘拉扯她和弟弟不容易。娘给兄弟娶了媳妇后，兄弟媳妇和娘闹不上堆儿，招不得娘，娘就和儿子分了家、单过。

在县城上班的飞飞记挂着娘，每个星期天都要回家看看娘。飞飞每次回家看娘，都给娘买好多吃的用的，比如油、面、肉、鸡蛋、新鲜水果，都不少买。另外，飞飞每月给娘500块钱，让娘不受难为。

然而，飞飞虽然给娘买了好多吃的，娘也不缺花的，可娘的面容却不怎么健康似的——瘦，还有些黄。飞飞就问娘："娘，我给你买的吃的，你是不是舍不得吃啊？"

娘说："舍得，怎么舍不得吃啊！"

飞飞说："舍得吃，那你的脸上怎么不长肉呢？"

娘说："我的胃不大好，吃了不大消化。"

娘的胃不好，吃东西不消化，怎么能长肉呢？飞飞听娘说了，就给娘买了健胃的药，健胃消食片、盖胃平片、雷贝拉唑；并嘱咐娘怎么吃法，嘱咐娘按时吃药。

飞飞给娘买了健胃的药后，再回家看娘时，见娘的面容还是不见起色。飞飞问娘："娘，我给你买的药，你吃了吗？"

娘说："吃了。"

飞飞说："吃完了吗？"

娘说："还没呢。"

飞飞说："都没吃完吗？"

娘说："都有呢。"

飞飞说："我给你买的雷贝拉唑是吃一星期的量，你怎么也没吃完呢，还有多少？"

娘说："还没大吃呢，胃一不难受，我就忘吃了。"

飞飞有些着急地对娘说："你的胃不好，不想着吃药怎么行呢，想着吃药啊娘，可别再忘了。"

娘说："知道了，忘不了。"

可是星期天飞飞又回家看娘时，见娘的脸仍无变化。飞飞问娘说："娘，你吃药不管事吗？"

娘说："管事。"

飞飞说："那些药都吃完了吗？"

娘说："还没呢。"

飞飞急了："还没吃完？还有多少？"飞飞说着找到给娘买的药瓶子一看，各样的药还基本没动呢。飞飞有些生娘的气了："娘，你是怕闺女给你买的药有毒，怕药死你还是咋的？"

娘见瞒不住了，就对飞飞说出了实话："其实，娘的胃没事，用不着吃药。你兄弟日子紧，你给我的钱都帮凑你兄弟的日子了。"

飞飞又问："我给你买的吃的呢？"

娘说："都给俺孙子孙女留着了。"

正说着，兄弟进了门。兄弟走到姐的跟前心怀愧疚地说："姐，恕兄弟不孝，但娘给我的钱，我没脸花，都给娘存着呢。"说着，朝姐递上一把存单。

飞飞看看兄弟手里的存单，又看看娘，说："娘啊，弟弟的日子这两年缓过劲儿了，你不用再挂心他了，你该关心关心你自己了。"

娘说："不挂着他了，不挂着他了。"

飞飞说："娘啊，我再给买吃的，你别光给你孙子孙女留着了，你自己也得吃啊。"

娘说："吃，怎么不吃啊！"

飞飞从方便兜里拿出一个蛋糕，递给娘说："娘，这是才做的无水蛋糕，还不凉呢，你快吃一块吧。"

娘接过蛋糕，咬了一小口，喜的。

飞飞和弟弟却哭了。

养 老

　　昨晚老魏和夫人跳舞跳到夜里 10 点，累了，一觉睡到大天亮，一睁眼，早上 6 点多了。但是不晚，离上班还早。老魏很讲究养生之道，醒来后，并不急于起床，而是懒床 5 分钟，才穿衣洗漱，然后和夫人肩并肩地下了楼，来到公园。

　　早晨空气清新，来公园锻炼的人真多，有打太极的，有练嗓子的，有慢跑的。老魏是甩开双臂快走。老魏说，快走最健身了，活动腿脚，全身血液加快循环，对脏腑有益很大。

　　"早啊？"

　　"你早。"老魏和人打着招呼。

　　"走几圈了？"

　　"5 圈了。"

　　"还不到上班的时间啊？"

　　"不到不到。"老魏说着，冲人摆摆手，脚步未减慢，继续锻炼。

　　在公园里遛完了弯儿，老魏和夫人来到一家单县羊汤馆，要了两份儿 18 块一碗的羊汤，老魏又要了一个烧饼、一个茶蛋。夫人饭量轻，只喝一碗羊汤就行。

老魏和夫人品完了羊汤，回到小区楼下，开出了他那辆车。老魏开车很仔细，很沉得住气。车是新的，二十来万呢，老魏爱车有加，他最舍不得猛踏油门开快车了。慌啥呢，八点打预备，才七点一刻，二十分钟就能到学校，时间充裕得很。

车出了城，在宽阔平坦的柏油公路上行驶着。窗外是垂柳白杨，树旁是清澈的小河，远处是微风轻拂的麦田。麦将成熟，一片金黄。老魏不由得打开了车窗，一股沁人心脾的麦香扑进车窗，老魏耸了耸鼻子——好爽。

老魏开着车，忽然见前面的道旁，有一个熟悉的身影站着，近了一看，是同学。

"在这儿站着干吗？"老魏停住了车。

"是你啊，我等班车去镇上上班。"

老魏说："上来吧，正好一道。"

同学上了了车，和老魏说话："你还在那小学啊？"

老魏说："嗯，还在那儿。"

"你们教育上行，又涨工资了吧？"同学羡慕地说。

"涨了。"老魏浓着笑脸说。

"你是小高吧？"

"不，我中高。"

"中高，你一个月八千多吧？

"不到九千。"

"嫂子呢？"

"她是小高，一月七千。"

"你这当校长的人也上课吧？"

"不上，我没课。"

"嫂子担任什么课啊？"

"她也是快 50 岁的人了，也不上主科了，上几节副科。"

"学校还有几个教师啊？"

"八个。"

"多少学生啊？"

"两个年级，一年级八个、二年级九个。"

"十七个学生，八个老师，行啊你们，真'滋儿'。"

"哈哈，行了。"老魏又笑了。

"快退休了吧，退休了你更'滋儿'了。"

"不不，"老魏说，"退休了工资就少了，少一两千。"

婚纱照

刘丙安想起什么来了，忽然对老伴儿说："洗洗你那头，换上你那新衣服，明天咱进城。"

老伴儿不解地说："进城干什么？"

"照相。"刘丙安说。

"照相？和谁照相？"老伴儿看着他说。

刘丙安说："和别人照相对得起你呀，和你。"

老伴儿更不解了："和我照什么相？"

"照婚纱照。"刘丙安说。

老伴儿"扑哧"一声笑了，伸手摸了下刘丙安的额头："不热啊，发哪门子神经啊，都开始往 90 岁上数了，还照婚纱照，笑话，老了没正经了是吧？"

刘丙安却正重地说："说啥呢，我说照婚纱照，是还你当年的心愿。"

老伴儿听了刘丙安这话，脸色暗淡下来，她一下子想起，当年她和刘丙安订婚进城照相的事来。

当年，刘丙安和邻村姑娘王桂花（老伴儿）订婚的第二天，由媒人陪着进城照相。

在照相馆里，他俩花几块钱照了几张半身的照片后，王桂花一抬头，看见墙上挂着一张放大的大照片，那是一对新人，女人穿着婚纱，比起她和刘丙安照的二寸的小照片来，好看多了。王桂花皮肤白净，身材苗条，是四里八乡有名的俊姑娘。王桂花看着墙上穿婚纱的女人，不觉心动地问照相的人说："照这个样的相片多少钱啊？"

照相的人说："80块。"照相的人看着王桂花紧接着说："瞧这位女士你长得这么漂亮，不照个婚纱照真是太可惜了。"

这话正中了王桂花的心思："你拿出婚纱来我穿穿试试。"

"好嘞。"照相的人进里屋去拿婚纱，刘丙安伸手拽着王桂花往外走："走，走走，这婚纱太薄，都露底子，现在又是冬天，该感冒了啊，咱不照这个。"

其实，刘丙安嘴里说的和心里想的不一样。他是怕花钱。他和王桂花进城来照相，连要给王桂花买衣裳的钱，和晌午请媒人在城里吃饭的钱，一共才带了100块钱。100块钱还是爹给人借的。

王桂花被刘丙安拽出照相馆，心里十分不悦，直想说和他散了。要不是刘丙安哄她说等天暖和了一定带她来再照，她真想往回走，这婚不和他订了。

这事一晃，两个人结婚了；再一晃，有孩子了；又一晃，都老了。

照婚纱照的事，王桂花死心了，再不想了。但她逢见到现今的年轻人订婚拍的婚纱照，就羡慕得不行，就埋怨刘丙安："叫你个窝屈死孙糊弄了。"

今儿个刘丙安说要和她进城照婚纱照，王桂花心已灰，对婚纱照已不是当年的向往了。

"你自己照去吧，俺不去，都这年纪了，让人笑话。"王桂花对刘丙安说。

刘丙安说："谁笑话？咱这是老来少，老来俏，赶时髦。再说，现在咱这岁数的人坐公交又不花钱了，当坐车出去逛逛，进城玩玩儿。"

王桂花倒是很愿意进城逛逛、玩玩儿，有好几年没进城了。

第二天，刘丙安老两口梳洗干净，穿戴一新，在庄头上坐上了公交车，一会儿便来到了城里。

老两口首先来到了一家贵妇人婚纱摄影楼，照相的人是一个上岁数的，有六十开外了吧，是老摄影师了。老摄影师一见刘丙安老两口，笑脸相迎道："欢迎光临，照个照片啊，大叔大婶。"

刘丙安说："不照照片，拍婚纱照，婚纱照，要大的。"

摄影师望了望刘丙安，又看了看王桂花，笑道："恭喜二位喜结良缘，有道是满堂的儿女，不如半路的夫妻，恭喜恭喜，恭……"

"你说的什么啊，我们是原配！原配！知道不！"刘丙安打断摄影师的话说，"我老两口是来还愿的，当年订婚照相没依着老伴儿，今儿个补上。"

"是这么回事啊，好嘞好嘞。"摄影师赶紧改口道，"看大婶这面庞这身材，年轻时一定是一个美人，这婚纱照可是该补上。"说着，让王桂花坐在梳妆台前，盘头、点胭脂、抹粉子，给她打扮起来，最后，给王桂花穿上洁白的婚纱。让老两口并肩站在一起，对好了镜头。"好，好，靠近点儿，再近点儿，好嘞，笑一笑，好好，别动了。""再来一张。"

照得快，洗得也快，十几分钟后，摄影师便把洗好的婚纱照拿给老两口看。

老两口看着婚纱照，喜的，特别是王桂花，笑眯了眼，她一边擦着眼，一边指着婚纱照说："要不是脸上这些道道，多好。"

摄影师问王桂花道："满意吧大婶？"

"满意，满意。"王桂花笑着说。

刘丙安说："多少钱？"

摄影师说："平常价800元，今天，大叔大婶特殊，我不要钱了，这婚纱照送二位了。"

刘丙安说："我不差钱。"说着，掏出钱就往出点。

摄影师说："我知道大叔不差钱。"

刘丙安说："那就该怎么收就怎么收。再说，我俩是为了还当年的心愿。"

"不要钱了，说不要就不要了。也当我了却一个心愿。"摄影师推让着刘丙安递过来的钱说。

刘丙安一愣："你了却什么心愿？"

摄影师长叹了口气说："不瞒二老说，看到大婶，我想起我娘，我娘去世早，连张照片也没留下，我一辈子都不知道我娘什么模样。"

小柳树的命运

有一株小柳树，生长在了一个特别蹊跷的地方。它的根下，既没有土壤，也没有水分，更别说养分。它长在了一座大桥的桥面上，就像明白如果长在桥面的正当中，会有碍于众人行走似的，它长在了桥边厚厚的钢筋水泥面上微小的缝隙中。它上不着天，下不着地，真不知它是如何生长的。它具体长了多长时间，无人知晓，但它的高已没过人膝了。纤细的腰身、柔嫩的枝叶，微风中摇摆着枝头。若不细瞅它的根部，真看不出在这样的条件下，它竟这样旺盛。

有一天，李无意中发现了这一株小柳树，立刻被小柳树的生命力震慑住了。李瞪大眼睛望着小柳树，十分惊讶地感慨道："生命力之坚强，真是使人敬畏啊！"

在敬畏赞叹之后，李走到桥下，拾一个塑料瓶子灌满了水，关爱有加地浇在了小柳树上。其实，小柳树根下的缝隙并不大，人的肉眼勉强看出来，根本浇不进去多少水。但能浇一点儿算一点儿，总比只要不下雨它就会滴水不见地忍受太阳的炙烤强吧，李想。

从此，李再没忘了这株小柳树。每隔几天，李便给小柳树浇一次水。

小柳树在李的关护下，生长得更加旺盛起来。李说，他也不是希望小柳树长成大树，小柳树也不可能长成大树，他只是对生命的一种敬畏。

忽一日，刘也看见了这株小柳树，一刀把小柳树从根部砍了。

刘说："小柳树长在桥上，越看越不顺眼。"

妻子的记忆

冬天，天黑得早，五点多钟，天已擦黑了。明义从建筑的架子上下来的时候，快七点了。和明义在一起干活儿的人，下了架子，都洗洗手洗洗脸，然后去饭馆里吃饭了。吃完饭，就在工地上住下，工地上有住的地方。可是明义不行，他不能在工地上住下。明义连手和脸也顾不得洗，就骑上电动车急着往家赶。

明义挂家，家中有才出院的老母亲，母亲卒中后遗症，手打战，吃饭连碗也端不利索。明义出来干活儿时，嘱咐妻子说："想着给娘送水送饭啊，你就当是替我。"

妻子说："该管的俺还不管啊，还用着你嘱咐啊，多余地操心。"

不是多余地操心，明义实在不放心这两个女人。妻子和娘闹不上堆儿，勺子碰锅沿的时候经常有。娘自年时轻当家主事惯了，什么事都得说说，什么事也想插手。说妻子做饭，又是做得多了，剩下了，年轻人不知道过日子了；又是做菜倒油倒得多了，喝油一样了，连明义也有些烦。妻子的好处是从不还嘴，来个不言语，一言不发，沉默是金。最大的反抗是无言。你看妻子甩给娘的那脸，够十五个人看半月的。

妻子能好多天不和娘说话、不搭理娘。这算不算冷暴力？

婆媳不合，只有兄弟一个的明义，不得不和娘分了家，娘单过。可是分了家明义也不轻心，妻子和娘也没少了闹别扭。娘三天两头来他院里说这道那，这活儿该干了，那事早该办了。妻子"啪"摔点儿家什，再不"嘭"地把门关死了。

婆婆媳妇一个不愿一个。

特别是娘，你过你的日子就行了，管不了你不会不管吗？明义说："谁让俺摊上这样的老人呢。"

妻子生孩子那年，刚生完孩子的妻子身子很是虚弱，虚弱得起不来床。吃饭时，明义一勺一勺地喂她。娘在一旁看着不顺眼了，说："自己起来吃，怎么这么娇贵啊，女人谁没生过孩子啊！"

妻子被说恼了，这回开口还嘴了，冲着明义："你可亲眼看见了，你娘是怎么对俺的，别怪俺以后怎么对她。"

妻子的话应验的时候到了。娘病了，生活不能自理了，需要人了。妻子管吗？明义不能天天在家守着娘、伺候娘啊。明义得出去打工挣钱啊。明义只有给妻子说好话："拜托你了，照管娘，你就当是替我。"妻子虽然说该管的她管，但明义不放心，在外干着活儿，他老挂着家、挂心娘。

明义把电动车加到最快的速度回到家。回到家，他没进自己的院，照直进了娘的小院。一进娘的小院，明义一眼看见当天井里的铁丝上，挂着一挂刚洗过的衣服——是娘的衣服。接着明义进了屋，看到的是娘屋里的灯亮堂了——换大灯泡了、换节能的灯了；屋里也利索了、干净了，是才拾掇过的样子。明义推开里屋门，看到的是妻子正给娘喂饭，喂娘吃鸡蛋羹。

眼前的情景，不由得使明义心里一热。他没想到妻子会照顾娘这么好，他想妻子最多也就是给娘送点儿水送点儿饭。

"不吃了，饱了，饱了。"娘咽下一口鸡蛋羹说。

妻子让着娘说："再吃，娘，一共蒸了两个鸡蛋，全吃不了吗，才吃多少啊！"

娘说："吃多少啊，吃的不少了，半过晌午，你给我热的两盒奶，我都喝了。"

妻子端着碗往外走，看见了明义，说："这时候了，怎么回来了，不是说不回来了吗？"

明义说："我想回来看看娘。"

妻子说："小心眼子，怕俺伺候得不好啊。"

明义说："不是不是，我是怕你还想着那年，我喂你饭时，娘说的那话。"

妻子说："俺忘了，俺只想着，咱结婚时，娘把下破了的饺子自己吃，把好饺子让给俺吃。"

替头儿

刘丙安的岁数越来越大了，过了 80 岁往 90 岁上数了，身体不如以前了。几个儿子商量，不让爹自己做饭了。

刘丙安有四个儿子，大儿子二儿子和四儿子先凑在一起，商量爹的养老问题。大儿子说："爹养老，我看也该把老三叫来。"

二儿子说："叫不叫老三的吧，这事他不一定管。"

四儿子说："他凭什么不管，他进了刘家门，就是刘家人，孝敬老的，就应当有他的份儿。"

大儿子就打发孩子去叫老三。

老三是替头儿，刘丙安的三儿几年前病死了，儿媳妇是坐山招夫，仍排行老三。

孩子来到老三家，说："三叔，我爸爸叫你。"

老三说："叫我有什么事吗？"

孩子说："商量伺候我爷爷的事。"

老三说："好，我这就去。"老三刚想动身，娘儿们挡住说："商量养他爷爷的事，关咱什么事，咱不去。"

老三说："你这是说的什么话，养他爷爷怎么没咱的事，天经地义，有咱的事。"

娘儿们说："你别忘了，你是替头儿。"

老三说："替头儿，替头后面，还有一个儿字呢，是儿就得养老，就得尽孝。"

娘儿们说："可是前年分楼，他兄弟三个，一人一套，没咱的一平。养老的了，凭什么也算上咱了。"

老三说："分楼和养老的说不上话，是两码事，咱该养老的，还得养老的。行了，你别再多说话了，我去了。"说着，就去了大哥家，商量养老的事去了。

商量的结果，是轮流养，一个屋里一个月的。

当刘丙安轮到老三屋里时，又黑又瘦。二儿子说，爹的牙口不好，胃也不好，吃了不大消化。老三把爹接过来后，就顿顿给爹做软化饭食，蒸个鸡蛋羹、熬个小米粥，还常炖个排骨、炖个鱼。炖排骨炖鱼在高压锅里炖，把排骨的骨头炖酥了，把鱼刺也炖软了。这样，爹吃起来顺口，容易消化，也好吸收了。

刘丙安在老三屋里住了一个月，吃胖了，模样也舒坦了。他一往老三屋里轮时，还抹不开面，不好意思让替头儿养他。住了这一个月，开心了，习惯了，老三虽然是替头儿，差这么一层，可是拿着他比亲儿还疼，比亲儿还孝顺。刘丙安竟不愿意往别屋里轮了。刚好，老四出车祸摔折了腿，在医院里，不能接续养他。刘丙安对老三说："我不能上你四兄弟屋里去，你把我送你大哥家去吧。"

老三说："爹，你若不嫌三儿我伺候得不好，就在我屋里吧，别再各屋里轮了。"

刘丙安心里愿意，嘴上说："哪能让你一个人受累呢！"

老三说："爹，你肯住我屋里，是我的福气呀，我巴不得呢，就经常住我屋里吧。"

老三愿意，娘儿们不愿意，娘儿们把老三拽一旁小声说："咱也算一份儿养他爷爷，已满当他兄弟三个，也满当外人了，你怎么还留他常住啊，不行，这太便宜他兄弟仨了。"

老三说："擅养老人不能攀着，尽孝，自己尽自己的。"丈夫这样通情达理，娘儿们也是个明白人，就同意了丈夫的话，留下了公爹，没再往别屋里轮。

接下来，刘丙安在老三屋里一住就是半年。刘丙安长期住老三家，长期让老三夫妻伺候他，心里过意不去，就对几个儿子说，要把他住的 130 平方米的楼过户到老三名下。

老三不要，说："爹，你百年以前，你住的楼谁的名下也能不过户。"

刘丙安其他三个儿子不干，大儿子说："这个不行，你的楼姓刘，凭什么让外姓人继承！"

二儿子说："就算继承家产也有他老三一份儿，也不能把这么大面积的楼都给他。"

四儿子说："俺兄弟仨分的楼，都是 70 多平方米的，爹这130 平方米的，快比俺们的大一半了。"

刘丙安说："尽孝不能攀，我这家产也不能攀，就这么定了，我说了就算。"

大儿子急了："爹，你这样做，可别怪俺兄弟仨不管你了。"

刘丙安"啪"一拍桌子说："好儿，有老三一个，就足够了。"

蒜

那年，我去一百多里地外修河，住的地方房东姓刘，是队长送我们去的。队长安置好我们，就回家了。房东刘大娘一家四口人，她老伴儿、儿子、儿媳、小孙子。刘大娘的儿子在外工作，是吃公家饭的。

刘大娘是个热心肠，在我们还未到之前，就把两间西屋打扫得干干净净，拾掇得利利索索，准备好了洗脸盆洗脚盆，并让刘大爷把盛五六挑子水的水缸挑满了水。刘大娘说："挖河干活儿，土一脸泥一身的，收工回来好洗洗脸、洗洗脚。"

河上的活儿，很累；河上的饭，却很一般。一天三顿窝窝头、没菜，水萝卜咸菜，只有中午一顿菜——白菜汤。

我和三喜是第一次参加挖河，没吃过这苦，没受过这累，累得吃不下饭，手捧着窝窝头，在嘴里打转，咽不下。我想放下窝头，不吃了，忽然看见墙上挂着一辫子大蒜，窝窝头就着蒜吃，就有食欲了，我好吃辣。我伸手想揪一头吃，带队的林子哥立刻制止我说："你干啥，这是人家房东的，你想找事啊！"我只好缩回了手。

第二顿饭，我仍然看那蒜。一会儿，我见林子哥早早地吃饱了摞下碗出去了，便上前拽下一头，掰了个蒜瓣就着窝头吃起来。三喜见我吃得那个香，也揪下一头吃起来。

　　我和三喜偷吃房东的大蒜，林子哥发现的时候，已晚了。那辫子蒜已破了辫子。林子哥狠说了我俩一顿："你这两个熊玩意儿，只有最后赔人家的了。"

　　"赔就赔。"三喜说："吃一头是吃，吃一辫子也是吃，干脆，一块儿赔她一辫子吧。"

　　我说："就是。"

　　我和三喜开了头，修河的俺八九个人，就都吃开了。从此，每顿饭都离不了吃几个蒜瓣。头几天是吃蒜瓣，后来干脆在碗里砸蒜，当然是小心翼翼地、轻轻地砸，不让北屋里听见动静。把蒜砸城蒜泥，蘸着窝头吃，比生吃蒜瓣好吃多了。人人的饭量都大了，挖起河来也有劲了。

　　一天，我正拿窝头蘸着蒜吃饭，忽然听见北屋里刘大娘的小孙子喊："奶奶，我想吃蒜，我想吃蒜。"接着听见刘大娘说："乖乖，哪有蒜了，没有蒜了，等你爸爸回来，买了蒜再吃啊。"

　　我蘸蒜的手不由一颤。

　　又一天，我正吃着饭，听见当天井里有人喊话说："刘大嫂子，你家还有大蒜吗，借我一头。"刘大娘迎出屋门说："没有了没有了，我没有蒜了。"

　　来借蒜的人走了。

　　我们把砸的半碗蒜泥吃净了。

刘大娘的蒜，我们就着窝窝头吃，吃了半个多月。直到修完了河，那辫子蒜只有几头了。

挖完河临走，队长送来 20 块钱，是要我们请房东的。林子哥首先留出了 5 块钱，用剩下的 15 块钱，买了几个菜，一盘花生仁、两沓豆腐皮、一盘炸绿豆丸子，还有十来个鸡蛋、一瓶二锅头。林子哥说："以前出来挖河请房东，大伙都陪着，可这回，咱吃了人家一辫子蒜，得赔人家，就不能都陪着了，找几个代表吧。这 5 块钱，赔人家的蒜钱，不知人家饶不饶咱。"林子哥说着，点名几个代表，有他、五大爷、乔大叔，最后林子哥点了我。林子哥对我说："你管满酒的。"

林子哥我们几个进了刘大娘的北屋，刘大娘正忙着做菜，刘大娘还炖了个鸡。待我们几个落座后，刘大娘问："怎么就你们几个啊，那些人呢？"

林子哥说："都过来坐不下，他们几个不过来了。"刘大娘说："怎么坐不下啊，坐下了坐下了，叫他们都过来。"见林子哥不动，刘大娘亲自出去把他们几个都拽了过来。

落座。

喝酒。

喝得差不多的时候，林子哥从兜里掏出那 5 块钱，放到桌子上，林子哥满脸羞愧地望了望刘大娘，张了张嘴很是自责地说："刘大娘啊，我对不起你，我没把队带好。"

刘大娘却不以为然地说："这是哪儿的话，有啥对不起我的，孩子。"

林子哥嗫嚅着说："你挂在墙上的那瓣子蒜，俺们，俺们给吃了。赔你这 5 块钱吧。"

"嘻，我寻思怎么着了呢，那瓣子蒜，我给你们队长说了，就是挂西屋里给你们吃的。挖河怪累的，吃辣下窝窝，干活儿有力气，留钱不见外了吗！快装起来，装起来。"刘大娘说着，拿起钱往林子哥的兜里塞。

"大娘，你这大蒜本来是留着当蒜种的，连小孙子都舍不得让他吃，不留钱，俺们心里咋忍啊！"

刘大娘说："你们一百多里地，来给俺挖河，俺心里更不忍啊。这钱拿着，拿着，道上渴了买碗水喝。"

林子哥推让着说："大娘，这钱你要不收，是怪着俺们。"

刘大娘说："好，我收下。"

我们喝着酒，刘大娘连夜做了一大锅包子。天明我们临别时，刘大娘用方巾包了包子，让我们道上吃。

一百多里地的路程，我们走了几十里后，累了，也饿了，站住歇息，拿出刘大娘给的包子垫饥，解开方巾一看，里面有 5 块钱。

饭　桶

邱叔有一外号，叫饭桶，是修河时人们给他起的。那年邱叔去修河，邱叔在家有多长时间没吃过饱饭了，没填饱过肚子了。到了河上打回第一顿饭，邱叔一连吃了六个大窝窝，喝了三大碗黏粥。这样邱叔还不饱似的，邱叔见盛黏粥的桶里还剩一点儿黏粥，再用勺子舀舀不着了，邱叔抱起桶往嘴里倒，洒了一胸膛。人们见邱叔吃饭的这馋相，笑话他说："邱子邱子，你真是个饭桶啊。"

邱叔这外号便落下了。

修河的回家后，有人逗邱叔的儿子说："喜子，你敢回家敲着水桶喊饭桶吗？"

喜子说："敢。"

喜子回到家，真就用小棍儿敲着水桶喊起来："饭桶，饭桶——"

邱叔照儿子的腔上就是两巴掌："我叫你喊饭桶。"儿子"哇"的一声哭了。

邱婶护着儿子说："孩子知道吗，谁叫你吃得多，没出息呢。

做锅地瓜干黏粥不够你一个人喝的，你不是饭桶是啥？"

邱叔抡起巴掌冲邱婶过去："你再叫叫，你再说饭桶试试？"邱婶赶紧闭了嘴，邱叔的巴掌才没落到邱婶的身上。

邱叔说："我能吃怎么了，我能吃，也能干。"

可是邱叔虽然能干，却没得吃。邱叔做得一手好泥巴活儿，比如，起墙递坯，往房上撇泥，一般人比不上他。邱叔一个人能顶两个人。但顶两个人干也有人不用他干，用不起他。那年邱叔的前邻三大爷泥房，邱叔见三大爷叫的帮忙的修叔往房上撇泥很吃力，邱叔凑过去说："三哥哥，我给你撇泥啊？"三大爷连声地说："甭的了，甭的了，行了行了，你忙你的去吧，你忙你的去吧。"三大爷一口回绝了邱叔。事后，修叔学三大爷话对邱叔说："人家用不起你，赊了二斤小馍馍，还不够你一个人吃的。"

修叔娶媳妇时，邱叔去坐席。席上了大肉后，邱叔伸筷子夹肉，厨长把肉切得连襟了点儿，邱叔用筷子夹着薄薄的肉抖了好几抖，没抖开，只好把两片薄肉夹进了嘴里。这时，伸筷子晚点儿的一人急了："嗯，我那片肉呢，我那片肉呢？"席上面的肉是有数的，薄薄的八片，八个人坐席，一人一片。那人没有吃到肉，十分不悦，眼斜睨着邱叔道："没见着有猫过来啊，怎么我那片肉叫猫叼了呢。"

邱叔心里有愧，只听着，没敢答话。

从此，村里再有红白事坐席，没人愿意和邱叔在一个席上，都说邱叔忒能吃、忒没出息。

邱叔给大辈家垒墙，晌午大辈家管得是亮黄的棒子（玉米）

面子饼子、水萝卜菜，还有多半小碗水炒鸡蛋。邱叔在大辈家吃过饭回到家，进门就摸起一个高粱面饼子，狼吞虎咽地吃起来。

邱婶说邱叔："怎么，给人帮忙，没管饭吗，像没吃饭似的。"

邱叔说："不是怕在别人家里吃的多了，落那话把儿吗？"

其实，嫌邱叔吃得多的人，也有求着邱叔的时候。三大爷的院墙倒了几十块砖，叫不着人帮忙修，找到邱叔说："兄弟啊，我有点小活儿寻思叫你受点儿累，你有空吗？"

"有空有空，"邱叔说，"前邻后舍的，没空也得有空。"邱叔接着说："可是，三哥哥，你可别嫌赊二斤小馍馍不够我一个人吃的啊。"

三大爷脸腾地红了："兄弟，你别听修叔捎瞎话，没有的事，没有的事。"

三大爷招待邱叔，一大桌子菜，有鸡、鱼、肉，还有一大盘海参、油卷子和一个肉丸的包子。

但是邱叔一顿饭下来，只喝了半杯酒，夹了点儿素菜，那肉那油卷子那肉包子，邱叔一口没动。

三大爷让邱叔道："吃啊，我看你没怎么吃啊，不够的话，咱还有，还有。"

邱叔说："你看看我这肚子，像怀孕六七个月的，再不是饭桶了，是油桶了，哈哈……"

三点儿

　　小张子在这一带很出名，人称小张子是"小精人儿"。

　　小张子的精明，全在他的为人。小张子为人，真舍得花本。这一带的大村小庄，各庄的大家小户，小张子都为人不错。不论张王李赵、不论沾亲戚的和八竿子打不着的，凡小张子认识的，哪怕只说过一次话的、只见过一次面的，谁家有红白喜事，小张子都来随礼。就是孩子满月娘生日，小张子也会前来贺喜。小张子随礼，一般的随100元，多的随好几百。他随礼不坐席，让他陪上席他也不坐。小张子说，他忙，没时间坐下。偶尔坐一回席，他也是推让着不坐正座，他说："可别拿我当客。"他不但不拿自己当客，还经常在席上给客人沏茶倒水，分烟满酒，只让得坐席的人怪不好意思的："你看你看，你来到俺庄儿了，哪能让你倒水满酒呢！"

　　小张子说："我岁数小，是晚辈儿，倒水满酒还不应该吗，别夺酒壶了，我来我来。"

　　小张子有一辆豪车，是宝马。都说他的宝马是公用车，哪家有事都能用。特别是有娶媳妇的，小张子一定会开着他的宝马拉着新郎去娶亲。小张子的宝马很为人，农村里有四个圈的车不多，娶媳妇用四个圈的车也不多，有开豪车的，大都是花钱雇的。小张子的车给人娶媳妇用，一分钱也不要。有的人用小张子的车为了人，娶回了媳妇，给小张子钱他不收，心里过意不去，就拿条好烟拎两瓶好酒给小张子塞到车上。但小张子会接着把酒烟给内柜上送回去。

小张子随礼不坐席，给人用车不收钱，谁心里没数啊，轮到小张子有事了。小张子娶儿媳妇了，前来贺喜的随人情的人特别多。小张子伺候客一天伺候不完，分好几天伺候，哪一天伺候哪些人，哪一天伺候哪个庄的。

小张子娶了一次儿媳妇，折的礼钱买套楼，首付都用不了。

有人说："咱十里八乡内，娶媳妇折钱没有赶上小张子折得多，像他这样，折回礼是真管来啊，真能当点事啊。"

也有人说："当什么事啊，可别眼红谁家谁家一下子折了多少钱，小张子是以前早花下了，这都是攒下的账啊！"

这话一点儿不假。小张子虽然折钱多，是他以前早花下了，是攒下的账没错。但小张子却不是为了攒下这些账、早花下钱的，他是为了人场。小张子经营种子农药化肥，买卖干得很大。街店上，经营种子农药化肥的有的是，但同行不同利，都赶不上小张子的门市红火，都没有小张子的货销量大，销量大赚头就大。别的卖化肥的，有的开着车拉着货下乡，喊破嗓子似的召号，也用电喇叭吆喝，一个庄串下来，没几个买的，甚至连一袋子化肥也卖不了。小张子开着车拉着化肥下乡，小张子不喊不吆喝，也不闹动静，买他化肥的几乎户户不落。小张子是挨家挨户地送、挨家挨户地卸货。哪个庄哪家门朝哪，哪家姓什么叫什么，小张都能说上来了，也能搭上话了："马叔，今年种了几亩麦子啊？"小张子在一门前停下车，笑着和人说话。

"八亩。"人笑着回他话。

"八亩，留八袋化肥吧，一亩地上一袋就够了。"小张子说着，从车上抱起化肥往肩上一扛，便往院里卸。不用马叔动手，八袋化肥马上就卸完了，马叔浇返清水的肥料就备下了。

有一次，小张子送化肥，车开到我邻居乔爷的门上。小张子问乔爷："乔爷，你家地少，两口人就三亩地，留三袋化肥够了吧？"

乔爷说："够了，够了，留吧。"

乔婶插话说："是这样小张，按说你把化肥送到门口了，该留你的，可是，俺外甥也卖化肥，俺外甥前日来说好了，明天给送来，你看，闹的这事。"

乔爷截话说："什么这事那事的，卸吧，小张，留你的。"

乔婶紧跟道："咱留小张的，外甥不怪吗？"

乔爷说："怪啥怪，怪老天爷不下化肥。"

乔婶说："可是咱亲外甥啊。"

乔爷说："亏你那亲外甥，去年我上寿，就随了100块钱，人家小张，随了200块，还给买了个大蛋糕，就留小张的，卸，小张。"

乔婶不言语了。

小张子开始卸化肥。

乔爷宁可得罪至亲，也要留小张子的化肥，这就是小张子的精明。

一天，和小张子在一起聊经营之道，我说："小张子，你是真会干买卖啊，我要是有你这两下子的一半，早就发了。"

小张子说："咱都是干买卖的，我这两下子，其实你也了解，要想生意兴隆，记住三点儿：一是态度和气点儿，二是脸色喜兴点儿，三是嘴巴甜着点儿。"

扒　房

这几年，新农村建设如火如荼。

有些项目，大老孙是受益者，大老孙很是赞成。比如，村里硬化了街道，水泥预制的路面，平坦光亮，小孩儿们经常在上面滑冰。大老孙也极愿意在上面走，就是下雨天，鞋底也不沾泥。雨点刚停，大老孙就能骑着他那辆旧脚蹬三轮车去赶集，他蹬起车来一点儿也不费力。再如，村内大街两旁的墙壁，全部喷上了黄色的油漆。大老孙三间土房的后墙，虽然上过白灰，但因年久日长，风吹雨打，白灰脱落得坑坑洼洼，就像麻子脸，不顺眼。大老孙的墙上也喷上了油漆，他的后墙和别人的砖墙一样，亮光耀眼。大老孙看着自己的后墙，打心里喜欢。

但有的项目，大老孙却不太情愿，甚至还有抵触情绪。比如，去年扒炕，大老孙和村主任闹僵了。大老孙的腰不大好，他是长年睡炕，他每年都准备下一大堆柴火，一到冬天，他就天天炕炕。炕热屋子暖，大老孙睡在热炕上，身子舒坦，腰也舒坦。可是去年，不让烧炕了，让扒炕。村里有炕的户家，都把炕扒了；不扒的也不再炕炕了。唯独大老孙还在炕炕。村主任找到大老孙说：

"别人都把炕扒了，你的炕不但不扒，还照炕不误，你没听见我在大喇叭里召号吗？"

大老孙说："你知道，我腰不好，不能睡凉炕。"

村主任说："你不会买个电褥子吗？"

大老孙说："那玩意儿安全吗？如今生活好了，我还想多活几年呢。"

村主任说："电褥子一般情况下是安全的，没事儿，你以后别再炕炕了。"

大老孙说："我炕炕烧自己的柴火，碍别人什么事了？"

村主任说："你炕炕冒烟，污染环境。"

大老孙说："好好，听你的，不炕炕了。"

可是村主任走后，大老孙还是炕炕。一炕炕，他房上的烟囱里往外冒烟，村主任看见了，进门把大老孙的炕掀起两块坯来。

大老孙急了："你掀了我的炕，我上你家睡觉去啊。"

村村主任说："你不会买张床啊。"

大老孙说："你给我钱啊？"

村主任说："我给你钱。"村主任从城里的旧家具店里买了张床，给大老孙送来。大老孙却不领情说："我睡床不习惯，一翻身咯吱咯吱响，心里不踏实。"

使大老孙不踏实的事还有呢。年前村主任就给大老孙做工作，让大老孙做好思想准备，年后要扒房——村里所有的土房一律拆除。

大老孙不愿意："扒了房，我住哪儿？"

村主任说："你儿不是才用砖给你盖了两间东屋吗？"

大老孙说："两间小东屋，二四的墙，冬冷夏热，你愿意住啊。"

村主任说："等着吧，这就给你盖楼。"

这是年前，村主任和大老孙说的话。

春节刚过，还没出去十五，村主任就在大喇叭里说，所有的坯房都拆除，限期三天的时间。

三天后，庄里有坯房的大部分都扒了，只有大老孙的三间土屋没动，还显眼地竖在大街旁。

村主任找到大老孙说："你的坯房什么时候扒啊？"

大老孙说："这回不比上回扒炕，房我就是不扒。"

村主任说："犟吧，不扒明天镇上来人给你扒。"

大老孙说："就是县里来人，我也不扒。"

第四天，随着"隆隆"的机器声响，一辆大型铲车开进了庄。铲车后面，镇上的人开着轿车，紧跟着开到大老孙的房后面。

村主任一溜小跑进了大老孙的屋门。大老孙直挺挺地躺在炕上，蒙着被子，听见村主任进门，被窝里放话说："我人在屋在，扒吧。"

村主任急得没办法，听见外面铲车一声一声地响，上前抱起大老孙，连扯带抱，把大老孙抱出屋门，抱到大街上。

铲车加大了声响，带齿的大铁铲头高高举了起来。

"不能扒啊，扒了我上哪住去啊……"大老孙在村主任的怀里大声喊。

铲车的大铁铲子伸向了大老孙的房。

"慢——"大老孙的儿子忽然气喘吁吁地跑到村主任面前说："不扒房，紧贴着后墙，竖一道高高的铁叶子行吗？"

村主任看看镇上的人。

镇上的人说："可以。"

让　号

才建的湖滨小区，前面是新湖，左边是城中风景小河，右边是市实验小学和中学，后面是市医院。湖滨小区是学区房、黄金小区。

小区开盘的消息一传出，前来问询的、认筹的便蜂拥而至。开盘这天，半夜里就有不少人来排队挨号。有的拿着马扎坐着，有的揣着凉席铺在地上躺着，等着天亮了开盘。

老高起个大早，他想抢在前面，买一套不是太高，但又不是太矮的楼房。老高叫人看过，他买楼最好的楼层是十二、十九、二十二、二十九层。但老高来得晚了些，他前面已有几十号人了。老高想，他想要的楼层，不一定能买得着了。买不到最如意的楼层，买别的楼层也行，这可是市中最好的黄金地段啊！

老高在排号的人群中站了下来，他后面还不断有人来。不到半个小时，老高往后看了看，他后面也有一二十人排队挨号了。

"这么多人啊！"天亮的时候，老高的好友老杨气喘吁吁地来了。老杨朝挨号的人前面望了望，又朝挨号的人后面看了看，大失所望地自言自语说。

老杨也打算在这儿买一套楼，老杨的小孙子 5 岁了，转年上一年级了，这儿的楼正好交钥匙，耽误不了孙子上学念书。但夜里老杨刚想来排队挨号的时候，80 多岁的老母亲突然头晕呕吐，他只好先送母亲去了医院，一检查，娘是椎基底动脉狭窄供血不足，输液输到第三瓶才好转了。老杨守到快天亮时，见老母亲问题不大了，才让妻子一个人守在医院里，他心急地赶来排队挨号。老杨来到这里一看，他排到最后了。这一期开盘，楼恐怕买不到了。老杨这样想着，他看见了好友老高，在老高跟前站了下来。

"你怎么才来啊？"老高问老杨说。

老杨把夜里老母亲住院的情况说了，摇摇头说："完了完了，这期楼怕买不上了。"

老高见老杨着急的样子，略一沉思，说："你占我的号吧，我上后面挨着去。"老高知道，老杨的孙子比他的孙子大两三岁，老杨最着急买学区房了。再说，他和老杨是多年的好友，说起老高和老杨是好友，还有一段小故事呢。

那是几十年前的事了，那时，老高老杨都还年轻，老高和老杨还没搬城里来，都在农村。一次，老高用自行车驮着一袋子麦子去十里地外磨坊磨面。排号等磨面的人有好几个，老高去得晚，他排在了最后，老杨去得早，再有一个就到老杨了。老高下午要去相亲，老高一看这么多人等着，挨到他起码得晌午了，就不打算等了，想驮着麦子往回走。老杨听老高说下午去相亲，就对老高说："你在我前面吧，你先磨吧。"老杨这话一出口，后面的人不干了，说老杨："你让给他先磨，你上后边去啊。"老杨说：

"我上后边去，你们不说我也上后边去。"老杨就把自己的麦子抱到最后边，让老高先磨。老高因下午去相亲怕回去晚耽误了，谢过老杨，先磨完面走了。

老杨把号让给了老高，等挨到老杨磨面时，已晌午外了。老杨磨完了面往回走，走到一个河桥上时，见一个女的在河边洗衣服。女的手拽着衣服往水里涮，涮着涮着，脚下一滑，掉到河里去了，然后就不见影儿了。老杨二话不说，停下车子跳到河里，把女的救上来了。救上来的是一个挺俊的大闺女。老杨水中救美、得美，女的托媒人提亲，成了老杨的媳妇。

老杨的媳妇很俊，老杨很感谢老高，老杨对老高说："要不是让你先磨面，我可能就遇不到你嫂子了。"

老高更感谢老杨，要不是老杨，他就磨不了面，要是等挨到他磨完了面再回家，相亲的事可能就耽误了。

老高和老杨，越走关系越亲密。

老高见老杨买楼来晚了，急得那样子，便毫不犹豫地把号让给了老杨。老高想，老杨比自己着急用楼，自己这期买不到楼，还有下一期呢。

老杨在推让了一阵后，就占了老高的号，买到了学区楼，耽误不了小孙子上学了。

老高排在了最后，没买到楼，等挨到老高时，只剩下顶层和十八层了。顶层太高，十八楼有说法，老高只好等下一期了。

老高陪着老杨往回走。

"大叔，你买楼吗？"这时，一个女士忽然问老高。

老高说："没好楼层了，买什么楼啊！"

女士说："二十二层，你要吗？"

老高一惊："二十二层？哪来的二十二层啊，早有户了。"

女士说："你要不要吧？"

老高说："可是你哪来的二十二楼呢？"

女士说："我怕买不到好楼层，我和我对象都来排号，结果买重了，打算把二十二层的一套让出去。"

"我要我要。"老高高兴坏了，不由得给了老杨一拳道："这号让得值啊。"

河岸上的哭声

晌午，小军娘做熟了饭，走出院门，手搭凉棚朝大道远处望了又望，却怎么也望不见小军爹的身影。小军娘不由得犯开了寻思，小军爹出去放羊，晌午歪了，怎么还不回来呢？以往，可从来没这么晚过啊。

小军娘六神无主地走回屋里，看了看墙上的挂钟，十二点半了，按照往日，小军爹早回来了，早催着做饭了。小军爹是吃了早饭就赶着羊下地的，地里庄稼棵正旺，小军爹放羊都是去河岸上放。河岸上绿树成荫，树下杂草没膝，用不了一上午，羊就会吃饱的。小军爹都是一边看着羊吃草，一边在树下乘凉。小军爹放羊这活儿并不累，只是耗得时间长些，每天都得赶着羊到河岸上。

小军娘一看表，更放心不下了。她再次走出院门，手搭凉棚朝远处望，望了老大一会儿，还是不见小军爹的身影。就在她刚想把手撂下来的时候，远远地看见有两只羊"嗒嗒"地跑回来了。小军娘迎上前一看，正是她家的羊。羊回来了，只跑回来两只，没全回来，却不见放羊的人回来。小军娘猫挠心似的不寻思好了。

羊跑回来了，人呢？那十多只羊呢？可别被劫了羊去，人可别出事啊！小军娘这样一想，也顾不得跑到跟前的两只羊了，迈开双腿急切地朝河岸上奔去。她爬上河岸，透过树间的空隙搭眼一望，先是看见了那十多只羊，有的羊站着，有的羊趴着，但不见放羊的小军爹。小军娘几步奔到羊群跟前，一眼看见了小军爹。只见小军爹四脚朝天地躺在地上，满身满脸的泥土——人已经不行了，死了。小军娘吓黄了脸，她不敢再近前细看，撒丫子往回跑，跟头趔趄地往回跑。小军娘边跑边想，边埋怨自己，小军爹有心脏病，今天八成忘吃药了，我咋就忘了提醒他呢。

小军娘一口气跑回庄，儿子儿媳外出打工不在家。她直奔侄儿的家里，还没进屋，在当天井里便气喘吁吁地冲屋里喊："快着点儿小利（侄儿的小名），你叔死了，死河岸上了。"

"啊——"小利闻声吐出刚吃进嘴里的一口饭，跑出屋惊讶地道："我叔怎么死河岸上了？"

小军娘上气不接下气地捂着胸口道："出去放羊时死河岸上了。"说着，就瘫坐在了地上。

小利的心"咚咚"加快地跳着，并安慰婶子说："婶子，你沉住气，我叫人把俺叔抬回来，你领着道，在河岸哪里啊？"小利随手拉起拉车子，跑出院门，紧接着大声招呼邻居："小强，小明，快出来，我叔死河岸上了，快去帮我抬回来，快！"

小强小明听到小利的招呼，立刻都跑出来了，紧跟着小利往河岸上跑去。

大街上的人，一传俩，俩传十，霎时，从街这头传到了街那头。全村人都知道了。

"小军爹死了。"

"啊！"

"怎么死的？"

"放着放着羊死的。"

"死哪了？"

"死河岸上了。"

……

人们都跑出来了，打听着、询问着，关心地朝河岸上跑着。

几十口子人爬上了河岸，奔到小军爹的身前。

"叔，叔啊——"小利俯身叫了两声。

小军爹四脚朝天地躺在地上，没有回声。

"狠心的啊。"小军娘一下子趴在了小军爹身上，拍打着小军爹号啕大哭起来："死老头子啊，你咋这么死啊，这让孩子们落什么名声啊！"

小军娘这一哭一拍打，小军爹一个挺身坐了起来："谁哭啊？"

小军娘吓了一跳，止住哭声："你没死啊，可吓死俺了，可吓死俺了。"

小军爹不解地说："谁说我死了，我好好的，怎么会死啊？"

小军娘擦着泪说："你躺在这儿四脚朝天，满身满脸的泥土，不是死了，是怎么了？"

小军爹说："我打了个盹儿，没注意就睡着了，怎么是死了呢，死人跟活人一样吗，你喊我了吗，你动我了吗？"

小军娘说："你那样子都吓死俺了，哪还敢喊你动你啊！"

小军爹说："你没喊我、没动我，怎么就断定我死了呢！你看你一惊一乍的，惊动了这么多人。"

小军娘一听小军爹埋怨自己，心里就生气了："你个没良心的，俺白为你担惊受怕，你怎么不死啊，死啊你！"

人们见小军娘和小军爹想抬杠，连忙劝架道："好了好了，人没事就好，人没事就好。"

夜　灌

　　那年，天大旱，河里干得裂了纹，地里旱得小苗子直打蔫。村北几百亩地，只有一眼机井，村人通过抓阄儿排号浇地。

　　娘抓了6号，挨到我家浇地时，正赶到晚上。娘早早地做熟了晚饭，催我紧着吃了，让我拿着手灯，和她做伴儿去浇地。爹出去打工不在家，家里的活儿只有娘一个人干。娘用小车推着软管子、推着铁锨，还有一个凉席、一条毯子。我在后面跟着。来到机井上，我照着手灯，娘把软管子一头套在机井的出水口上，用细绳勒紧，然后弯腰往地里滚软管子。软管子很长，一捆有七八十米，我家的地离机井很远，有二百多米。娘一连接了三捆半软管子，才来到畦口上。地头很长，中间高两头洼，每次浇地都是从中间往两头浇。娘把软管子滚到地中间的一个畦上，用一块坷垃压住，和我又回到机井上。娘合上了电闸，随着"唰"一声响，机井出了水。我照着手灯，随娘一起，紧跟着被水流鼓起的软管子往前走。软管子有破的地方，有的地方往外冒水，娘便用提前备好的小块塑料布，贴在漏水的窟窿眼儿上，这样，就不往外冒水了。娘边走边看，只要发现软管子有一点儿漏水的地方，就赶紧堵上。一直看到软管子的尽头，见水流进了地里，娘才直起腰，擦擦额头上的汗。娘喘了口气，和我走到地头的道上。娘在道旁铺上凉席伸开毯子，对说我："你睡觉吧。"

我在凉席上躺下来，却睡不着。

我望望天空，天空很静，点点繁星一眨一眨的，仿佛和我在对视。盛夏夜晚的田野、闷热的气息，使人透不过气来。耳畔不时传来蟋蟀的琴音、蝈蝈的鸣曲，还有小虫子夜里啃食的窸窸窣窣的声音。烦人的小毛毛虫不时地爬到人的身上脸上，甚至通过衣领爬进脖子里、脊梁里，让人又痒又难忍，伸手一摸，它就像一包水，破了烂了，黏黏糊糊地黏在身上很寒碜。最可气的是一点儿也不怕人的黑蚊子接二连三地鸣着小曲直往人的脸上手上胳膊上亲吻。我伸手拍它，它"嗡"一声飞了，没拍着蚊子，却拍在自己的脸上——生疼生疼的。

忽然，庄里头一声刺耳的驴叫，吓了我一跳，我抬头看看娘，好在娘就在我不远处，正用锨拍打着畦梗。

不知过了多长时间，我终于有了困意，睡着了。

迷迷糊糊中，我听见娘叫我："醒醒，醒醒，起来和我做伴儿，改畦口去。"我不太情愿地爬起来，给娘照着手灯，到地中间改畦口去。地中间有一堆坟，娘害怕。娘不是害怕鬼神，而是怕长虫。那回娘在坟旁干活儿，坟里忽然爬出一擀饼轴子粗的长虫来，冲娘直吐信子。娘"嗷"一声跑出地了头，打那起，娘打怵在坟旁干活儿。

我在一旁照着手灯，娘俯身抱起正出着水的软管子，往另一畦放，水喷了娘一脸一身。

改好了畦口，我和娘又回到地头的道旁，娘对我说："睡吧，你接着睡觉吧。"

我躺下来，不一会儿，又睡着了。

我一觉醒来的时候，见天不那么黑了，东方已有些发白。蛐蛐的琴音、蝈蝈的鸣曲听不到了，取而代之的，是鸟儿起飞的声音，还有村里人早起开门的声音。

我坐了起来，搭眼望望娘，见娘满身的泥水，正光着脚，挽着裤腿，在地里小苗子中间挥动着铁锨。地不是太平整，机井浇地，水流很小，淌得很慢。娘用锨把稍高的地方挖挖，把挖起的土往洼处摊摊，这样，高的地方才漫过水去。

过了一会儿，一畦庄稼浇到头了。

娘一抬头看见了我，说："起来干什么，你再睡一会儿吧，我改畦口去。"

我说："我陪你去吧。"

娘说："不用了，亮天了。"

我望着娘去地中间改畦口，见娘的步履很是疲乏。走着走着，娘打了个趔趄，差点跌倒在地里。

那次陪娘浇地，我长大了，知道念书了。

菊　花

老马正在看书，电话忽然响了："喂，哪里啊？"

"我是老修。"打电话的是老马的邻村。在老家时，老马的庄和老修的庄挨着。

老马回话道："有事啊，修大哥？"

老修语气急促地说："你有田春成的电话吗？"

老马说："有啊。"老马和田春成是同事，都是中学教师，曾对桌办公几十年，现在都退休了，但两个人还经常到一块儿聊天。

老修说："你赶紧给田春成打电话，他老伴儿头晕，站不住了、吐了。"

老马打了个激灵："在哪里啊？"

老修说："在泺清河小桥上。"

老马说："好好，我这就给田春成打电话。"老马挂了老修的电话，接着就给田春成打电话。老马很是着急地找田春成的号码，但越着急越找不到，翻来覆去地找了好几遍，就是找不到田春成的号码。老马忽然想起来，他刚换了新手机，忘了把田春成的号码存到新手机上了。

这可怎么办呢？老马急得什么似的。急中生智，他忽然想起女儿来，女儿和田春成的儿子是同学，前几天一帮同学还在一起聚餐呢。老马迅速地拨通了女儿的电话。

女儿说，她没有田春成的儿子的电话，她对象有，那天聚餐时，她对象把田春成的儿子的号码存在手机上了。

老马对女儿说："给你对象打电话，让他给田春成的儿子打电话，快！"

女儿马上给她对象打了电话，她对象马上给田春成的儿子打了电话。

打通了田春成的儿子的电话，老马飞身下楼，大步跑着来到泺清河小桥上。只见老修正举着手机着急："来了吗120？啊，对对，在泺清河小桥上，病人挺危险……"老修身旁，一个中年妇女坐在桥边的马路牙子上，双手抱着田春成的老伴儿。田春成的老伴儿躺在中年妇女的怀里。

老修一看见老马，劈头就问："给田春成打了电话了吗？"

老马说："打了打了。"

正说着，田春成和儿子来了，是开着车来的。田春成的儿子一看母亲这个样子，吓得手直打哆嗦，过来要抱着母亲上车去医院。但刚一动手，田春成的老伴儿"哇"一口又吐了，有气无力地摆摆手，不睁眼，也不说话，那意思她不能动。

老马对田春成的儿子说："不行，先别动她了，等120吧，马上来了。"

这时，120来了。老马、老修还有中年妇女，和田春成爷儿俩一起，把田春成的老伴儿慢慢地轻轻地抬到担架上，上了救护车。

进医院一检查，田春成的老伴儿是脑出血，幸亏送得及时，也没摔倒，如果跌了跟头的话，后果就不堪设想了。

田春成的老伴儿住了十天院，康复得很好，也没落下后遗症。

等老伴儿出院后，田春成提着酒和牛奶，特意找到老马表示感谢。老马说："咱同事大半辈子，用得着这个吗，忒见外了你。"老马不收田春成的礼物。

田春成说："多亏了你，还有你女儿你女婿，不是你爷儿仨，我老伴儿可能早出完丧了，真的好好谢谢你。"

老马说："要说谢，首先该感谢的不是我，而是老修。要不是老修给我打电话，我还不知道嫂子病在桥上呢。"老马坚决不留田春成的酒和牛奶。

田春成又提着酒和牛奶去感谢老修。

老修说："咱们前后两庄的，谢啥啊谢！"

田春成说："多亏了你和老马，要不是你俩，我老伴儿恐怕早出完丧了。"

老修说："要说谢，首先应谢那位中年妇女，是那位中年妇女老远招呼的我。"

"嘻！"田春成很是愧疚地说，"这是怎么说的，这是怎么说的！那天只顾急着上医院了，连人家那位中年妇女姓甚名谁，也没问一声。"

老修说："我只记得，你老伴儿吐到那位中年妇女的 T 恤上了，她的 T 恤上有一大朵菊花。"

乡 情

正月十四，小陈庄的文艺节目进城会演。在城里住的金城听到这一消息，很是激动、很是高兴。他跑去超市买了条好烟和一袋子糖果，准备亲热地迎接迎接。一提到老家的乡亲，金城就十分感激。那年，他开着车回家，道上下起了雨，车滑到了道旁的泥地里。是乡亲们扒了鞋，光着脚丫子，挽起裤子，用肩扛、用手抬、用牛拉，帮他把车弄出来的。金城想，老家兄弟爷儿们好不容易这么多人进城，是他表示感谢的好机会。

庄里要来好几十口子人，金城想管老乡们一顿饭。他掏出手机，拨通了县城内最出名的包子铺老板的电话："喂，'狗不理'包子铺吗，中午给我准备 30 个人的包子，每人 10 个。"

金城刚挂了电话，电话又响了，是同在城里住的二喜打给他的："金城哥吗，今天庄乡兄弟爷儿们来，咱在城里住，得有所表示啊，你看……"

金城说："我已订了包子——管饭。"

二喜说："光吃包子吗，多寒酸，别让老乡们看不起咱，订个大酒店，最好的，算我一份儿，三水说也算他一份儿，咱仨的。"

金城一拍大腿，自责道："瞧我这事儿办得，窝囊。好，订酒店！"他接着退了包子，又订了酒店。

金城的电话还未挂断，又有来电。他一看，也是在城里住的林子打来的："金城兄弟吗，咱老家的人来了，今儿中午怎么表示啊？"

金城说："我和二喜、三水订饭店了，管一壶，聚聚餐。"

林子说："算俺俩一份儿，还有泉子，咱五个人平摊。"

金城说："也算泉子一份儿吗？"

"算，必须的。"电话那头泉子答话，"我爹去世时我发不起丧，是乡亲们凑钱凑砖帮我发的丧。"

金城说："老家来了二三十口子人，订了三桌，一桌千把块，三桌小 3000 块，咱几个一人得好几百，你行吗？"

"行行，没事啊。"泉子说。

中午，不到 11 点，村里的节目会演完了，金城几人便把所有来会演的人请进了酒店。全庄几十口子人在城里最豪华的大酒店里聚餐，除了娶媳妇有事的摆宴以外，这种场合很少见。众乡亲激动得热泪盈眶，感谢的话语不断。直到酒足饭饱，上车往回走时，还都紧紧地握住金城几人的手，恋恋不肯离去。

道上，有人仍不无感激地说："金城这几个老乡真不孬，真有老乡滋味，订了这么好的酒店。"

"是啊，就是我娶儿媳妇时，也没舍得订这么高级的酒店。"

有人说："是啊是啊，他们几个没白在城里混，都混阔了。"

有人立刻截话说："你不了解，他们几个，有的混得行了，有的日子挺紧，泉子是靠拾废品生活。"